蒼穹變
7 傲世傾城
龍人◎著

目錄

第一章　天地之差

二里之距對今日的晏聰來說，本可在片刻間逾越，但爲了掩藏行跡，他仍是有意保留了實力。好在對晏聰來說，掩藏實力乃至掩藏自己的真實情感，都不是陌生的事。

顧影、梅木正在那座廟中等候著他。

這座廟是晏聰在前去救顧影、梅木的途中發現的，像這種供奉玄天武帝的廟宇，在樂土可謂是處處可見。但與別處玄天武帝廟的香火鼎盛不同的是，這座玄天武帝廟顯得格外破敗，像是已年久失修，通往廟內的那條石徑也長滿了雜草。

晏聰一近廟門，便看見了梅木、顧影二人正盤膝坐在地上，他的腳步驚動了她們，只聽得梅木道：「是晏大哥嗎？」

「是我。」晏聰應道。

他先是有些奇怪梅木明明見已進入，爲何還要這麼問？隨即想到這是因爲自己目力在梅木之上，他能看到對方，對方卻無法看清他。

一邊應著，晏聰已進入廟內。

「山路不好走吧？」顧影有些關切地道。

晏聰略一沉吟，笑道：「晚輩自幼隨師父生活在山野之中，已習慣了。」他這麼說，自可使顧影更堅信他是顧浪子的弟子。

顧影輕嘆了一口氣，「你師父這一生，可真是顛沛流離，沒有過上一天安穩的日子……他現在可好？」

「好，家師常說他很想念家人、想念前輩，可惜他無法與前輩見面。」晏聰道。

「你涉險前來相救我們，你師父一定很擔心，你還是快回去向他覆命吧，也免得他牽掛。我與梅兒有避身之處，你們不用擔心。」顧影道。

晏聰心頭一震，本能地覺得有些異常。

「她為何急著要與我分開？」晏聰飛速轉念，黑暗中，他的目光掃向梅木那邊，只見梅木正垂首不語，雙手在漫無目的地揉捏著一根草莖，看得出她的心緒一定很亂。

晏聰心頭一動，猛地醒過神來：「刑破！一定是刑破！」

他斷定當他還在城堡左近逗留時，刑破已與顧影、梅木見過面了。而且極可能刑破已察覺出什麼，提醒了顧影、梅木，所以顧影才急著要與他分道而行。

明白了這一點，晏聰反而平靜了下來。

他悄悄提聚內息，並有意使之紊亂，頓時引來一陣劇烈的咳嗽，咳著咳著，「哇」地噴出一口熱血。

「你怎麼了？」顧影、梅木同時脫口驚呼。

「看來，她們並未真正地起疑，也許是出於不怕一萬只怕萬一的心理才要與我分道而行的。若是我與她們分開，那豈非等於前功盡棄？如何能引得刑破現身？」

心中轉念，口中已吃力地道：「無……無妨……那烏稷……好深厚的內力！」

「娘……」梅木像是哀求般道。

顧影沉默了片刻，「真難爲你了，那名爲烏稷的劍手的劍道修爲，恐怕可躋身當世劍手二十強之列呢！」

雖然她不諳武學，但以梅一笑夫人的身分說出這番話，仍是頗具說服力。

「但他仍是敗給了晏大哥。」梅木道。

晏聰索性將戲演得更逼真，他道：「其實，當時我傷得不輕，但爲了……爲了迫使……烏稷認輸，我……我只有強撐著，若非如此，還真不知能否脫身。不用擔心，只要打坐調息一陣子，自然無……無妨。」

顧影道：「也罷，黑夜裏也不便趕路，我們也等到天亮再起程吧。」

梅木掩不住內心的喜悅之情，「娘，這神像後面還挺寬敞，又有神像遮擋，不若讓晏聰在這後面調息療傷，免得萬一有人追蹤過來，立時被發現。」

「也好。」顧影應道。

經梅木的話提醒，晏聰舉目打量了廟內的情形。

位於廟堂正中央的，自是樂土人再熟悉不過的玄天武帝的神像，雖然只是一尊雕像，卻已讓人感到唯我獨尊的絕世氣概。

緊接著，晏聰的目光便被神像下方神臺上所貼掛著的一條字幅吸引住了。此字幅長約七尺，寬約三尺，上面寫了一行字，晏聰稍加打量，識出是這樣一行字：「此廟凶邪，切勿入內！」

字體甚大，但廟內一片黑暗，所以梅木、顧影都未看見，否則也許會受這句話的影響了。

晏聰心頭凜然一驚，暗道：「怎會有凶邪？」但他畢竟是武道中人，對此並不十分在意。何況他好不容易設計騙得暫時仍與顧影、梅木在一起，又怎願因這種小事而改變？

不過，這條幅倒也解開了晏聰心頭的一個疑團，那就是為何此廟會如此荒涼，與其他的玄天武帝廟大大不相同。

玄天武帝在樂土萬民的心目中無比崇敬，若非真有非比尋常之事在這廟中發生，一般人是萬萬不敢冒犯神威而將這樣的條幅留在廟中的。

甚至，晏聰還想到了那座廢棄了的城堡。那座城堡與這座玄天武帝廟相去不過二里之距，它的廢棄會不會與這座廟有關？

晏聰滿懷心思，忍不住又打量了那玄天武帝的神像一眼。

也不知是否是心裏作怪，晏聰竟隱隱覺得這神像有些不同尋常。但具體有何不同尋常之處，卻又一時無法明瞭。

三人隱於神像後面，晏聰居外側，顧影、梅木居內側，一人都背倚著神像的台座坐下。

晏聰假作在調運內息，暗地裏卻憑藉深不可測的內力，捕捉著玄天武帝廟四周的每一點不尋常之處，他自信只要刑破接近此廟，定能準確感知。

可惜，時間悄然流逝，他卻一直無所收穫，所捕捉到的只有夜風拂動草木的「沙沙」聲。

不知過了多久，周遭一直風平浪靜，晏聰暗暗心焦，不由得記起靈使曾說過的話，心忖：這刑破果然不簡單！

忽聞梅木低聲道：「好熱……奇怪……」

顧影緊接著也道：「是啊，我感到背靠的地方竟有些微微發燙。」

晏聰一驚，立時也感覺到了！方才他之所以忽視了這一點，是因爲他所有的心力皆全神貫注於尋找刑破的下落！

神像的底座怎會無故發熱？

晏聰立時聯想到那條幅上所寫的內容：此廟凶邪，切勿入內。難道，此廟真的有凶邪?!

思忖間，晏聰忽然心生警兆！

有高手接近！

而且是絕對可怕的高手！

晏聰既已至三劫妙法的第三結界，其心靈的感應力便遠逾常人。好強橫無匹的霸者氣息！以晏聰此刻的修爲，竟也不由心頭一陣狂跳。

難道，來者會是刑破?!

「你爲何如此緊張？」靈使的聲音突然在晏聰心頭響起，彷彿就在他身邊言語。猝不及防之下，晏聰嚇了一跳，脫口「啊」的一聲低聲驚呼。

「你怎麼了?」梅木急忙關切地問道。

晏聰這才回過神來，低聲道：「有高手向這廟接近！」

梅木輕笑一聲，「那有何妨?」隨即又想起了什麼，補充道：「只要不是不二法門的人就無妨，是了，爲什麼不二法門的人要這麼做?」

晏聰卻早已從梅木的反應中推斷出梅木之所以不緊張，是因爲梅木認爲晏聰所感覺的高手氣息是來自於刑破！

但晏聰卻已相信此人應不會是刑破！

當然，他也不會對梅木作此解釋。

這時，天邊竟傳來了隱隱雷聲，而那驚世高手的絕強氣勢正越來越盛，顯然正以極快的速度向這邊接近。

晏聰本能地感到此人應該是衝這玄天武帝廟而來的，心中飛速思忖著對策。

雖然來者敵友難分，自己未必會與之發生衝突，但晏聰卻委實不願因為不可測的變故，而錯失了引誘刑破出現的機會。但梅木、顧影多半已認定他所說的高手就是刑破，那麼自己是很難說服她們回避的。

左右為難，該當如何？

未等晏聰想出兩全之策，他忽然察覺除了方才那驚世高手之外，竟又有人向這邊接近！而且是與先前那人不同的方向向這邊接近！

看來，此刻要想不為人所知地離去已決不可能！既然如此，晏聰索性決定留下來靜觀事態變化。

這時，忽聞半里之遙的地方有笛聲傳來，笛聲清越歡快，似在迎頌賓客。但在這樣的荒野孤廟中忽聞笛聲，予人的感覺仍是有種說不出的詭異。

笛聲悠長綿綿，足見吹奏者的內力修為不凡。

晏聰很快由笛聲的變化判斷出吹奏之人在向此廟而來，且來速甚快，不過片刻，已在廟外！

這時，梅木自也意識到事情不同凡響，而晏聽所言之高人，未必就是刑破！

「若非刑叔叔又是什麼人？會不會是不二法門中人？」梅木心頭暗自轉念。

天邊的驚雷聲滾滾而來，卻掩不住清越的笛聲，誰也捉摸不透爲何會有人在夜深人靜的荒野中吹笛。

笛聲忽止，只聽得一嬌媚動人的女子聲音高聲道：「屬下恭迎主公大駕！」

「主公？這女子是什麼人？她所稱的主公又是誰？」晏聽沒有料到吹奏笛音的會是一女子，吃驚非小。

「爲何只有妳一人？恨將何在？」一個具有無限威儀、氣勢懾人的雄渾聲音響起！

晏聽心頭一陣狂跳：「是他！他一定就是那氣勢強得可怕的驚世高手！」僅聞其聲，已足以讓人深信此人必是雄霸一方、慣於發號施令的強者！

「回稟主公，恨將他……他已戰亡！」嬌媚女子似乎有所驚懼，聲音略顯顫抖。

一陣可怕的沉默！

「是什麼人，竟敢殺我大劫主之將！」聲音森寒入骨。

廟內三人無不是凜然一驚，「大劫主」三字有如驚雷般在他們心頭炸響，短時間內難以回過神來。

即使如今的晏聰已今非昔比，但乍聞「大劫主」之名，他仍是本能地有如雷貫耳之感！當他意識到這一點時，心頭不由升騰起莫名怒意！

「我已達到三劫妙法的第三結界，縱是大劫主又如何？我未必就不能與他一戰！」

雖然如此想，但對雄霸一方的劫域大劫主突然駕臨這荒郊野外，仍是吃驚非小。

至於梅木、顧影心頭之驚愕更不待言。

那女子自是劫域樂將。此刻，她正領著自己的十二女婢跪伏於廟外空地上，方才的笛聲正是她爲迎候大劫主所奏。

樂將由大劫主森寒無比的語氣中聽出他已真正地動了殺機！

也難怪大劫主會如此震怒，他的三大戰將在短短的時間內已在樂土連折其二！

樂將壯著膽子回稟道：「恨將……與哀將一樣，是被同一個年輕人所殺，此人名爲戰傳說，乃當年在龍靈關迎戰千異的戰曲之子！」

樂將之所以對戰傳說的事知悉不少，是因爲當她將恨將救走後，恨將把他所知道的告訴了她。戰傳說在苦木集時，並未掩藏自己的真實身分。

雖然恨將所知的也並不多，而且在被樂將救出不久之後又很快亡於戰傳說劍下。但此後樂將又設法打聽了與戰傳說有關的事，而對樂土人來說，又有幾人不知戰曲、戰傳說父子二人？即使四年前的那一戰已時日遙遠，但靈使之子術衣所掀起的風浪卻是近在咫尺的事，這足以讓戰傳說之名再度廣爲相傳。

「戰——傳——說?」

每一個字都像是自大劫主的牙縫中擠出，尤帶絲絲寒氣！倏而仰首狂笑，笑聲竟壓過了滾滾驚雷，「哈哈哈……戰傳說，你將死無葬身之地！與劫域爲敵，將是你一生最大的錯誤！」

兩大戰將皆是亡於戰傳說劍下，大劫主如何能不對他恨之入骨?

「大劫主乃魔界第一人，他手下三大戰將的修爲不言自明，戰傳說卻連殺大劫主兩大戰將，殊爲不易！無怪主人說，甫天之下能與我抗衡的年輕人，唯有戰傳說。」晏聰兀自沉思。

「主公有通天徹地之能，取戰傳說性命便如探囊取物，主公大可不必爲此事煩惱。『天瑞』歷經千年天地之劫，將要問世，此乃劫域天大的喜事啊！」

這分明是男子的聲音，但入耳卻予人以「嫵媚」之感，廟內三人聽來，不由毛骨悚然，好不難受。

說話者正是大劫主身邊的內侍總管牙夭，此刻他正立於大劫主身後。其身材比大劫主足足矮了一頭有餘，整個人彷彿都置於大劫主的陰影之下。

在大劫主身後另一側則站著一身材龐大、背負高達九尺鐵匣之人，此人袒露上身，肌肉有如精鐵鑄就。

大劫主沉聲道：「不錯，『天瑞』經歷千年的天地之劫洗禮，當可成爲助劫域雄霸蒼穹的

神器！」略略一頓，森然一笑接道：「雖有天地之劫洗禮，但尚缺了人之劫！樂將，妳是否已感知在這廟中有人隱身，而且還應是修爲不低之人？看來一切都是天意，天意要以人之劫來迎接『天瑞』！」

晏聰心中一沉，低聲對梅木、顧影道：「他們已發現了我們！」

樂將見大劫主自聽說恨將也已戰亡後神色陰鬱，心中不由惴惴不安，聽得大劫主此言，她立即討好道：「讓屬下殺了他們，算是獻給主公的一份賀禮！」

「妳去吧！」大劫主微微頷首。

樂將雙掌在地上一按，人如輕煙般掠起，直入玄天武帝廟中。

事已至此，已絕無其他選擇，晏聰霍然起身！

「晏大哥多加小心！」梅木在這種時刻還不忘關切晏聰。

晏聰已無暇應答，他一步跨出，「錚」的一聲拔刀出鞘，卻並未立即出手，而是大喝一聲：「我等偶過此路，暫作休憩，無意與他人爲敵！」

大劫主的名聲實在太響亮太可怕了，饒是晏聰已擁有了三劫妙法第三結界的力量，也寧可回避與大劫主正面衝突。

「咯咯！你只配死於我主公腳下，怎配與我主公爲敵？」樂將手中的「風搖笛」已閃電般向晏聰當胸刺至！

既然和解無望，晏聰自不甘束手待斃，雙臂一掄，刀身劃出一道驚人的弧線，已及時擋向對方的風搖笛。

掃式簡練樸實，但卻絕對的快極！以至於竟能後發先至。

「噹……」風搖笛重重戳擊於刀身上。

一股空前強大的力量立時由笛身迅速向樂將席捲而來。

樂將心頭凜然一驚，她顯然低估了晏聰的實力！

甫入廟中，她便看出自己將要面對的是一個年輕人，一個與花犯、戰傳說一樣年輕的人。但她萬萬沒有料到此人的修爲竟也如戰傳說、花犯一樣驚人！

她實在不明白，樂土何以突然間出現如此多的年輕高手，而這些高手又偏偏讓她一一遭遇。

纖腰輕擺，左臂倏揚，一道綢帶如毒蛇般纏向晏聰的頸部，而她的身軀則借力斜斜飄掠而出。因爲輕敵，甫一出手，她已陷於被動，此舉並不求能傷敵，而只是欲爲自己贏得時間，但晏聰似乎早已看穿了她的意圖，在第一時間急速揮斬一刀。

刀斷天涯！

這是無缺六式中最直接最簡練的一式，也正因爲其簡練，方使之能達到最高速度，而這正是晏聰所需要的。

一刀斬出，虛空因劇烈的摩擦而發出驚人的「畢剝」聲，似有微弱的火星閃現，或許這只是因速度過快而形成似虛似實的錯覺。

綢帶在未及眨眼的瞬間已化作千萬碎片！

這是爲無形刀氣劈斬的結果，比有形之刀更爲可怕。

而這千萬碎片因刀氣的挾裹之故，並未立即散去，而是有如刀的影子般緊附於刀身上。

樂將幾乎是在掠身而起的同時，就已看到自己射出的綢帶化爲碎片，而森寒刀氣即刻直抵面門！來速之快，已讓她有不可抵禦之感。

這種感覺，對樂將來說，實是生平罕有！恐怕唯有面對大劫主這等級別的驚世高手才會有。

可她的對手卻是如此年輕！

風搖笛幾乎是在她本能的驅使下橫封胸前，因爲一切的變化幾乎已超越了她的思想。

她的封擋總算及時，勉強擋下了晏聰勢如奔雷的一刀！

如此勉強爲之終爲她帶來禍患，雖勉強擋下晏聰一刀之擊，卻已覺逆血上湧，喉頭一甜，幾乎當場噴血。而她身後的廟牆更難擋無儔刀氣，「轟隆」一聲，廟牆已自上而下被撕開一道巨大的口子，土石迸飛，好不駭人。

晏聰一眼可以望見廟外的一干人馬。

對方來人之眾顯然出乎晏聰的意料之外，除了樂將之外，還有樂將的十二美婢、大劫主、牙夭以及那醜漢。在晏聰看來，劫域的人即使敢進入樂土，也不會如此大張旗鼓，而應是悄然潛入。

他的目光透過夜幕，正與大劫主投向這邊的目光相遇！

目光相遇的那一剎那，晏聰心頭劇震！

他生平第一次意識到當一個人足夠強大時，他的舉手投足乃至一個眼神，都足以給對方形成強大的無形威壓。若非晏聰已達到三劫妙法的第三結界，又挾力挫樂將的餘威，只怕他與大劫主目光相接的那一剎那，便已是高下立分之時。

而現實的結果，卻是晏聰有驚無險地與大劫主對視一眼後，注意力重新回到了樂將身上。只是極短時間的分神，卻使樂將有了喘息迴旋的餘地。

與晏聰相比，她的修爲並不會如此不濟，之所以如此快便受挫，只是因爲她的輕敵。當武道修爲達到一定的境界時，任何極爲微小的事都可能產生決定性的影響，何況是臨陣輕敵？

大劫主就在一側觀戰，這使樂將既有了底氣，又必須全力以赴。借晏聰微一怔神的時機，她身形暴旋，形成了一道驚人氣旋，向晏聰反撲而至，風搖笛與其融爲一體。

高速旋轉引得周遭的空氣產生扭曲與激蕩，氣流以無法描述的方式急速奔竄，有如無數可以任意扭曲變形的氣箭以樂將的身軀爲中心飛旋，引得風搖笛發出驚魂動魄的可怕嘯聲。

剎那間，樂將連人帶笛已成一股聲勢駭人的龍捲風！

而最具殺機的不是別的，而是那時而高亢入雲，時而低沉如來自九幽之地的笛聲！

一旦連聲音也具備了殺傷力，那麼其殺傷力一定比任何兵器都更可怕。因爲唯有聲音，才能真正地做到無孔不入！

而樂將對聲音的駕馭顯然已達到巔峰之境。修爲稍有不濟者，只怕當場就會爲這無形無質、無跡可循卻偏偏隱有無窮殺機的笛聲引得內息大亂，更不用說如何面對這幻變無窮的重重笛影了。

顧影不諳武學，毫無內力修爲，在這有如鬼哭神泣的笛聲中，如何能夠抵擋？只覺胸口如有千斤重壓，周身有如被抽盡了所有血液，內息紊亂，難受至極。

她尖叫一聲，狂噴熱血，當場昏死過去。

梅木亦是極爲不適，但其情形畢竟比母親顧影好上不少，耳中聽得母親大叫一聲後突然無聲無息，梅木頓知不妙，急忙呼道：「娘！」

卻無人應答！

這才是樂將真正的最高修爲！能在如此可怕的笛聲中保持冷靜者只怕屈指可數！

只可惜，她所遇上的偏偏是晏聰！

晏聰有今日修爲，皆因靈使之緣故，因此可以說他的武學有不少是源自靈使。尤其是心境修爲，更是受靈使影響，已臻驚人境界。

何況他與靈使的心靈已繫於一脈，此刻當晏聰的心神受到笛聲的強大衝擊而有出現突破的跡象時，靈使已然察覺，立即予晏聰以強大支持。其中玄奧，實非言語所能形容描述。

晏聰的心靈重新變得無比強大，毫無缺口，對方的笛音也不再能夠驚擾他的心神！

晏聰此時的心境顯得無比冷靜！而這一點，顯然是樂將萬萬沒有估計到的！這也就注定了樂將會敗得極慘！

事實上，若單論內力修爲，三將之中，以樂將的修爲最低，但她風搖笛的笛音卻常常可以助她出奇制勝，她也由此而躋身於大劫主駕前三大戰將之列。

但這一次進入樂土後，她先是與花犯遭遇。花犯乃九靈皇真門的傳人，講求清心明性，其「空靈心訣」正好是對付風搖笛魔音的剋星，所以與花犯一戰，樂將並沒有揀得什麼便宜。

而今日她所遇到的晏聰，亦是如此！

靈使的心靈之境之高明可謂天下共知，樂將實是時運不佳，先後遇到的兩個年輕高手皆是正好可以克制她的風搖笛魔音之人！

晏聰先是屹然不動有若山嶽，在樂將看來，這顯然是因爲晏聰爲她出神入化的魔音所驚懾，完全亂了分寸不知如何應對，取其性命已是情理中事。

殊不知，晏聰卻在樂將兀自自鳴得意時，憑藉自身超越常人的心靈之力，排斥了魔音的干

擾，將風搖笛的來勢判斷得清清楚楚。

心中一聲冷笑，必殺一擊以足令風雲變色之勢擊出！

刀勢絲毫不受魔音影響地破空而入，直入樂將空門！

大劫主驀然色變！

不再猶豫，已不知多少年沒有親自出手的大劫主，此刻竟已親自出手！因爲他已失去兩大戰將，決不願再失去樂將！

在大劫主與晏聰之間，足足有十餘丈之距，卻在瞬息間被大劫主輕易超越！

不可思議地急速掠走頓使人心生錯覺，只感到空間的概念已不復存在！空間的更易也只是在心念變化之間。

換了常人，只怕早已心膽俱裂，更不用說抵擋大劫主的攻擊了！

大劫主掌勢如刀，破空斬向晏聰。

簡單得無以復加的攻擊，卻因爲兼具了最高的力量與速度，而擁有驚天地、泣鬼神的可怕威力。

剎那間，晏聰連人帶刀已完全被這一擊之勢所籠罩。

晏聰的刀已經斬入樂將的肋部，他甚至由刀身傳來的某種震顫，感覺到了樂將的肋骨在刀下斷折！

刀，只要再順勢一送，便可立時斷送樂將的性命。但大劫主的出手卻使晏聰不得不放棄擊殺樂將的機會，他根本沒有別的選擇。

晏聰一聲大吼，刀勢一帶，劃出一道似可一斬開虛空的弧跡，幾乎是以自己的生命與靈魂揮出了驚世一刀！

在大劫主的攻擊下，晏聰的潛能立時被激發！也許這便是人在面臨致命威脅時必須的選擇！

一刀斬出，赫然是「無缺六式」中最具威力的「刀道何處不銷魂」！

事實上，這一式刀法並無定式，應敵之變而變，應心之動而動，不變的只是那可立判對手生死又超越自己生死的絕卓氣勢！

所以，當顧浪子與靈使一戰時，浸淫刀道數十年的顧浪子能不爲刀所累，以棄刀這一絕對出乎靈使意料的方式一舉挫傷靈使！

晏聰雖師從顧浪子，但因多年潛隱六道門，真正受顧浪子教誨的機會並不多。在此之前，他的「無缺六式」根本談不上大成，但今日憑藉自己突飛猛進的內力以及由此變得更出色的悟性，竟使出了比顧浪子更具氣勢的「刀道何處不銷魂」！

一方是魔界強者爲救部屬全力一擊，一方則是已達三劫妙法第三結界的年輕高手的豁盡自身力量的奮力反噬！兩大驚世之技以不可逆違之勢全速相接，頓時產生了可怕的破壞力！

「轟……」雙方甫一接實，強橫無匹的氣勁頓時如奔湧流瀉之怒濤，瘋狂衝向四方八面，衝激著每一寸空間。

在這狂野無匹的氣勁中，空間似乎已然扭曲變形！氣勁以摧枯拉朽之勢衝向四周，整座玄天武帝廟轟然倒坍。

梅木的身軀在空前絕後的強大氣勁衝擊下，如彈丸般被高高拋起，順著氣勁的去勢被拋向茫茫夜色之中，飛出二十餘丈開外，方止住去勢，墜落時只聽得一陣樹枝被撞得折斷的聲音，顯然是落入了一片叢林之中。

梅木幾乎當場昏迷！但她仍念念不忘母親顧影，不知母親能否在這可怕劫難中倖存下來。

梅木重重摔在了一叢灌木之中，當她吃力地支撐起身子之後，目光所及之處皆是高低參差的樹木，如何能見到母親顧影？

連她自己方才都有不堪承受之感，何況不諳武學的母親？

梅木想到此處，心如刀割！忍不住悲呼一聲：「娘！……」

「小姐！」一個略顯沙啞的聲音在不遠處傳來。

「刑叔叔！」梅木立時聽出這是刑破的聲音。

對刑破會在這時出現她自不會驚訝，正如晏聰所猜測的那樣，當他獨自一人留下在城堡那邊時，刑破已與她們母女二人見過面。

原來，自顧影、梅木二人受伏被擒後，刑破便開始全力尋找主母與小姐的下落。

按理，如果靈使不願讓他人知道顧影、梅木的下落的話，完全可以做到，畢竟她母女二人受伏擊時，沒有任何外人在場，而且又是在荒野之中。

但靈使的真正目的並不在於對付顧影、梅木，而是爲了南許許、顧浪子。

對靈使來說，他所希望的恰恰是南許許、顧浪子會追蹤而至，所以他非但沒有消抹痕跡，反而有意留下了可以追蹤的線索。

對於曾是名動一時的殺手的刑破來說，只要有蛛絲馬跡，便可以讓他展開追蹤，更何況是有意留下的痕跡？所以，刑破很快便找到了那座廢棄的城堡。

但正如靈使所言，刑破有著驚人的敏銳感覺，他的直覺告訴自己，事情決不會如此簡單，尤其是有幾處線索實在太過明顯，按理，只要不是太過愚蠢的人都不會出那麼大的漏洞，但事實上卻出現了，而且不止一處。

這足以引起刑破的警覺！

作爲曾經是極爲出色的殺手的刑破，能夠清晰地推測出對手的目的並不是在於梅木、顧影本身，而在於以她們爲誘餌，引出其他的人。

當刑破在城堡附近的山岩後整整觀察了城堡一日之後，他更斷定了這一點，顯然在那座城堡中隱有埋伏，只等有人自投羅網。

而與梅木、顧影關係最密切的人，顯然就是刑破自己了，對方所真正針對的十有八九就是他！明白了這一點後，刑破更不會輕易出手。

這並非因爲刑破貪生怕死，而是因爲他絕非一個只有一腔熱血的莽撞之人。

對於殺手來說，最需要的是冷靜！莽撞的殺手往往活得不久，他們非但不能殺人，反而很快會爲人所殺！

同時，刑破知道如果對方的真正目標是在對付他的話，那麼只要他一日不出現，梅木、顧影母女就有一日安全，一旦他也落入對方手中，梅木、顧影就將十分危險了。

正因明白這一點，刑破才沒有倉促出現救人。

他知道自己只有一次機會，如果成功倒也罷了，一旦失敗，累及的將是三條人命！若顧影母女有何閃失，他有何顏面面對九泉之下的主人梅一笑？

從此，刑破一日復一日地在城堡四周出沒，他常常在某一隱蔽處一待就是幾個時辰，一動不動地觀察城堡內的情形，包括任何極爲細小的事情都要爲他反覆地琢磨、推敲。

漸漸地，刑破看出了許多東西，也看出自己並不是完全沒有機會。而成功與否的關鍵就在於城堡中的一個人。

一個地位顯然凌駕於其他人之上的人！

烏稷固然可怕，但此人比烏稷更可怕，更不易對付！儘管刑破一連潛伏數日也沒有看到此人身攜任何兵器，而且此人極少在城堡內走動。

有好幾次，刑破都以為此人應已不在城堡中，因為他已目不轉瞬地注視城堡數個時辰，但就在他做此想法時，此人卻突然出現了，如幽靈般在城堡的某一個角度閃現片刻，旋即再度隱身。

刑破明白了，這個人正是對付可能來救梅木、顧影的人的主要人物。

此人就如同刀之刃，雖然是最重要最具殺機的部位，但也往往是隱藏最深的部位。

同時面對此人與烏稷，刑破實在沒有任何取勝的把握。他所能寄以希望的，唯有等兩人當中有一人離開城堡。

有幾次，此人也的確離開了城堡，但刑破殺手的天性使他有著驚人的耐心與警惕心，即使明知自己很可能錯失天賜良機，他也強迫自己再忍耐、等待。

他的決定並沒有錯，那人的離開只是假象，其目的只是為了引刑破出手！

離開城堡不久，他立即殺了一個回馬槍！可惜卻一無所獲，刑破並沒有如他所希望的那樣出手。

也許，在這場無聲的較量中，刑破的忍耐力使他暫時占了上風，但事實上，只要梅木、顧影不被救出，他就永遠處於被動，其忍耐力必然會隨著時間的推移而日漸消退。

也就在那可怕的對手再一次離開城堡時，晏聰出現了！

儘管晏聰已處處作了掩飾，但在一直默默注視著城堡一舉一動的刑破看來，晏聰仍是未免太順利了點，尤其不可思議的是，那最可怕的對手竟沒有在晏聰闖入城堡後及時掩殺而回！

這是巧合，還是必然?!

刑破更偏向於後一種可能。

與那人無聲地較量了這麼久，雙方雖然沒有直面相對，但卻像是都已意識到對方的存在。刑破絕難相信此人會出如此大的紕漏。

所以，當晏聰將梅木、顧影救出時，刑破在驚喜之餘仍有所警惕！

他借晏聰與顧影母女二人分開之際，與顧影她們相見了，並說出了自己的疑慮，說服她們暫時與晏聰分開，由他慢慢追查出晏聰的真正身分，若晏聰的確是顧浪子弟子，再設法與之相見也不遲。

這正是顧影忽然打算與晏聰分道而行的原因，還好晏聰見機得快，察覺了異常，立即以計騙過了顧影。只是他沒有料到留在玄天武帝廟竟會遭遇劫域大劫主！

刑破一直就潛伏於玄天武帝廟附近，只等晏聰與顧影、梅木分道而行後，由他來照顧顧影、梅木。沒料到他們都留在了廟中，刑破由此反而更堅信晏聰來歷蹊蹺。

之後事情變化之詭之快，完全出乎刑破的意料之外！從大劫主、樂將的出現到晏聰先挫樂將，再戰大劫主，前後其實不過只有極短的時間，根本未容刑破作出什麼反應，便已必須面對驚人一幕之時了。

隨後他便聽到了梅木的呼喊聲，這讓他既喜又憂，喜的是這證明梅木還活著，憂的是梅木的呼喊說明連梅木都不知其母親凶吉如何，所以顯得十分的焦慮不安。

刑破急忙招呼梅木，隨即穿過叢林，與梅木相見。

刑破一見梅木，立即安慰道：「小姐別擔心，主母吉人自有天相，不會有事的！」

事實上他自已對這一點也絲毫沒有把握，畢竟方才他已清晰地感受到那毀滅性一擊的可怕！對於不諳武學的人來說，若能避過此禍，足稱奇蹟。

兩人四下尋找，不久，竟聽到了輕輕的呻吟聲，兩人心頭一震，一時間分不清是喜是憂，急忙循聲趕去。

果然是顧影！

但當梅木、刑破見到顧影時，兩人卻是如墜冰窖，寒意直透心底！

他們赫然發現顧影仰身躺於地上，一截被砍去上段只剩下半段的竹子無情地穿透了她的胸膛，鮮血正如泉水般汩汩湧出，早已將她的身軀浸濕。便是神仙也不可能救得了顧影了！

梅木的身子晃了晃，終於倒下。

極度悲痛之下，她竟吐不出一個字，亦哭不出聲來，而只能一下子跪倒於母親顧影身旁，身軀像是怕冷般劇顫。

秋風凜冽，寒意入骨。刑破的心一點一點地變涼。

終於，這早已不知在生死之間走過多少遭的人，亦無力跪下，跪於自己此生最敬重的主人的妻子之前！

自主人梅一笑戰亡之後，刑破暗自在心中發誓，一定要以生命保護主母、小姐，唯有如此，方能報答主人的知遇之恩！可如今，自己還好好地活著，而主母卻已將撒手人寰，這如何不讓刑破悔恨悲痛欲絕?!

「娘！……」梅木終於哭喊出聲，其聲悲切，讓人不忍耳聞。

刑破熱淚奪眶而出。

顧影的手動了動，梅木忙將母親那已沾滿了鮮血的手緊緊握住，顫聲道：「娘，妳不會有事的，對不對?妳不會拋下我一人的，對不對?對不對！」

顧影的雙唇輕輕動了動，似欲說什麼，梅木忙俯身近前，只隱約聽得母親斷斷續續地道：

「……娘終於……可以見妳爹了，只是有點……放心不下……不下妳……」

後面的話未能說出口，她的口鼻忽然齊齊有熱血湧出，身子一陣抽搐，已然了無聲息！

「娘！」梅木悲慟大呼，一下子撲倒在母親懷中。

心既已碎，夫復何言?親人已逝，夫復何言?!

除了悲天慟地之外，梅木又能有什麼別的選擇?

梅木正傷心欲絕之際，忽然有一隻手搭在了她的肩上。

「刑叔叔……」梅木知道是刑破試圖安慰她，現在刑破已是她在這世上唯一的親人了。

但她估計錯了！

就在她低聲叫了聲「刑叔叔」之後，刑破以極度驚愕的聲音大喝道：「小姐，小心！」

由聲音可以判斷出刑破並不在梅木的身側，而應是有一小段距離——這就等於說，他的手不可能搭在梅木的肩上！

梅木猛然意識到這一點，大爲驚愕！

沒等她回過神來，她只覺搭在她肩上的那隻手突然用力，扣住了她的肩肋並全力下拉。猝不及防之下，梅木重心頓失，被拉得向一側倒去。

因爲視線角度的關係，她根本不知此時在她身上發生了什麼事。

而在她身後的刑破卻看得清清楚楚。

他所見到的一幕著實駭人！只見梅木身後的地面下突然有一隻手破土而出，閃電般搭在了梅木的肩上，隨即便是梅木喊了一聲「刑叔叔」，緊接著刑破本能地大呼「小姐小心」，隨即便見那隻突然由地下衝出的手將梅木拉得向一側倒去。

如此詭變駭人聽聞，讓刑破不由懷疑這只是一場噩夢。

一錯神間，梅木已被那隻手拉得栽倒地上，彷彿就此要將她拉入九幽地獄。寒光甫現，一把彎刀自地下劃出，向梅木的頸部疾斬過去。

刀的寒光反而讓刑破一下子清醒過來！他斷定這決不是有所謂的鬼魂作祟！

沒有任何的猶豫，在電光石火的剎那間，刑破已完成了一連串複雜的動作。

由於其速過快，旁人所能見到的也只有結果——他背後斜插著的刀不知何時已跳離了他的後背，向自地下冒出的那把彎如冷月的刀疾撞過去！

眼見主人的女兒性命危在旦夕，刑破已然將自己的潛能發揮至極限，雖然只是簡單的拔刀擲刀之舉，卻已因爲他的全力施爲而快至讓人窒息的地步！以至於讓人感到那柄刀早已不在他的身上，而是以不可知的方式懸於虛空，早就在等候著那柄彎刀的出現。

連刑破都驚詫於自己出手的速度何以能如此之快！

「噹……」就在那彎如弦月的刀即將吻過梅木優美頸部的那一剎那，刑破的刀已重重撞於彎刀之上。

血光倏然暴現！

刑破全力擲出的刀上所蘊涵的力道之大可想而知！但縱是如此，竟也不能將那柄如弦月般的刀撞飛，而是被撞得一偏，刀鋒無情地斬落於梅木的肩上。

「喀嚓」一聲，梅木的整隻左胳膊應聲落地，梅木痛徹心脾地大呼一聲，跌滾而出。

刑破如瘋了般大吼一聲，不顧一切地飛身撲至，竟以徒手向那彎如弦月的刀抓去！

他真正地憤怒了！

怒至極限！

怒火似可將他的血液燒乾！讓他的理智全失！

不過短短的片刻，他竟眼睜睜地看著顧影、梅木一死一傷，這如何不讓他心痛若狂?!

他痛恨爲什麼這些災禍不是降臨在他的身上，卻偏偏要他眼睜睜地看著這殘酷一幕的發生。內疚、仇恨、悲憤、懊悔……種種負面情感於同一刻在刑破的心中齊齊爆發，使他感到不殺不快。

刑破不顧一切地向那柄彎如弦月的刀抓去，根本不顧那是割肉飲血的利刃！

彎刀赫然被他左手自刀背向前一把扣住！

左手四指一涼，齊齊被刀刃削斷！

而刑破已沒有了痛感，所謂的「十指連心」在他身上儼然已失靈了！因爲他心頭之痛足以蓋過一切的肉體的痛！

血指雖斷，刑破卻並不鬆手，竟憑著殘存的拇指與斷掌的力量死死扣住那把彎刀，右手豁盡自己的全身力量，向握刀的手轟然重擊！

由於那柄彎刀是自地下冒出，刑破就不能不降低重心，這本是很不利於力道的發揮，但在盛怒之下，刑破這一拳卻足以稱得上開天闢地的一拳！

那隻手像是意識到了危險，及時鬆開那把彎如弦月的刀，倏然沒入土中。

「去死吧！」

刑破殺意已起，動作快逾驚電，他閃電般抓起那柄彎刀，倏然向那隻手消失的地方狠狠插下！

一道血花突然在彎刀入土的地方盛開，並立即又枯萎了，鮮血噴出後又迅速滲入土中。

刑破大喝一聲，彎刀完全沒入土中，迅即運臂一掄，橫向疾拖，攪起漫天沙石，刀風生生迫入土中，並朝四周激蕩開去，形成了可怕的破壞力，立時地面上造成了一處凹陷的土坑。

「轟……」的一聲，沙石激飛，一道人影如鬼魅般自地下沖天掠起，飄然落在了與刑破相去數丈遠的地方。

但見此人身形精瘦矮小，與刑破相比，幾乎只有半個刑破那麼大，加上全身著黑色緊身勁服，頭戴皮盔，更顯矮小。

他的緊身勁服也不知是何物製成，竟泛著幽幽之光，如同一條黝黑的魚，讓人感到黏稠潤滑，心中有種說不出的難受。

那身形矮小的黑衣人忽然一聲低嘯，嘯聲怪異，有如鬼泣，若非刑破已知此人是活生生的人，只是長於遁地之術，只怕也難免爲他的嘯聲嚇一跳。

「沙沙沙……」四周叢林中突然響起了猶如無數飛鳥穿越叢林的聲響，雖然聲音並不大，但因爲密集，又是自幾個方向同時出現，仍是頗爲驚人。

刑破目光四下一掃，赫然只見叢林深處枝葉翻拂，並如同一道道黑色的水浪般向這邊湧來，其速極快，情形詭異！

直到「黑浪」到了近處，方可看出原來是與那身形矮小的黑衣人裝束相似之人飛速穿過叢林，向這邊湧來，身子快速撞開樹枝才形成了那樣的情景。

片刻間，眾多的黑衣人已在刑破周遭形成了一個大大的包圍圈。

由矮小黑衣人召來的同伴也是一身黑色緊身勁服，手執如弦月般的彎刀，所不同的是這些人都未戴皮盔，也未束髮，就任憑亂髮披散著。

刑破見叢林中突然出現這麼多人，心頭著實吃驚非小！他自忖自己的察辨力應算不弱的，何以在叢林中隱藏了這麼多人自己竟絲毫沒有察覺？

是自己太疏忽了，還是對方太高明？

正自思忖間，忽聞梅木痛苦的呻吟聲，刑破再也無心去想別的一切，便要上前察看梅木的傷勢。

「本鬼將要殺的人，從沒有誰能倖免一死！」那自稱「鬼將」者森然道，其聲十分怪異，讓人過耳難忘。

此言甫出，圍於四周的眾黑衣人已聞聲而動，齊齊向梅木所在的位置而來！

讓人驚愕的是，他們就如同在水面上標射滑行一般，非但來勢奇快，而且刀不動，身不晃，就如同在梅木所在的位置有十幾根繩索各繫於眾黑衣人身上，再用力向中心拉扯一般，其勢有如群鷹捕兔！

梅木的傷口大得驚人，如果不及時止住流血，只怕單單是流血也可能取了梅木的性命。可刑破連爲梅木止血的機會都沒有。

利刃破空，一片刀光刃影，漫天淒迷，殺意騰空，風嘯沙揚，氣勢驚人，至少有五把彎刀難分先後地向刑破攻至。

刑破立即感覺到這些黑衣人無不是久經沙場，他們的攻擊皆是既狠辣又有效。

曾是極出色的殺手的刑破，能夠清晰地感受到這一點。而同時面對十餘名極富殺人經驗又身手不凡的對手，刑破的處境可想而知。

刑破心中早已殺意騰騰！

他已記不清有多少年沒有如此強盛的殺意了。

在遇見主人梅一笑之前，這對他來說是司空見慣的事，而自追隨梅一笑之後，便隨主人一同隱於紛亂塵世之外，自此，他連刀都極少動用，更遑論大動殺機。

久違的感覺重新回到刑破身上，使刑破整個人像是變了一個人，渾身上下都瀰漫著一股如刀一般的鋒芒。

也許，這才是真正的刑破！

與刀相融相親的感覺如電般迅速遊竄了刑破的全身每一寸肌膚！

刀倏起！

揚起一道看似簡單卻又似若蘊涵無窮玄奧的弧線，似慢實快地破空劃出。

僅僅是簡單的一刀，卻讓每一個攻擊者都感到絕對強大的壓力，刀耀虛空，讓人有目眩神迷之感。

這種目眩神迷之感只是在每個人心中停止了極短的一瞬，緊接著刀光再閃，以不可描述的速度閃掣飛舞。

其速之快，頓使眾人感到突然之間，刑破手中有不計其數的刀同時迎向他的每一個對手！

一種密集得讓人心驚肉跳以至不堪忍受的金鐵交鳴聲驟然響起。

幾聲悶哼，第一撥攻擊者如退潮般倒退出去。

赫然已有兩名黑衣人受了傷，一人傷在右臂，長長的創口自肩部一直拉下，直至小臂，鮮血淋漓！而另一人則不可思議地背部中刀，同樣是一片血肉模糊。

刑破仍是穩立原地，半步未移！

表面看來他已大占上風。但刑破自己卻知道事實絕非如此，自己雖然化解了對方的第一輪

攻擊，但對方退卻時，卻步調一致，如出一轍，而且相呼相應，自己竟未能借機斬殺其中任何一人！

這決定了他必然會陷入苦苦酣戰之中，只要對方發動一輪又一輪的攻擊，即使他能夠擊傷對方幾人又如何？還有那爲首的自稱「鬼將」者還未出手！

更重要的是，梅木還在等著他的救護。

一生之中，刑破尚從未如今日這般狼狽！

此刻，晏聰已硬接了大劫主的兩次驚世之擊。

當晏聰承受對方第二度攻擊後，他只覺雙臂一陣酸麻，身不由己地一連踉蹌退出三步，方勉強站定！而大劫主卻是巍然不動。

顯然，大劫主已穩占上風，更何況這是在他赤手面對晏聰的鋒銳之刀的情況下的戰況！

但晏聰在受了挫折之後，反而更增添了信心！

在此戰之前，他根本不敢奢想能接下大劫主的一擊！大劫主乃魔界第一人，兩人之間的差距在晏聰看來，簡直是天上地下。但今日，他不但接下了大劫主一擊之力，更接著接下了對方的第二擊。

這讓晏聰心中豪氣大熾，原來大劫主也並非不可冒犯、不可與之相戰的神！

即使是神，只要有足夠強大的實力，也同樣可以向「神」發出挑戰！

而此刻的大劫主卻已是動了真怒！

能入大劫主法眼的，也許除了不二法門元尊之外，再無他人！孰料甫入樂土，遇到一個年不過二十的年輕人，竟能接下自己兩度之擊，而不亡不傷，這如何不讓他既驚且怒？所以，當他第三次出擊時，已然催運了九成功力！

依舊是簡單得無以復加的攻勢。

大劫主揮掌如刀，向晏聰當胸暴斬而至！

因爲他有著絕對的自信，自信對付晏聰這樣的人物，根本無須動用更爲複雜的招式！

無儔氣勁全力催發，狂烈無匹地籠罩了周遭空間，這毀滅性的力量終於使空間也發生了不可思議的扭曲，一團比黑夜更黑的暗氣籠罩於大劫主掌刀周圍，並以驚人的速度在迅速膨脹延伸。

暗得似可以吞沒一切，包括人的精、氣、神、心智——那團黑影以不可逆違之勢如追星逐月般向晏聰襲至。

第二章　第三結界

晏聰目瞪口呆！

他萬萬沒有料到天地間還有如此詭異之事，與其說那是一團黑氣，倒不如說那是一種具有特徵的光與影！

但光與影又怎可能爲人駕馭?!

所有的念頭只在一瞬間閃過，晏聰大喝一聲，將自身刀意氣勢催發至幾乎超越自身承受的境界，以不死不休之心，向大劫主迎去！

此時此刻，他的心中已完全忘記了一切，忘記了他的主人靈使，忘記了他的使命，甚至忘記了他自己的身分。

他只是一個純而又純的武者，在面對前所未有的驚世一戰中，將自己的修爲全力催發的武道中人！

唯有大劫主這樣的人物，才能催發晏聰的戰意至如癡如狂之境，至忘記一切唯求拚死一戰之境！

空前強大的戰意切斷了他與靈使之間的心靈聯繫！

此時此刻，靈使已然無法感覺到他的喜怒哀樂，無法感知到他的存在！

晏聰並不知道，因為感覺不到他的存在，靈使已察知不妙，正領人飛速向這邊趕來！

靈使囚禁顧浪子、南許許的地方與廢棄的城堡相去並不遠，只有二十餘里。之所以作如此選擇，是因為這樣一來，靈使可以同時兼顧兩個地方。

靈使好不容易得到了晏聰這樣既忠心又戰力驚人的可用之才，豈肯輕易失去？

對於這一切，晏聰毫不知情！他所有心思、精神、意識，一切的一切，在這一刻，似乎都是為破解大劫主的這一擊而存在！

甚至，恍惚中，他感到自己之所以降臨世間，就是為破解大劫主的攻勢直至擊敗大劫主！

無比堅定的信念使晏聰在面對大劫主改天易地的一擊時，竟仍是神色不改。

一聲沉悶得讓人幾欲瘋狂的巨響響起，似若由光與影組成的暗氣赫然化作千千萬萬如絲如線之物分崩離析！迅即化作一團奪目的光芒籠罩於大劫主的周圍，情形詭異得讓人咋舌！

唯有大劫主自知，他的九成功力之擊，不可思議地被年不過雙十的晏聰化解開了！

那一剎那，大劫主心頭百般滋味齊齊湧出。

他甚至輕輕地嘆了一口氣。

雖只是輕輕一嘆，但卻讓廟外心驚膽戰地等待結局的劫域中人齊齊色變！他們知道大劫主決不可能敗的，但他們又何嘗聽到過大劫主的嘆息?!

事實上，連大劫主自己都不知道自己爲何嘆息。

晏聰的身軀似乎在原地有極短暫的停滯，隨即突然如無助的紙鳶般倒飛而出，口中、鼻腔、雙耳鮮血噴濺，衣衫頃刻間完全爆裂，化作無數的碎片，片片飛落。

甚至他的周身肌膚都出現了網狀的遍佈全身的龜裂，鮮血淋漓，好不駭人！

晏聰終究還是敗了，而且敗得極慘！

對此，大劫主並不意外。在他看來，雖然自己擊敗了晏聰，但自己的九成功力的攻勢竟也同時爲對方所瓦解，這已是一種難以接受的事實！所以，此刻在大劫主的臉上，未能見到任何的喜悅，有的只是陰鬱肅殺！

這些日子來，先是哀將被殺，緊接著又是恨將戰亡，而今日連自己也遭受了不大不小的挫折，這——會不會是不祥之兆？

大劫主的目光追隨著飛身跌出、情形可怖的晏聰，神情若有所思。

廟外的劫域中人長長出了一口氣，他們知道晏聰已是必死無疑！

事實上，晏聰並沒有如他們所想像的那般當場斃命，他的生命仍在，神志仍在。他的身軀如彈丸般向玄天武帝的神像撞去！

整座神廟早已被破壞無餘，獨有這尊神像還屹立著，這實在是一件奇怪的事情。

而晏聰已無暇去考慮這件事，如果就這麼撞向神像，也許不必大劫主再補上一記，他就已撞死於神像前了。

晏聰以自己殘存的所有力量揮出一刀，向神像斬去！他要借此消去一部分力量。

「噹……」地響起一聲金鐵交鳴之聲，他的刀撞在了神像上。

爲何泥塑的神像與刀身的碰撞會是這樣的聲音？這一念頭在晏聰的心頭只是一閃而過。

幾乎是同一時間，一道幽藍的天雷自萬里高空之外驀然劈開重重烏雲，如天之利劍般劃過萬里長空，準確無誤地擊向這尊玄天武帝的神像上。

天雷的亮光將天地間的一切都照亮了！

每個人都駭然目睹了那道天雷擊向玄天武帝的神像！

天地一片慘綠，一股絕非言語所能形容的力量驀然由刀身傳至晏聰體內！

刹那間，晏聰有軀體無限膨脹的驚人感覺。

他的眼前一片黑暗——也許並非黑暗，只是他突然間什麼也看不見了。

不僅是軀體，還有他的每一根骨骼，每一條經絡，每一滴血液，甚至還有他的心神，都在

無限地膨脹！

無限的膨脹感之後是極度的空虛，空虛得已意識不到自己的存在！

「莫非，這就是死亡的感覺?莫非，我已經死亡?」

晏聰心頭閃過最後一個念頭，隨後就感到自己似乎已成了無數的碎片，每一片碎片都有著獨立的思想與靈魂，就如同有無數的晏聰存在。

他們飄浮於虛空之中，竟能居高臨下地看見下面的情形，卻偏偏無法看到自己的存在。

「他們」看到包括大劫主在內的每一個人都在以驚愕莫名的神情注視著什麼，彷彿他們見到了世間最詭異的一幕！

與禪都相距三四十里外的一個小鎮。

鎮內唯一的客棧——多喜客棧。

客棧很小，因爲這個鎮本就很少有人投宿，比如今夜，就只有一個客人。

雖然只有一個客人，卻讓客棧的掌櫃與夥計大有寢食難安之感。

這是一個清瘦的老者，騎著一匹瘦骨嶙峋的老馬進入小鎮，篤悠篤悠地就進了多喜客棧。

客棧雖名爲「多喜」，但在掌櫃的臉上一向很少有喜悅之色。這也怪不得他，此鎮既然與禪都只有三十多里路，顯貴闊綽的人是寧可緊趕一陣到禪都落腳，也不願在這小客棧屈尊一夜的。願意在多喜客棧留宿的多半是囊中羞澀之輩，即使掌櫃再如何神通廣大，要從這樣的人身上榨出多少油水也是癡心妄想。

這身著青衫的老者也不例外，到了晚膳的時間，掌櫃讓夥計去問一問他要用點什麼，結果青衫老者猶豫了半晌，才伸出一隻手指，道：「有沒有油餅？要烤得酥軟的那種。」

夥計本就頗有些長的臉一下子拉了下來，但還是強忍住性子道：「你老人家還要點什麼？」

青衫老者又猶豫了片刻，方道：「再來一碗清湯，如何？」

夥計強擠出一點笑意：「客人你稍等片刻。」

夥計送來了一張烤得已焦糊了半張的油餅，以及一碗清得可以照出影子來的湯後，存心刻薄地道：「老人家已高壽了，也該好好待自己一番了，要不一輩子奔波勞碌還能圖什麼？」

青衫老者很友善地一笑，一點也沒有生氣的模樣：「此言有理，可惜老朽已只有幾日性命了，已不必計較這些。」

他微閉著雙眼沉吟了片刻，睜開眼來，「三十四日吧。」

「什麼三十四？」夥計有些回不過神來。

「老朽在世間爲人只剩三十四天了。」青衫老者道。

夥計先是一怔，復而像是受了戲弄般不悅地道：「你如何知道？莫非欺我無知？」

青衫老者笑了笑，也不與之爭辯。夥計也不便一味刨根問底，只有訕訕退出。

客棧爲兩層的木樓，客家居上，店家居下。因爲今夜只有青衫老者一個客人，掌櫃、夥計便早早歇息了。

孰料剛朦朧欲睡之際，忽聞樓上「嘩啦」一聲響，隨後便是如珠子在地上滾動的聲音，一下子將掌櫃、夥計都驚醒了。

這幾日客棧一直門庭稀落，就算有盜賊光顧也撈不到什麼好處，兩人都懶得理會。卻聞樓上那老者朗聲大笑，笑得甚是開懷，像是遇到了天大的喜事。

掌櫃心頭便有些煩躁了。有些人在自己鬱鬱不快之時，是最見不得他人心情舒泰的，或許掌櫃便在此例。

他有些惱怒地以指叩了叩木板隔開的牆，對在一側另一間屋內的夥計道：「去看個究竟，可莫出什麼亂子！」

夥計嘀嘀咕咕地下了床，趿著一雙鞋「噔噔」地上了樓，直奔那青衫老者所住的屋子。

到達房前，也不叩門便推了進去，只見一室燈火，青衫老者正襟危坐，衣冠整齊，身邊桌上擺了一個八邊形的盤子，盤子上放滿了花花綠綠的珠子。桌旁還放著一個盒子，裏面還有不少同樣花花綠綠的珠子。

夥計頓時明白方才那流動聲是怎麼回事了，大概是青衫老者一不小心弄倒了這些珠子，心中暗忖：「這老頭神神秘秘的，也不知半夜三更在擺弄什麼，真是越老越討人厭。」

還沒等他出口，那老者已先開了口，竟不是指責他貿然闖入，而是滿臉喜色地道：「同喜，同喜！」

夥計一怔，氣極反笑！他真有些哭笑不得了，啞然道：「老人家何必一味尋我開心？」

青衫老者忙道：「豈敢豈敢？實是有喜可賀！」

那夥計將嘴一撇，「小的倒想聽聽有何喜事？」

「天瑞重現世間，這豈非可讓普天同慶的大喜之事？」說到此處，青衫老者又拊掌而笑，笑容可掬。

夥計見他笑得如此歡暢，不由想到白天他曾說他自己只能再活三十四天，看他此時神情，何嘗像是只能再活三十四天之人？反倒像是可再活三十四年！心道：「這人若非愚弄我，便是有些癡傻了。」當下道：「天瑞又是什麼？」

青衫老者一怔，復又展顏道：「天瑞便是最吉祥之物，蒼穹之中有四天瑞，即爲蒼龍、鳳凰、麒麟、玄武。天瑞之現，天下大吉，豈非可喜可賀？」

夥計一聽，大感不著邊際，便打了個長長的哈欠，「天下大吉又如何？大凶大吉也不是我等該操心的，小的只盼明日多來幾個客人，只求今夜能睡得踏實安穩些。」

說話時，他的目光有意無意地掃了那八角形的盤子幾眼，意在提醒青衫老者莫再弄出莫名

聲響來。

青衫老者似乎壓根沒有察覺到夥計的不耐，他還以爲夥計是對他那八角形的盒子有了興趣，便道：「這是微盤。」又指了指花花綠綠的珠子道，「此乃智禪珠。」

夥計雖然終日與抹布和掃把打交道，但對樂土處處可見的智禪珠還是知曉的，當下訝然道：「老人家竟懂禪術？」

聽他語氣，與其說是好奇，倒不如說有些難以置信。

青衫老者微嘆一口氣，「禪術玄奧莫測，憑藉禪術可以察天人之變，萬物更變交替之真諦，窮盡蒼穹的一切玄機。老朽實不敢妄稱一個『懂』字，論究起來，或可說已臻『奪斷』之列吧。」

禪術分爲三個境界，最初的便是「射覆」，更高一層的境界則是「奪斷」，而至高無上的境界則是「紀世」。

古往今來，相傳唯有武界神祇時代大智大慧的智佬達到了「紀世」的最高境界，成爲智絕蒼穹的神級人物，除此之外，能達到「奪斷」之境的人也已是鳳毛麟角，兩三百年來，或許唯有玄流的悔無夢能達到這一境界。

夥計雖然不懂禪術，但與每一個樂土人一樣，對禪術有關的傳說倒聽過不少，也知道「奪斷」之境已是百年罕見。故聽眼前這青衫老者自稱已臻禪術的「奪斷」之境，他是決計不信的，心忖：若有此等修爲，又怎會在這樣的客棧中出現？

那青衫老者興致盎然，竟起身拉著夥計的手，「走，你我同去一觀天象，看看天瑞將在何方問世！」

夥計道：「小的肉眼凡胎，恐怕是看不出什麼的，老人家你自便吧。」

青衫老者有些惋惜似的嘆了一口氣，也不再堅持，逕自出了房門，下樓去了。

夥計呆了呆，忍不住好奇之心，上前打量了微盤上的智禪珠幾眼。

只看了幾眼，他忽然感到有些目眩神迷，心驚肉跳，仿若落入他眼中的並非只是一個微盤一些智禪珠，而是無窮的玄奧。

夥計趕緊將目光錯開，不敢再多看，心中暗呼：「好邪！莫非這老頭竟會妖術？」

他有些忐忑地退出了屋外，只見那青衫老者已下了樓，正向院中走去。

夜風習習，拂動青衫，讓人感到老者那清瘦的身軀像隨時都會乘風飄去，恍惚間竟讓夥計感到有幾分仙風道骨。

夥計微微一怔，靜了片刻，也下了樓。

回到自己屋內之前，夥計忍不住回頭多看了老者一眼，只見那老者正背負雙手，仰望無限蒼穹，如癡如醉，口中喃喃自語，夥計一句也聽不懂。

夥計正待掩門時，那老者忽然回望向他這邊，「南方有一股紫氣直衝斗、牛二宿之間，看

來那天瑞應在南方出現了。」

夥計隨口應了一句：「老人家神機妙算，既然這麼說，想必就是如此了。」

「砰」的一聲，他已將門掩了個嚴嚴實實。

可過了不多久，當夥計睡意襲來，正待入夢時，忽又聞院中老者一聲驚呼，再度被驚醒了。

他本待忍一忍，孰料青衫老者並未就此靜下來，而是失聲呼道：「七星連珠，天下應劫！天樞陰晦，搖光赤芒，亂兵大起……既有天瑞重現，爲何又有應劫之象?!」

其聲愴然而悲天憫人，似在問蒼天！

掌櫃被吵得不得安寧，又氣又惱，正待開口，忽然一道天雷破空劃過，剎那將天地間的一切照成一片慘綠之色。

天地蕭索！

掌櫃沒來由地激靈靈打了個冷戰，到嘴邊的話也不由自主地咽了回去。

天地重歸於黑暗，甚至比原先更顯陰暗。緊接著一道驚雷驟然炸響，其聲之巨，幾讓客棧木樓簌簌震顫！

掌櫃的一陣心驚肉跳，睡意全消。他披衣推開窗戶向外望去，只見天之南向烏雲四聚，沉沉壓來，氣象森然，掌櫃下意識地將披著的衣衫緊了緊。

而青衫老者孤立於院子中央，透著幾分蒼涼。

「轟隆……」震天動地的驚雷在映月山脈滾滾而過，群峰震懾！

被囚禁著的石敢當也聽到了這驚雷之聲，心頭莫名一顫。

他自知這並非因爲驚懼之故，而是在冥冥之間感到將有驚人的事要發生了。

雖然他被囚於此地，但煩躁不安的卻不是他，反而是藍傾城。藍傾城曾聲稱他可以等待幾年，而石敢當要煎熬幾年卻決不容易，但事實上，真正早早失去耐心的反而是他自己而非石敢當。

藍傾城也許忘了一點：石敢當當年僅爲了一個諾言，可以在隱鳳谷一待二十年，那麼，若是爲了比此更重要的事物，忍受幾年時間又算得了什麼？

何況，石敢當的確不知道「天殘」的下落，就算他願意說，也無從說起——當然，石敢當即使以實相告，藍傾城也是決不會相信的，所以石敢當寧願三緘其口。

這些日子來，石敢當一直在思忖藍傾城尋找天殘的目的是爲了什麼。天殘雖然是天玄老人的親傳弟子，卻沒有任何內力修爲，既然如此，就算玄流口頭相傳的「天殘」的確是存在的，對藍傾城應不會有多少威脅，藍傾城又爲何急於找到天殘？

讓石敢當不解的還有，爲什麼藍傾城能知道自己在酉、戌之交的時刻，內力修爲會大打折

扣？

如果藍傾城只是以性命相逼乃至以酷刑待他，石敢當自是絲毫不會爲之所懼，但自從藍傾城失去耐心，開始顯露猙獰面目，竟以被害的道宗弟子示於石敢當面前時，石敢當既驚且怒，再難平靜。

藍傾城對石敢當的性情甚爲瞭解，知道他可以不顧惜自己的性命，卻決不會不顧道宗弟子的生死。石敢當也曾想到，藍傾城送來的殘肢未必真的是想救自己出去的弟子的殘肢，但對他來說，卻只能是寧可信其有，不會信其無。

石敢當根本不知天殘所在，即使知道，也不可能說出，但他又不願眼睜睜地看著道宗的弟子因爲自己而被害，心中的痛苦，實是肝腸寸斷，難以言表。

如今，他被囚禁於清晏壇尚不及一月，卻已不知蒼老了多少：鬚髮皆白，雙目深陷，全身上下幾乎難見一處肉感，骨骼在皮膚下根根可數。

石敢當曾試圖掙脫這副鎖具，但他作了一番嘗試之後，不得不放棄了。

這副鎖具實在太過精巧，竟在保證石敢當雙手可以活動的情況下，仍能絕對有效地控制石敢當，根本不可能給石敢當有任何可乘之機！石敢當自知此刻他的內力如常，偏偏只要他一運內力，立即脈門被扣。

饒是石敢當見多識廣，卻無論如何也想不明白內息本是無形無相，且是在他自己的體內運行，按理鎖具再如何精巧，也終究是一死物，怎可能在他運行內息時有所感知？更勿論能起相應變化！

偏偏這就是事實！

這讓石敢當不得不開始相信藍傾城的話：此鎖具是出自天下第一巧匠「天工」之手！

據說天工八歲時就能做出能飛出數十丈遠的竹製鳥兒；

據說天工能做出一種鐵桶，只要把水倒入其中蓋上鐵蓋，一刻鐘後，桶中的水便已然沸騰了；

據說天工的手之所以極巧，是因爲他每日都要用香胰仔細清洗雙手不下十次，並且在入睡之前還要套上特製的皮手套，手套內縫有特製的藥物。

關於天工的傳說不可枚舉，但真正見過天工其人的人卻極少，他可謂是真正的神龍見首不見尾！

若是世間還有一個人能製成如此精巧的鎖具的話，那麼石敢當相信此人一定就是天工！

卻不知藍傾城是如何找到神龍見首不見尾的天工的，並能說動天工爲他打製這樣一副鎖具。

石敢當不無自嘲地忖道：「能爲天工的鎖具鎖住，也是可遇而不可求。」

驚雷之後不久，石室之門毫無徵兆地被打開了。

當聽到門被移開的聲音時，石敢當心頭不由自主地一沉！他實在不願看到藍傾城又送來道宗弟子的某一器官！

進來者的確是藍傾城，藍傾城渾身上下依舊一如既往地收拾得乾乾淨淨，臉上也掛著志在必得的自信笑容，但石敢當一眼看出藍傾城其實已是心煩意亂，那份自信與從容分明是假裝出來的。

這一次，隨藍傾城同來的不再是那矮壯而精力旺盛的伏降，也不是三十六壇之人，而竟是兩位女子，皆罩著面紗，其中一女子一望可知是慣於發號施令的人物，決不可能是道宗弟子！此女子與藍傾城在一起時，其氣勢竟決不遜於藍傾城！

「清晏壇乃道宗重地，而藍傾城囚禁昔日宗主也不是什麼光彩的事，他為何要將兩個道宗之外的人物領入清晏壇？而且讓她們親眼目睹我被困鎖於此？」石敢當很是不解。

唯一可以略作告慰的是兩女子手中並沒有捧著東西。這樣石敢當至少可以不必面對血淋淋的殘肢！

藍傾城入室便道：「老宗主，有人告訴我說我應該相信你。確切地說，我應該相信你的確不知道天殘的下落。」

石敢當頗為意外地看了藍傾城一眼，「那麼你信了嗎？」

「信了。」藍傾城毫不猶豫地道。

石敢當嘆了一口氣，「老夫實在是想不出有什麼人能夠說服你。在老夫看來，你的心已入魔！唯有入魔之心，方能做出那喪盡天良之事！」

藍傾城神色倏變！卻又慢慢地擠出了笑意：「我可以不信其他任何人，卻不得不信此人，因爲，也許這世間只怕沒有人比她更瞭解老宗主你了。你在酉、戌之交的時刻功力會大打折扣這件事，也是她告訴我的，試想如此瞭解你的人的話，我藍傾城豈能不信？」

石敢當神色微變，沉聲道：「此人是誰?!」

「玄流內丹宗宗主。」藍傾城道。

石敢當啞然失笑，笑畢方道：「可笑！可笑！誰人不知玄流三宗向來不睦？而我既曾爲道宗宗主，與內丹宗的宗主就絕對談不上什麼交情，此人怎可能是最瞭解我的人？」

「可這偏偏是事實。」藍傾城道。

石敢當留意到藍傾城的神情也有些疑惑，似乎他也對此有些不解，不由心頭惑然。

這時，那身材更高一些、氣勢不凡的女子忽然開口道：「他說得不錯，本宗主其實也並不瞭解他——也許這世間沒有人能瞭解他！」

石敢當乍聞此言，忽然神色大變，驚駭欲絕地望著那女子，顫聲道：「妳……妳是？」

「今日內丹宗宗主。」那女子冷冷地道。

藍傾城哈哈一笑，「看來二位果然是舊識。」

「藍宗主，你先出去吧，待我向他問一些話。」那自稱是內丹宗宗主的女子竟很不客氣地打斷了藍傾城的話。

若非親耳聽到，誰會相信內丹宗宗主竟會如此對道宗宗主說話?!甚至連內丹宗宗主在清晏壇出現也決不可能!誰人不知玄流三宗向來不睦?

可這一切，決不可能發生的事卻又偏偏發生在石敢當的面前了。

藍傾城的話被不客氣地打斷，他非但沒有因此而發作，反而是一臉的平靜，很客氣地對內丹宗宗主道：「那藍某失陪了。」言罷，藍傾城便退了出去，石門隨後關閉了。

這時，那自稱是內丹宗宗主的女子道：「石敢當，想必你已知道我是誰了吧?」

「妳真的是……嫵月?!」石敢當以難以置信的語氣道。

「哈哈哈……哈哈哈……」那女子忽然仰首長笑，笑聲悲涼至極，讓人不忍耳聞。

石敢當臉色煞白!喃喃自語般低聲道：「果然是妳……真沒想到妳會成了內丹宗宗主。」

那女子止住笑，緩聲道：「你錯了，嫵月早已死了，現在站在你面前的是內丹宗宗主!」說著，她慢慢地摘去了面紗，露出她的本來面目。

她的身段很美，因此也就顯得很年輕，但她的五官容貌卻顯示出她已不再年輕。但卻也絕對稱不上一個「老」字，無論誰都會覺得這樣的字眼用在她的身上是一種褻瀆，一種冒犯。

她的眼角甚至已有了細細的魚尾紋，可這非但未損其風韻，反而更具歲月沉澱後的成熟風韻。見到她時，人們才會明白平日許許多多的年輕美豔女子的美是多麼的膚淺與輕浮。

石敢當怔怔地看著她，半晌方道：「妳一點都沒有變，依然是那麼美。」

誰都能聽出他是由衷之言，不過熟悉石敢當的人皆知他一向少於言笑，近乎呆板，所以此言出自他的口中，仍是有些突兀。

被他稱做「嫵月」的女子道：「自十五年前我的『悟真寶典』修煉至煉炁化神之境後，容貌從此不再改變，這又何足爲奇？」頓了一頓，她又道：「你我已有二十餘年未見面了，你倒是變了不少。」

石敢當笑了笑，「我已是風燭殘年了。」

嫵月忽然冷冷一笑，「當年你可以爲了星移七神訣，爲了道宗不顧一切、拋棄一切，如今你得到了什麼?!道宗已不再屬於你了，你也淪爲階下之囚！數十年已過，你該從夢中清醒了吧？」

石敢當的目光避過了她逼人的目光，移向他處，淡淡地道：「道宗從來都不會只屬於某一個人，以前的事我或許有錯，但我……無怨無悔。」

「無怨無悔？」嫵月的瞳孔漸漸收縮，眼中流露出如針尖般鋒利的光芒，「好一個無怨無悔！不錯，你贏得大俠大義之名，贏得了一諾千金之譽，在世人眼中，你是高高在上的一代宗師。可是，在我嫵月眼中，你可憐至極！你連一個你曾經真愛過的女人都不能珍惜，不能挽留，

你竟說出『無怨無悔』四字?!石敢當，縱然你真的無怨無悔，我嫵月也會讓你後悔！」

「所以妳就將我的功力在酉、戌之交時會大打折扣這一點告訴了藍傾城？」石敢當道。

「不錯，這是我親口告訴他的。你早該想到，這世上能知道你這個秘密的人只有兩個，而唯一可能這麼做的，唯有我一人！」

石敢當道：「我的確已想到，只是不敢相信而已。」

「不敢相信？」嫵月的眼中又有了那種尖銳得似乎欲刺傷什麼的光芒，「爲何不敢相信？你是不相信我嫵月會出賣你？你是覺得我嫵月應該永遠惦念著你、愛著你?!哈哈哈……不錯！這些年來，我的確惦記著你！不過，那並非因爲我還愛著你，而是因爲我一直在想著如何報復你的薄情寡義！我要讓你爲此付出代價，讓你痛苦若死！」

她的每一句話都像是以極大的仇恨說出，似乎希望每一句話都是一把鋒利的刀，深深地刺入石敢當的心中！只是，這樣的刀，傷的似乎不僅僅是石敢當，還有她自己！否則，她的臉色何以變得如此蒼白？

「你可知當年歌舒長空何以會持有你給我的信物，讓你爲他守護隱鳳谷二十年？」嫵月既詭秘又有些悽楚地問道。

石敢當猛地意識到什麼，心頭一沉，竟不敢出口相問。

「其實我只需告訴你一件事即可。那就是西頤就是嫵月，嫵月就是西頤！歌舒長空告訴你的話其實全然是假的，他的結髮之妻西頤就是我，所謂的西頤與我曾共過患難……我曾爲西頤所救的話，全是假的，嫵月與西頤本就是一個人！」

石敢當如同被重重地砍了一刀，久久說不出話來，臉上神情顯示出他此刻心中無比之痛！半晌，他才極爲吃力地道：「歌舒長空……爲什麼要……騙我？」

嫵月道：「難道你真的還不明白？歌舒長空對你說的謊言，是我讓他這麼說的。當年，你將那把短劍交給我，說你有負於我，以後無論我讓你幫什麼忙，你都會答應。甚至，若是我要取你性命，也可以用這把劍去取！只要是持有這把劍的人，你就可以答應爲他辦一件事，你是否還記得？」

「記得。」石敢當無力地道。

四十五年前，一男一女兩個年輕人在一山坡向陽的一面仰身靜靜地躺著，陽光很好，並不熱，照得人暖洋洋的。

年輕男子拔了一根草莖，銜在嘴裏，用舌頭撥弄著。他的臉龐略顯清瘦，但頗爲俊朗，目光追隨著天上飄浮的雲，眼神中透露出他似有心事。

但那年約十六七歲的年輕姑娘卻並沒有察覺到，她完美絕倫的容顏上洋溢出幸福快樂的神采。

「石大哥，你說，天上飛的那一對鳥兒是不是一對情人？」年輕女子道。

那年輕男子道：「或許是，或許不是，誰知道呢？」

那年輕女子嘟起了可愛的嘴唇，半作生氣道：「呆！當然是了。」

「爲什麼？」年輕男子有些好奇，又像只是隨口問了一句。

「要不然牠們見了我們，早就嫉妒得飛跑了。」

這實在是毫無理由卻又非常有趣的念頭，而戀愛中的女子又何嘗不是常常有許多毫無理由卻很有意思的念頭？

年輕男子笑了笑，不再說什麼。

年輕女子眨了眨美麗的雙眼，臉上忽然浮起了紅暈，她飛快地看了男子一眼，低聲道：

「我爹我娘見過你之後，都……很滿意。」

此言並不難懂，但今天年輕男子似乎總顯得有些木訥，他道：「是嗎？能讓風月雙劍兩位前輩看得順眼，實在是很榮幸的事……哎喲……妳爲何打我？」

原來是那年輕女子狠擊了他一肘。

「你是真糊塗還是假糊塗？」年輕女子嬌嗔道。

「我……」年輕男子忽然嘆了一口氣，「我師父已決定將星移七神訣傳授給我了。」

「那是好事啊，是你師父看重你！我的石大哥就是棒，嫵月從來不敢小覷石大哥！」年輕的嫵月一下子轉嗔爲喜。

「可是……可是如此一來，我在七年之內，就無法……無法娶妳了。」

嫵月一下子怔住了，久久不說一句話。

「要不，我就告訴師父，讓其他同門修煉星移七神訣吧。」年輕男子道。

嫵月輕輕地搖了搖頭，「就算你肯爲我作這個選擇，你心中也一定不開心的。因爲能修煉星移七神訣一直是你的心願，是也不是？」

「我……」年輕男子欲言又止。

嫵月坐起身來，望著天空中那對飛翔著的鳥兒，「七年之後，你一定要娶我，你答應，我就等你七年！」

那年輕男子自是年輕的石敢當，他一下子坐起將嫵月的手用力握住，不捨放開，有些感動地道：「嫵月……」

「七年時間並不算太長，與七年之後我們可以在一起相廝守的更長歲月相比，又算得了什麼？」嫵月不無憧憬地道。

三十八年前，嫵月已是二十四歲的年齡了，卻仍是雲英未嫁之身，她已成了父母「風月雙劍」的一塊心病了。

正值春天，屋外一院的奼紫嫣紅，春意正濃，嫵月卻有些憔悴、有些不安。

如今，她才知道原來七年的時間竟是如此的漫長，漫長得讓人以爲時光是否已凝滯，漫長得讓人許許多多原本是火熱的東西開始慢慢冷卻！

窗外的花開了又謝，謝了又開，已經歷了七個輪迴了，可她呢？石敢當似乎已一心沉浸到星移七神訣中去了，七年來他竟只與她見過五次面！

那五次見面的情景，嫵月已不知回憶了多少遍，每一個細節，每一句話，每一個眼神，她都能記得清清楚楚。這一切，也已成了她最大的精神寄託。

窗外的陽光如碎紙一般飛舞著，嫵月有幾分心酸，又有幾分欣喜地忖道：「七年的時間，我終於熬過去了，石大哥是一個守信的人，他一定會來娶我的。」

連她自己都有些佩服自己了，這些年來，她的確承受了很大的壓力，她都有些不敢再面對父母的目光了，現在好了，一切都將撥雲見日了。

她的侍女進來告訴她，歌舒公子又來了，想與她相見。

歌舒長空算是出身世家豪門，但歌舒家族其實早在五十年前就已開始沒落，如今早已只剩下一副空架子。

嫵月見過歌舒長空幾次，在她的印象中，歌舒長空絕對算得上相貌堂堂，甚至比石敢當還多了一份豪邁，但同時歌舒長空又決不粗俗，相反他舉止十分得體，而且頗爲善解人意，據說其武學修為也很是不俗。

嫵月知道父母對石敢當已漸漸失望，他們很器重歌舒長空，並未因歌舒家族已沒落就低視他一等。嫵月對於歌舒長空說不上厭惡，畢竟無論如何，歌舒長空在女子的心中都決不會是討厭的。即使是在面對嫵月有些蠻橫的一次拒絕他的好意後，他仍是十分的得體。

這一次她倒沒有拒絕歌舒長空的請求，因為她心情不錯，很快她就可以與石敢當相見了。

她第一次與歌舒長空長時間地交談，至於談了些什麼，過後她便忘了，只是記得談得還算投機——至少很輕鬆、愉快，最後嫵月甚至還將歌舒長空送出院外。

她看出歌舒長空很激動，顯得有些神采飛揚。她當然知道這是為什麼，心裏不由已有些同情歌舒長空，心想：也許這就是我最後一次與你長談了。

數日之後，石敢當果然如期來見她了。

石敢當顯得更為消瘦了，消瘦得讓嫵月有些心疼，她撫著石敢當消瘦的臉龐，淚水肆意紛灑。她一下子撲進了石敢當的懷中，她要將這七年來的委屈全哭出來，淚水很快將石敢當的衣襟濕透了。

不知過了多久，嫵月才由放聲哭泣轉為抽泣，又慢慢地止住抽泣。她抬起頭來，與石敢當的目光對視著，已破涕為笑，笑得很幸福：「從此我們就可以在一起了，對不對？」

她的柔情，足以讓任何男子為之心醉。一個可以為一份情等待七年之久的女人，必然是世

間最可愛、最美麗、最值得珍惜的——何況，她本就有著絕世容顏！

石敢當回避著她的目光，「如今玄流三宗紛爭不息，相持不下，我師父前些日子也受了傷，而我的星移七神訣尚未能大成，師父十分擔心道宗局勢……他老人家似乎有心要讓我日後擔當重任。」

嫵月的笑容消失了，臉色漸漸地變得蒼白，蒼白如紙！石敢當感到她的身軀也在變冷，他的心一陣戰慄，想要攬住嫵月。

孰料嫵月一聲尖叫，一把將他推開！她大聲嘶喊著：「石敢當，我等了你七年！整整七年！你親口告訴我，你會在七年之後來娶我的！難道這只是你一個無足輕重的謊言？七年了，我等到的是什麼？等你來告訴我玄流三宗紛爭不息？等你來告訴我道宗不能沒有你，你也不忍心在道宗危難時去顧及別的事?!」

「嫵月……」石敢當試圖讓嫵月安靜下來，他的手剛剛伸出，嫵月立即退開，尖聲叫道：「滾！我永遠也不想再見到你！滾！」

石敢當怔怔地望著嫵月，少頃，他默默轉身，默默地退出了屋外。

嫵月忽然有一種像是被抽乾了血液、靈魂的虛脫感，無力地癱坐於地。

三日之後，天機峰。

石敢當在師父堯師的房中與之相談，堯師正身受重傷，臉如金紙，石敢當本想讓師父多休息，但不知爲何，堯師卻執意要與他相談。

堯師顯然是在強打著精神，卻說了很多，將許多有關道宗重大事宜都一一告訴了石敢當，這讓石敢當總有些不安。

末了，堯師道：「照你看，三宗長此爭鬥下去，最終結局將會如何？」

石敢當一時不知該如何回答，這實在不是可以隨便妄下結論的問題，雖然石敢當是希望道宗能佔據優勢，但從如今的局勢來看，卻實是不容樂觀。而另外的術宗、內丹宗也一樣沒有多少壓倒性的優勢。

「那麼你是希望誰能取勝？」堯師接著問道。

這一次，石敢當毫不猶豫地道：「自是道宗。」

堯師喘息了一陣，方輕嘆了一口氣，「道宗勝，則意味著術宗、內丹宗敗；而若術宗、內丹宗敗了，豈非……豈非就是玄流之敗？唉……如今，雖然三宗皆言自己乃玄流正宗，但事實上又有幾人真正記得玄流？」

石敢當頓時冷汗涔涔，暗叫慚愧。

「你也不必自責，爲師也是這次受了重傷之後，方有這一念頭。爲師只盼日後三宗之中，有越來越多的人能有此念，否則，重現玄流昔日輝煌只能永遠是癡心妄想，不可能實現！」

頓了一頓，堯師又道：「老宗主天玄老人是爲師的師叔，也就是你的師叔祖，他老人家一生從未有親傳弟子，但又有一種說法，說他老人家並非沒有親傳弟子，只不過此弟子有些特殊，因爲他永遠也無法擁有內力修爲。關於這一說法，想必你也聽說過吧？」

石敢當點了點頭。

「現在，爲師要告訴你，此說法是真的。你師叔祖的確有一親傳弟子，名爲天殘，論輩分，你應稱其爲天殘師叔了。」

石敢當第一次聽師父提起此人，心頭暗道：「天玄師叔祖爲什麼要選一個永遠也無法擁有內力修爲的人爲親傳弟子？難道這其中有什麼玄機？」

堯師接著道：「此事唯有三人知情，即今日三宗宗主，但連我們三人都未見過這位師弟，只知此人年齡當比我們三人都小，比你也不過只是年長十歲左右，他是你天玄師叔祖在仙化前五年所收的弟子。你天玄師叔祖將玄流門主之位傳於我時，吩咐我無論將來玄流發生了什麼事，都必須做到一點，那就是必須將星移七神訣傳給一個絕對可靠的人！現在看來，天玄師叔真乃天人，他早已看出玄流會有今日之分崩離析，才會說那一番話。爲師有負他老人家重託，在他老人家仙去後接替玄流門主之位不過五年，玄流便分裂爲三宗了，之後的事，你也知道，三宗內部不斷有衝突，此長彼消，此消彼長。」

說到這兒，堯師忍不住一陣劇烈的咳嗽，石敢當忙道：「師父先養著身子，以後弟子再聆聽師父教誨。」

堯師擺了擺手，喘息了一陣，臉上有了不正常的紅暈，他接著道：「爲師自知難當大任，所以依你師叔祖所言，選了你將星移七神訣傳之。這些年來，你的星移七神訣修爲進展很快，爲師很是欣慰，加上你爲人正派謹慎，相信很快就能擔當重任了。」

石敢當知道師父對自己很器重，但如此當面誇他卻還是首次，這讓他有些局促不安，忙道：「弟子只知修練武學，豈能擔當重任？」

堯師正色道：「爲師既已將星移七神訣傳於你，就必然會由你接替爲師之位，這可不是爲師徇私情。你天玄師叔祖曾留下話，說若千年後，他的唯一親傳弟子將會物色一人，由此人肩負重任，到時此人若來與我相見，我必須將星移七神訣傳之。今日，我將此事告訴你，你要切記切記！」

他一臉肅穆，讓石敢當也不由鄭重不少，趕緊道：「弟子一定不敢忘記！」

「若要做到這一點，首先自是必須真正地掌握星移七神訣，否則又從何談起傳於他人？這正是爲師這些年來全力督促你的原因了。」堯師道。

「既然連師父都未見過天殘師叔，那天殘師叔的後人，豈非更無法識出？」石敢當疑惑地道。

「這一點天玄師叔早已想到了，他說前來與我相見的人將帶有一信物，只要見此信物便可

識出了。」

「什麼信物？」石敢當問道。

「是一副智禪珠，一副獨特的智禪珠。一般的智禪珠的微盤都是已成型不可改變的，唯有這一副智禪珠的微盤不同，當將微盤的四十個『同點』、八處『串點』，以及一處『重點』、八個被稱爲獨點的『外角』全都擺上智禪珠後，微盤的底部就會自動彈開。」

石敢當由衷嘆道：「智禪珠樂土隨處可見，以此爲信物，決不招人耳目。」

堯師點了點頭，「他老人家的確高明，如今，爲師已猜知他老人家也許在十年前就已推知玄流會有今日之亂了，而收你天殘師叔爲弟子，就是爲有朝一日能爲玄流解除此厄難埋下伏筆。」

「師父的意思是說，持微盤爲信物來見師父的人，就是天玄師叔祖寄予重望的人？」

「不錯！不過，將星移七神訣傳給此人的恐怕已不是爲師，而是你了。」堯師意味深長地道。

石敢當道：「弟子的修爲怎及師父之萬一？」

堯師笑了笑，「爲師看重你的地方，就是你的平和、穩重，不會鋒芒太露——不過，有時太不露鋒芒，也未嘗是好事。」

說到此處，他頓了片刻，方接著道，「其實你的天分遠在爲師之上，不僅是你，今日內丹宗、術宗兩宗宗主的天分都在為師之上。當年你天玄師叔祖之所以選上為師接替其門主之位，只是看中我的本分守己，還有對玄流的忠心。也正因為我天分並不在內丹宗宗主雙隱、術宗宗主文宮之上，所以他們才對為師心懷忌恨，認為為師不配為玄流門主——唉，由這一點看，你天玄師叔祖是百密一疏，不該立為師我為玄流門主啊！」

今日堯師所說的話幾乎句句祖露真情，石敢當只覺心頭一片沉重。

堯師又道：「為師這次的傷勢之重，只怕遠在你們的想像之外。只是事關道宗、玄流大計，為師不敢……不敢輕言一個『死』字，所以為師已以『拘魂針法』用於自己身上。」

石敢當大愕，脫口悲呼：「師父！你……何苦如此？你老人家不是一再告誡弟子不可妄用拘魂針法嗎?!此針法雖可在短時間內激發人之生息，卻後患無窮！」

堯師神色平靜地道：「為師的這番告誡，你仍要牢牢記住。不過，為師此次這麼做，實是迫不得已，更何況，即使不施以『拘魂針法』，為師也難久活於世，與其如此，倒不如趁著還能苟延殘喘，了卻一樁心願，助你練成星移七神訣！」

石敢當頓時明白了一切，他心頭一陣酸楚，恭然跪下泣聲道：「師父……」已泣不成聲。

堯師目光慈和地望著他，「人固有一死，為師此舉，只不過是想做一點於玄流有益的事罷了，畢竟玄流之亂，與為師天分不佳難以服眾有關，就算是為贖我之罪吧。為師時日已不多，從今日起，你便留在此處，一心修煉星移七神訣吧。」

「弟子謹遵師命。」石敢當畢恭畢敬地道。

又過三日之後，嫵月風塵僕僕地趕至天機峰，與石敢當分別不過只有六日，她卻已憔悴了許多。

她來天機峰，是要告訴石敢當，只要他改變主意，她仍會原諒他，仍會如從前一般待他。

自石敢當離開後，嫵月心中無比的失落，她已然明白，無論石敢當傷她有多深，她的心中也永遠有他的影子，抹之不去！既然如此，爲何不再給自己，也給石敢當一個機會？

她終於等來了石敢當，石敢當顯得更瘦，更沉默了。

「那天，是我太衝動了，我應該想到你也有爲難之處，不過……」

石敢當輕輕地，但很堅決地打斷她的話道：「我已作了決定了。」

嫵月望著他竟不敢問。

「妳不用再等我了，也許，這世間有一種人是不配擁有情愛的，比如我。」石敢當聲音很沉地道。

嫵月怔怔地望著他，作爲一個女子，一個受夠了委屈的女子，能夠如此做，可想而知將需要多大的決心?!可石敢當卻無情地將一切都粉碎了！

嫵月忽然笑了，「你想到哪兒去了?我到這兒來，只是告訴你，我很快就要成親了。你我相識這麼多年，我想我應該告訴你一聲……他人品很好，待我也很好。」

石敢當無聲地望著她。

嫵月一刻也不停地說，她怕自己一停下來就會說不下去，就會流淚，可她真的不願再流淚，不願再爲眼前這個男人流淚！不值得！

「其實你我並不合適，我自小受著父母的寵愛，養尊處優慣了，天機峰的生活，並不適合我。」

石敢當默默地聽著，他彷彿已失去知覺。

半晌，他像是如夢初醒般將一柄極短的劍取出，遞給嫵月，「對不起……我知道我對妳的傷害是永遠也無法彌補的，可這世間，偏偏有一種錯，明知那是錯，卻又不能不犯……妳收了此劍吧，日後若有什麼事讓我幫忙，我都會答應，若是妳讓人持這把劍來取我性命，我也決不會皺一下眉！」

嫵月先是一怔，復而笑了。她接過了那柄只有一尺長的極爲精巧的短劍，慢慢地拔出，劍極鋒利，劍刃在陽光下泛著森寒的光芒，其寒氣直透心底！

嫵月打量著這柄短劍，「是柄好劍，也好，就算是你的賀禮吧。也許有朝一日，我真讓人帶這把劍來見你，不過你放心，我不會是讓人來殺你的，誰敢殺道宗宗主的大弟子？誰又敢殺很快就會成爲新任道宗宗主的人物？」

她的雙眼微微瞇起，像是在回避著劍刃上那泛寒的光芒：「但我也不能辜負了這樣一柄好劍，讓它只成爲一種裝飾品，是也不是？」

石敢當無言以對。

一個月後已入夏了，窗外的花也凋謝了，花有花期，美麗又豈能永遠存在？

嫵月靜靜地坐在自己的房內，她就要嫁給歌舒長空了，侍女及她的母親在忙忙碌碌，唯有她自己什麼事也插不上手，倒好像她是一個局外人，將要面臨大喜之禮的不是她，而是另一個人。

她又取出了那柄短劍，將劍拔出鞘來，下意識地把玩著，劍刃如洗，照出一張美麗而憔悴的臉。

有人走近，「真是個傻丫頭，大喜之日，怎能把玩刀劍？」是母親的聲音。母親的聲音有些沙啞了，這些日子她太勞累，同時也透著某種喜悅。

嫵月還劍入鞘，回首對母親嫵媚一笑，「娘，我是不是很美？」

「當然，我女兒是天下最美的！」母親疼愛地撫著她的秀髮。

嫵月投入母親的懷中，默默無言。

三十二年前，又是一個春天，院子裏又是一樣的奼紫嫣紅。

只是，院子的主人已換成了歌舒長空，嫵月靜坐窗前，一旁她剛出生不久的兒子歌舒縞在搖籃中睡得十分香甜。

已是深夜了，歌舒長空一如既往地仍未出現。

近一年來，歌舒長空幾乎從來沒有在子時之前回到她身邊了。與其說她已習慣，倒不如說她不得不強迫自己習慣。

如今，她才知道當一個人改變時，他的變化會是怎樣的驚人！歌舒長空已不再是從前的歌舒長空，他忽然變得不再通情達理、不再善解人意，尤其是自一年前她雙親先後去世之後，歌舒長空更爲變本加厲了。

至於歌舒長空何以會有如此大的改變，她沒有問，也不想問。她又取出那把短劍，專注地打量著、揣摩著……這些年來每每獨處，她就會取出此劍把玩一陣。

「呼」的一聲，門被推開了，歌舒長空又帶著一身酒氣回來了。嫵月本能地看了搖籃中的歌舒縞一眼，生怕驚嚇了孩子，所幸孩子依然睡得很沉。

歌舒長空晃著步子向她走來，古怪地笑了笑，指了指那把短劍，道：「好……一把利劍，如果……刺進我的心臟，我一定死得……乾脆俐落，哈哈哈……」

「你醉了！」嫵月冷冷地道。

「是的，我是醉了，可我……心裏很明白……」歌舒長空道，「妳比……比這劍還要冷，我只好喝酒，再喝酒，酒能讓我……讓我的心暖一點。」

嫵月怔了怔，沒有說話，心中暗忖：「難道我真的對他很冷落？」

「妳的……情人把此劍交給妳，是……不是想讓妳有一天把……把我給殺了？嘿嘿……殺我歌舒長空可絕……絕非易事。」歌舒長空伸出雙手，用力地按在嫵月的肩上。

酒氣撲鼻，嫵月心頭一陣厭惡，忽然失了理智，「啪」地一聲脆響，竟重重地扇了歌舒長空一記耳光。

剎那間，兩個人都怔住了。

歌舒長空居然沒有發怒，他道：「很好，妳終於出手了，其實這五年來，妳就一直在忍著，嫁給我根本不是妳所願，是也不是?!」

嫵月的臉色漸漸變得蒼白。

良久，她方緩聲道：「是又如何？」

歌舒長空哈哈一笑，「沒什麼，其實妳我彼此彼此，我……之所以娶妳，不過只是……只是看中了風月雙劍的家產，還有你們家中的一件不爲外人所知的寶物。」

嫵月目光倏閃！她沉聲道：「你是說……」

「太隱笈！」歌舒長空道，「妳心中根本沒有我，所以妳自然是不會將太隱笈交與我，不過這也無妨，因爲昨夜我已找到了太隱笈的所在！如果妳不願讓太隱笈落入我手中，就動手吧！不過，妳的武學修爲恐怕遠不及我歌舒長空！」

出乎歌舒長空意料的是，嫵月竟道：「原來你是爲太隱笈而來的，你既然一心想得到它，我又何必與你爲難？不過，我不妨告訴你，此物於你根本無用！」

這樣的話，歌舒長空自然不信，他道：「妳對我既然毫無情義，我便成全妳與妳的昔日情人，明日一早，我就要離開此地，當妳再見到我時，就已是我歌舒長空名動天下之時了！」

嫵月像是無動於衷地聽著。

翌日。

歌舒長空醒來時，發現自己竟是睡在地上。看來，昨夜醉得實在太厲害了，不知自己醉後是否做了什麼荒唐之事？

他用力地晃了晃腦袋，依稀記起了一些昨夜的情景，心頭頓時升起不安之情。他一骨碌爬起身來，見自己的兒子還在甜甜的睡夢中。再看床榻上，人影全無。

歌舒長空正待衝出門外，忽見桌上有一張紙條，上面寫道：「既然你從未真正擁有過我，也就無所謂失去。」再無下文。

歌舒長空一下子呆住了！

面對嫵月留下的話，歌舒長空百感交集。

其實昨夜對嫵月所說並非他的心裏話，當他初識嫵月時，並不知風月雙劍擁有奇書太隱笈，他的確是爲嫵月的絕世容顏所傾倒，知道風月雙劍擁有此書是之後的事，至多只能說這更堅定了歌舒長空要得到嫵月的決心。

當時的歌舒家族已沒落，而沒落家族的族人的失落是他人無法想像的，歌舒長空渴望重塑家族的輝煌，而能助他重塑家族輝煌的，除了雄厚的家資之外，就是足以讓他雄霸一方的武學修爲。

當他如願以償地成爲風月雙劍的乘龍快婿之後，其心中的快慰是難以言喻的。在他看來，他既擁有了自認爲世間最美的女子，又將擁有能助他一臂之力的太隱笈，實是得其所哉。

孰料，歌舒長空漸漸地發現，嫵月的心中根本沒有他，她的心還繫於另一個人身上，而風月雙劍則從未向他透露有關太隱笈的事，更不用說將太隱笈交與他，儘管風月雙劍只有一個女兒嫵月。

歌舒長空心中的失落可想而知！

失落之情使他性情開始有所變化，他甚至覺得自己之所以一直無法一睹太隱笈，一定是嫵月在作梗，嫵月心中還有另一個人，所以她不願讓太隱笈爲他所擁有。

雖然心緒低落，但歌舒長空仍不敢也不願遷怒於嫵月的身上，他只能借酒消愁。

而讓他難以接受的是，面對他的消沉，嫵月似乎根本無動於衷，漠不關心。歌舒長空寧可看到嫵月爲他而憤怒，也不願看到她對他的一切都毫不在意。

所以，昨夜在酒性的驅使下，歌舒長空鬱積於心中已久的怨憤發洩出來了，甚至不惜有意激怒嫵月！

歌舒長空一向自視甚高，自忖才智決不在他人之下，他實在不明白嫵月何以一直漠視他的存在！

嫵月果然被激怒了。

只是歌舒長空沒有料到，被激怒後的嫵月竟選擇了如此極端的決定——她竟在他準備拋離她之前先離他而去！

唯有歌舒長空自己知道，太隱笈對歌舒家族的重振固然重要，但嫵月在他心目中有著與此同樣重要的地位，他並不會真正地棄她而去。

歌舒長空忽然發現無論自己怎麼做，都永遠是被動的、是無奈的！

搖籃中的歌舒縞忽然哭鬧起來，且一發不可收拾，任憑歌舒長空想盡辦法，也無法讓小歌舒縞安靜下來。

……

二十六年前。

曾經十分狂熱的重振歌舒世家的信念，如今早已在歌舒長空的身上消失。自六年前嫵月突然出走並一去不復返後，歌舒長空便不願面對與嫵月有關的一切了。

他匆匆忙忙地變賣了風月雙劍留下的家產，遣散了僕從，只留下一個老婆子王媽，隨後便領著兒子、老婆子一起遠走他鄉，在異地他鄉擇一僻靜處安了一個家，開始潛心修煉太隱笈上所載的武學，武道修爲突飛猛進，「歌舒長空」此名在樂土日漸響亮。

此時，他根本不知道一場災難正悄無聲息地降臨於他的身上——也許從他開始習練太隱笈上所載的武學那一刻起，這場災禍就已不可避免將要降臨於他的身上。

而歌舒長空卻渾然不知，直到有一天，嫵月突然出現在他的面前。

嫵月突然出現時，歌舒長空驚愕欲絕，在嫵月剛離去的前幾年，歌舒長空也曾四處打聽嫵月的下落，但皆一無所獲，漸漸地，歌舒長空絕望了。

十餘年過去了，歌舒長空已放棄了尋找嫵月的下落，他以爲此生嫵月再也不會在他的生命中出現了。

嫵月此時已投身於內丹宗多年，她之所以投身內丹宗門下，是出於對石敢當由愛生恨的情感。

石敢當是爲了星移七神訣，爲了道宗而離開她的，嫵月由此對道宗充滿了莫名的仇恨！與石敢當斷絕固然令她痛苦，但她一直把這種痛苦隱埋於心裏，她本已認命了，只要歌舒長空真心待她，那麼她就平平淡淡過一生又有何妨？沒想到最終連這一點都被歌舒長空「酒後真言」給無情地粉碎了，命運待她竟如此殘酷！原來許許多多看似美好的東西其實是經不起一點風吹雨打的。

嫵月感到受了命運的無情戲弄，而始作俑者自是石敢當，是石敢當使她墜入無底的深淵！嫵月感到自己對石敢當已由愛而恨，她為石敢當失去了一切，所以她也要讓石敢當品嘗失去一切的痛苦。

在嫵月看來，對石敢當來說，最重要的就是道宗！所以，嫵月伺機進了內丹宗，在漸漸取得內丹宗宗主的信任後，她告訴內丹宗宗主，她有辦法可以削弱道宗的實力，進而最終擊敗道宗。

她的計謀得到了內丹宗宗主的認可。

她的計謀就是要設法使石敢當離開道宗，所利用的就是石敢當留給她的那把短劍，為了不使石敢當起疑，她還請求內丹宗宗主允許她在內丹宗隱瞞真實身分。

當歌舒長空在樂土名聲漸響時，嫵月知道自己的機會來了，因為歌舒長空之所以能夠在武道修為上進展神速，必然是受益於太隱笈，而她早已知道修煉太隱笈只能是有火鳳宗血脈的人，否則必將引發致命的後果。

正因爲這一點，嫵月的父母在擁有太隱笈後，只是將其收藏，並沒有修煉。而嫵月在聽說歌舒長空得到太隱笈時，之所以並不太在意，也是以爲歌舒長空會知道這一點而不會染指太隱笈，沒想到，事實上歌舒長空竟把嫵月當時所說的話視作一時氣憤之語，而且對太隱笈最後一頁的提醒之言並沒有考慮太多。

嫵月見了歌舒長空之後，開門見山地道：「我來找你，是爲了保住你一條性命。」

歌舒長空乍見嫵月自是十分激動，但嫵月拒人於千里之外的神情卻讓他心頭很不是滋味。如今他已不再是落魄的歌舒世家的少主人了，而是日漸自信自負並有赫赫影響力的人物了，何況，嫵月所說的話未免太不著邊際。

當下，歌舒長空也寒著臉道：「多謝好意，不過，這麼多年來，沒有妳我一樣活得好好的，我想如今我也不需妳操心什麼。」

嫵月直截了當地道：「你有今日的修爲，一定是得益於太隱笈，但你卻沒有注意到在太隱笈的最後，注明了此書只適於具有火鳳宗血脈之人修煉，如果不採取措施，你將不久於人世！」

歌舒長空以爲嫵月只是在危言聳聽，根本不將她的話當一回事，兩人久別之後的第一次相見，以不歡而散告終。

第三章　玄門之秘

嫵月離去後，歌舒長空冷靜下來，方暗感不妙，立即細看太隱笈，果然見到了本該在數年前就見到的內容，頓時大駭！

思前顧後，歌舒長空知道嫵月所言絕非危言聳聽，因爲他早已察知太隱笈所載武學五行屬火。

就在嫵月出現後，歌舒長空每隔半年時間便會感到體內如有烈焰焚燒，箇中滋味，有如煉獄，且間隔的時間開始逐漸縮短，而每次痛苦的感覺持續的時間則不斷地加長，歌舒長空意識到大事不妙！

他歷經一年多時間，不知以何種手段，竟由極北劫域竊得了「寒母晶石」，此時，歌舒長空一心只想著如何保命了。

爲了以「寒母晶石」之玄寒之氣鎮住太隱笈的五行火氣，歌舒長空設法取得了生活於隱鳳

谷中的離崖、尹夕夫婦二人的信任，並在離崖死後，娶了尹夕爲妻，這樣，他就儼然成了隱鳳谷的主人，開始營建他的地下冰殿。

眼看地下冰殿即將大功告成之時，歌舒長空忽然想到一件很重要的事；一旦他自己隱於地下冰殿後，若有仇敵追蹤至此，那該如何是好？

雖然他在隱鳳谷已立穩腳跟，憑藉他早已有的名氣也聚攏了不少人甘願追隨於他，但他知道，有些真正可怕的對手根本不是這些人所能應付的，比如劫域。

那豈非等於說自己的一番心血很可能會前功盡棄？

就在此時，嫵月再一次出現了。她將那把短劍交給了歌舒長空，告訴他，只要將此劍交給道宗今日的宗主石敢當，石敢當就會答應爲他做任何事，包括爲他守護隱鳳谷，但不可把她當年所嫁之人就是歌舒長空這一事向石敢當透露。

嫵月對歌舒長空的一切似乎都知道得很清楚——不過歌舒長空對這一點已無暇顧及，他當即想到的是：原來嫵月一直念著的人竟是道宗宗主石敢當！

既然如此，以此劍向石敢當求助，豈非是奇恥大辱？

但求生的欲望終還是讓歌舒長空屈服了，他依嫵月之言找到了石敢當。

在此之前，他當然早已聽說過石敢當之名，見面之後，他暗吃一驚，石敢當之消瘦蒼老與他想像中的石敢當實在相去太遠，他弄不明白就這樣一個石敢當，何以讓嫵月念念不忘？由此，歌舒長空對石敢當又增加了一份怨恨。

向石敢當編造一個謊言對歌舒長空來說並非難事，他稱自己的妻子「西頤」曾在嫵月自尋短見時救過嫵月一命，從此與嫵月結為姐妹，但嫵月似乎一直心事重重，鬱鬱寡歡，身體也每況愈下。

兩年前，因為自己一心沉迷於修煉武學，未及時為嫵月進山採藥，西頤只好自己進山，沒料到竟為毒蛇咬傷，毒發而亡，嫵月身體本就虛弱，聞此噩耗，更是雪上加霜，半月後便病重去世了，臨終前將此劍交與他，讓他若有事需他人相助，可憑此劍見道宗宗主。

歌舒長空對嫵月的種種細節無不瞭解，又善於言辭，加上事先與嫵月作了周密商議，不由得石敢當不信。

事實上，石敢當一直對嫵月深懷內疚之情，當他聽說嫵月竟鬱鬱而終時，頓時心如刀割，深信嫵月之所以如此鬱鬱寡歡，定是怨恨自己的無情無義。

石敢當怎能對一個已隔世為人的人失信？何況此人還曾是他一生中的至愛！從此，道宗宗主忽然不知所蹤，而隱鳳谷則多出一個少言寡語的「石老」。

石敢當本該能看破種種假象的，但事實上他沒有。

而今日，嫵月說出所謂的「西頤」其實並不存在，歌舒長空之妻就是她自己時，石敢當頓

時明白了一切。

嫵月的意圖已實現了，道宗在石敢當離去之後日漸混亂，終被術宗、內丹宗有隙可趁，方有今日的後果，可以說嫵月一手導致了道宗的衰滅：從藍傾城對嫵月的態度來看，顯然道宗今日之狀況，可以以名存實亡來描述。

石敢當望著依舊美麗的嫵月，心中一陣陣刺痛，久久吐不出一個字來。

良久，他才吃力地道：「道宗已如妳所願，被……摧殘成今日之狀，恐怕連藍傾城都已為你們內丹宗所操縱，既然如此，你們為何還要苦苦追查天殘的下落？」

嫵月道：「我之所以尋找天殘，論起來，只是為了玄流。你可知就在今夜，樂土境內將有天瑞重現？可是至今無人知曉天瑞重現的地點！眾所周知，玄流本是長於星相五行之術，照理最可能知道天瑞所在之地的就應是玄流，可惜玄流分裂至今，已今非昔比，環視玄流三宗，真正有實力查出天瑞所在的也許已無一人！但是，天殘因為一直行蹤神秘，實力不為人所知，而他又是先祖天玄的唯一親傳弟子，也許他才是唯一能找到天瑞所在的人物！若能借天殘相助得到天瑞，相信重振玄流的使命不能在你們這些人手中實現，反而會在我嫵月手中實現了！」

石敢當長長地吐了一口氣，「原來如此，天瑞乃至祥之物，終將歸於有德之人擁有，妳以種種不光明的手段對付道宗，又與藍傾城一起對道宗弟子狠下毒手，如此狠辣，怎可能得到天瑞？」

嫵月以不容置疑的語氣道：「天瑞我是勢在必得！既然你的確不知天殘的下落，那就由你設法推知天瑞重現何處的方位吧！你不是對道宗一直念念不忘嗎？這是你唯一能夠挽救道宗的機會了，一個時辰之內，若是你無法推知天瑞所在，道宗將面臨滅頂之災！」

略略一頓，她又冷冷地補充道：「你莫忘了，嫵月已死，此刻站在你面前的不是嫵月，而是內丹宗宗主！」

石敢當沉默如石。

「轟隆！」又是一聲驚雷在映月山脈滾滾而過，群峰驚悚。

禪都，天司祿府第。

不時在天際閃過的天雷將天司祿府照得忽隱忽現，狂風也適時出現，嗚咽般在禪都、在天司祿中左衝右突，將天司祿府中未關閉的門窗刮得「砰砰」亂響。有幾隻燈籠也被捲飛，落在地上，被風捲得在地上時快時慢地滾動著，其中一隻竟燃了起來，幸好立即有人自屋內衝出，將火滅了。

戰傳說、爻意正陪著小夭，外面的驚雷時不時打斷他們的說話。

忽然間，爻意發現戰傳說神色有異，不由心中一動，忙關切地問道：「你怎麼了？」

戰傳說目光移向她這邊，卻沒有回答，看他的神情，似乎無視爻意的存在似的。爻意、小

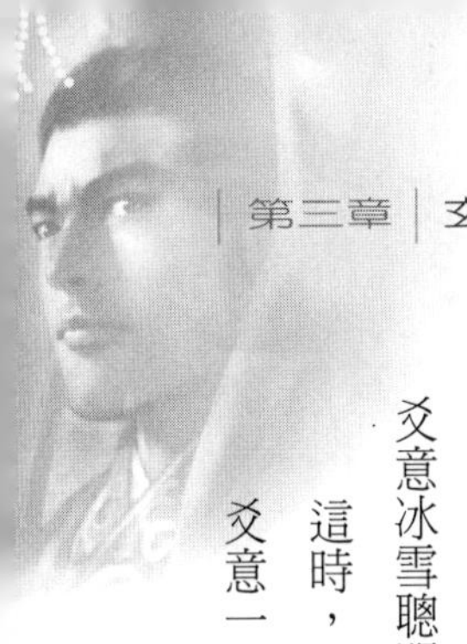

天皆看出事有蹊蹺，暗吃一驚。

卻見戰傳說忽然離座，走了幾步，在屋子的中央盤膝坐下，眉頭微蹙，神情凝重。

小夭臉色已然有些變了，她急忙呼道：「戰大哥……戰大哥！」

戰傳說竟將雙眼也閉上了。

此情此景，如何不讓爻意、小夭驚駭欲絕？

小夭臉色煞白，一下子撲了過去，抓著戰傳說的肩搖晃著：「戰大哥，你怎麼了？你別嚇唬小夭！戰大哥……」

可是任憑她怎麼呼喊，戰傳說皆恍若未聞。

小夭頓時六神無主，她不安地望著爻意，惶然道：「爻意姐姐，他……怎會如此？」擔憂之情，溢於言表。

爻意看在眼裏，心頭微動。

她搖了搖頭，「此事的確古怪。」說著，也俯下身來，試了試戰傳說的鼻息脈搏，皆如常人，臉色也紅潤如常，若不是親眼見戰傳說方才還清醒著，一定會以爲他此時只是入睡了。饒是爻意冰雪聰明，此時也是娥眉緊蹙，不知該如何是好。

這時，忽又聽小夭一聲驚呼：「看！爻意姐姐！」

爻意一看，赫然發現戰傳說的額頭竟有龍首額印凸現，栩栩如生，使戰傳說更顯威武。

爻意心頭一顫，「威郎」二字幾乎脫口而出！

此時的戰傳說，與她口中的威郎已不僅僅是形似，而且已是神似！爻意一顆芳心有如鹿撞，筋酥骨軟，熱淚竟奪眶而出。

但她總算還能保持清醒，以微顫的聲音道：「這龍首額印，倒讓我安心不少，如果我沒有猜錯的話，他一定是因為某種原因而進入了類似於大通空間的境地。」

「大通空間？」小夭愕然不解。

「忘形以養氣，忘氣以養神，志神以養慮，虛實相通，是謂大通。神祇四帝中的金帝招拒以地獄之火自煉其身五十載，終成不朽不壞之軀，縱是天照神的絕世之技也難傷其軀，最終，天照神只得將金帝招拒誘入大通空間，招拒不朽不壞之軀在大通空間再無絲毫用處，終為天照神擊敗，從而也臣服於天照神。」爻意神情若有所思，似因提及武林神祇的往事而觸及了心事。

爻意如此解釋了一番，小夭反而更疑惑了。

爻意便道：「簡而言之，此刻他的身軀雖在妳我視線之中，但其真正意志也許已在千里之外！在大通空間裏，空間的距離與正常的距離已全然不同，千里之距，也許可以輕鬆跨越。」

小夭瞠目結舌地道：「那豈非等於靈魂出竅？」

爻意道：「或許也可以這麼說，不過，能進入大通空間者，應具有神魔之境的武學修為才是，戰傳說的修為固然已很高，但似乎尚未至神魔之境，所以我也無法確知他是否進入了大通空間。」

「那……他會不會有危險？」小夭擔憂地道，這也是她最放心不下的。

「若真進入大通空間，應該不會有什麼危險，除非有另一個具有神魔之境修爲的人物對戰傳說懷有仇恨。但照理這種可能性極小，因爲他的仇家若有此等修爲，就不必在大通空間對付他了。」

小夭既疑且惑，卻只能眼睜睜地看著有如進入夢鄉的戰傳說而束手無策，倒是爻意，顯得冷靜多了。

龍靈關——千異挑戰樂土高手的龍靈關！

龍靈關因爲曾是挫千異保證樂土冥海四島的地方，儼然已成了樂土武界人眼中的聖地，常有武界中人不遠千里而來，就爲了瞻仰龍靈關上的「龍之劍」，這種情形，即使是在靈使之子術衣冒充戰傳說四處滋事生非的時候，也沒有什麼改變。

與龍靈關相去不遠的石墟鎮因此而受益匪淺，四年前戰曲決戰千異之時，石墟鎮不過只有唯一一間酒樓，如今石墟鎮的酒樓已不下十家，其中近半數是劍帛人開設的，而鎮的規模也比四年前擴大了數倍。

不過，無論如何擴展，石墟鎮也只能是向東、西、南三個方向擴展，卻決不會向北向擴展，因爲北向就是龍靈關所在，而不二法門早已以龍之劍爲中心，劃出方圓半里的禁地，由近百名不二法門弟子日夜値守龍之劍。

這是當年不二法門判斷戰曲勝千異的證據所在，決不允許他人染指。

當然，也唯有不二法門方能守得住龍之劍。若換作其他任何勢力，都無法做到這一點，龍之劍乃千年神兵，其誘惑力可想而知，想染指龍之劍的人不知多少。

不二法門既劃出了禁地，所以雖說前來瞻仰龍之劍的人絡繹不絕，但事實上，所有的人都無一例外地只能遠遠眺望，根本無法逾越禁區。

但僅僅是聽石墟鎭中人述說當年那驚世一戰的經過，遙思當年那驚心動魄的一戰對武道中人來說，已是一大快事。

今夜，本是星月明朗，但至戌時末，忽然烏雲滾滾，很快石墟鎭便陷入一片黑暗之中，星星點點的燈光也無法穿破重重黑幕，顯得那麼的微弱。

對守護龍之劍的不二法門弟子來說，他們一向是風雨無阻的。在離龍之劍半里之遙的地方，不二法門建了一座樓，名爲「駐劍樓」，除了輪守的二十四名不二法門弟子外，其餘的人皆在「駐劍樓」中。

不二法門門規嚴謹，這一百多名法門弟子雖然與石墟鎭相去不到一里，但卻極少前往鎭中，更不會與鎭中人來往，一切飲食起居自有人供給，不二法門弟子遍佈樂土，其中不乏富豪一

方者。

驚雷掠空，滾雷陣陣，天地四合，似乎醞釀著一場罕有的傾盆大雨。而輪值守護龍之劍的二十四名不二法門弟子每三人一組，分據龍之劍四周八個方位，目不斜視，看他們的神情，讓人感到休說是可能有傾盆大雨降落，即使落下的是兵刃，他們也決不回避！

僅憑此等氣勢，就是一般武門根本無法企及的。

龍之劍深深地插入堅石之中，雖然歷經了四年的風霜雪雨，卻光華依舊。

一道奪目天雷倏然劃破夜空，瞬息萬里，直投南方而去，那一刹那間，仿若天地爲之一分爲二。縱是不二法門弟子見多識廣，也不由爲此驚人天雷而心神皆震。

忽然間，有似若龍吟般的顫鳴聲響起，其聲清越高亢，似乎來自天外，又像是回響在每一個不二法門弟子的心裏。

直至龍之劍驀然迸現金色豪光，光華奪目，映照得數丈之內一片金色光芒，眾不二法門弟子方猛然意識到這是龍之劍的劍鳴聲。

龍之劍豪光愈甚，炫目光芒甚至使龍之劍似虛似實，似幻似真。

不二法門弟子神色皆變，四年來，龍之劍一直風平浪靜，直到今日方有異常。

緊接著，不二法門弟子所攜兵器亦開始顫鳴不止，似有所驚悚！大驚之下，不二法門弟子唯有握住兵器，並以內力貫於兵器，試圖使兵器安靜平息，孰料即使如此，也是無濟於事。

「鏗鏘」一聲爆響，赫然有一柄不二法門弟子的劍已然斷碎。

緊接著，二十四名不二法門弟子的兵器紛紛斷碎。

與此同時，眾人已然感覺到空前強大的劍氣由龍之劍透發而出，以無可逆違之勢向四周瀰漫延伸，籠罩了極大的範圍，眾不二法門弟子只覺呼吸艱難，心中頓生懼意。

此刻，駐劍樓中的不二法門弟子也已察覺到這邊的異常，立刻將此事稟與在駐劍樓內眾不二法門弟子中地位最尊者——四使中的刃使麾下三刃士之一：第一箜侯。

第一箜侯年約五旬，身形瘦長，容顏清冷，不喜言辭，最引人注目的是，他竟背負三口劍，而且長短寬度不一。

三口劍中，劍體玄黑的那口乃號稱天下第一重劍的怒魄劍；劍長六尺、劍身僅有尋常之劍一半寬窄的那口劍名爲「驚鴻」；而三口劍中唯一有鞘的劍則名爲「風騷」。

怒魄、驚鴻、風騷三劍，從不離第一箜侯左右。

自戰曲與千異一戰之後，第一箜侯便奉命在龍靈關守護龍之劍，四年來從未出任何意外。就憑第一箜侯的驚神泣鬼的劍法，也足以讓對龍之劍懷有叵測之心的人望而卻步，何況在第一箜侯的身後，是不二法門？

甚至有人說，第一箜侯的劍道修爲不在戰曲之下，只因爲他是不二法門中人，故未向千異應戰。

當然，對於這種說法，亦有人全然不信。事實上，在不二法門弟子稟報之前，第一笠侯就已感覺到龍之劍的異常了。

第一笠侯癡迷於劍道，對劍道有著得天獨厚的悟性，由此又頗爲自傲。

既癡且傲的第一笠侯在他三十歲那年忽然有了驚人的決定：他要同時修煉三種神韻迥異的劍法！他自忖唯有如此，方能真正地證明他對劍道的獨特天分。

何況因癡而貪也是情理中事，第一笠侯對三種風格迥異、各有千秋的絕世劍法皆不捨放棄，無論讓他割捨其中兩種劍法，對他來說，都是一種巨大的痛苦。

由此，第一笠侯便有了如此驚人的抉擇！

但是，這次第一笠侯於劍道的過人天分沒能再一次助他造就奇蹟，五年之後，第一笠侯挑戰他人，慘遭敗北。

但第一笠侯卻執迷不悟，敗北之後，遁於荒野之中，繼續苦悟三種截然不同的劍法，孰料貪多不成，反而漸入歧途。

他的劍道修爲不進反退，又過五年之後，第一笠侯再次挑戰曾擊敗他的人，沒想到卻敗得更徹底！

當年第一笠侯與顧浪子同被世人稱爲四大神奇少年，在當時世人看來，繼顧浪子爲梅一笑所殺之後，第一笠侯又將殞落了。

再也沒有什麼比劍道修爲不進反退更讓第一箜侯痛苦的了，第一箜侯幾欲瘋狂。

就在這時，不二法門元尊忽然與他相見，並對第一箜侯加以點撥，兩年之後，第一箜侯的劍道修爲突飛猛進，如願以償地實現了同施三種截然不同劍法絕技的這一夙願，並在一年之後，僅憑三招便徹底擊敗了曾兩次擊敗他的對手。

一時樂土劍道爲之譁然！

而第一箜侯從此對法門元尊亦敬若天神，以其身懷不世絕技，亦心甘情願地投身於不二法門，成爲四使之刃使的三刃士之一。

以第一箜侯對劍道的驚人癡迷與感應，當龍之劍發生異變之時，他豈能感應不到？非但第一箜侯早已感應到了，他的「怒魄、驚鴻、風騷」三劍也及時感應到了。

三柄利劍同時在第一箜侯身後顫鳴不已。

第一箜侯長身而起，眼中頓時有了如劍一般的光芒，就在此時，外面有人匆匆趕來稟報，說龍靈關龍之劍所在之處有金色豪光暴現，情景非比尋常。

第一箜侯一如既往地先保持沉默，沉吟了片刻，這才道：「去看看。」

他的話永遠是這麼簡單，似乎是因爲他的所有心思都已浸入了劍道之中，以至於認爲說話也是一種浪費精氣的事。

當第一箜侯領著不二法門弟子出駐劍樓時，他們忽然看到正有一人自石墟鎭方向而來，已

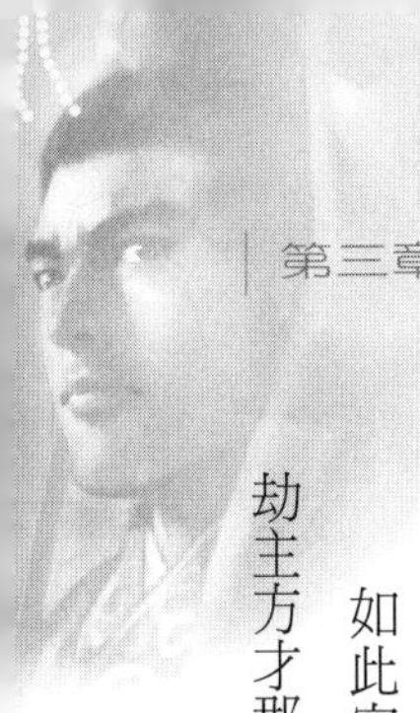

在不二法門劃出的禁區邊緣，卻並沒有就此停下的意思，依舊向前走，那一襲勝雪白衣即使是在如此的夜裏，仍是十分的醒目。

「刃士，那邊有一人！」第一箜侯身邊的人急忙提醒道。

第一箜侯目光投向了那邊，緩緩地道：「不，我所看到的，卻是一柄劍，一柄非常出色的劍！」

「劍？」眾不二法門弟子皆是一怔，看了看第一箜侯，很是惑然。

亦有人明白了第一箜侯的意思，心道：「第一刃士在劍道上幾乎已是目空一切，也許除了元尊之外，連刃使他也未必十分敬服，能被第一刃士稱爲出色之劍的人，會是什麼人？在這個龍靈關有異常反應的夜裏，此人的出現又預示著什麼？」

玄天武帝廟中。

大劫主、樂將、牙夭及眾劫域中人皆愕然望著眼前不可思議的一幕。

只見晏聰被大劫主連人帶刀擊得跌飛而出，撞在玄天武帝的神像上的同一剎那，一道雷電也正好擊中了玄天武帝的神像。

如此空前強大的天雷豈是凡人血肉之軀所能承受的？所有劫域中人皆認定晏聰即使能在大劫主方才那可怕的一擊中暫保性命，也會難逃此劫，剎那灰飛煙滅。

但事實卻並不如他們所想像的那樣。

似欲照徹天地的天雷一閃而沒，極度的亮光使得天雷已閃逝之後，眾人眼前仍有片刻無法視物，眼前只有白茫茫的一片。

當眾人的視覺恢復正常時，駭然發現晏聰以刀擊於神像，全身憑空全無可借之力，卻凝於半空，似乎他的所有重量僅僅憑著手中的刀與神像的相接就可以支撐了。

這絕對是只有在夢境才會出現的情形！何況晏聰本就已然重傷。

劫域中人的思緒在極度的吃驚下頓時變得一片空白。一時間，誰也無法確知晏聰是死是活，更無法猜透眼前這一幕預示著什麼。

天雷暫逝，天地間重歸於一片黑暗。

這時，眾人忽覺地面有微微晃動，並且晃動的感覺變得越來越明顯。

牙夭失色道：「主公，一定是應劫之時已至，九幽地火定將噴薄而出，請主公速速定奪！」

大劫主哈哈一笑，「負陰抱陽，瑞劫相應——天瑞本就是應劫而生，既然應劫之時將至，那麼天瑞的瑞靈之氣重被激發就是迫在眉睫了！我們先行退避出十里之外，待九幽地火噴薄而出之後，立即來取重聚靈氣的『天瑞』！」

這時，地面的震晃已十分明顯，人的站立都有困難。場中除大劫主之外，其他人莫不變色。

大劫主最後下令道：「牙夭，立即讓鬼將以及他的鬼卒也速速退避！他在此守護天瑞二十年，終於也到了功成而退之時了。」

牙夭答應一聲，當即取出隨身攜帶的傳訊煙花。

刑破、鬼將以及鬼將麾下鬼卒也在同一時間感受到地面的晃動。

刑破暗暗吃驚，不明所以。再看眾鬼卒，雖然依舊是將他團團圍住，似乎隨時準備發動第二輪攻擊，但卻神色不安，像是即將有大禍臨頭一般。

刑破既驚且疑之際，忽聽得玄天武帝廟方面傳來尖銳的嘯聲，隨即便見半空中展開一朵火紅的焰花。

還未等刑破回過神來，鬼將已向眾鬼卒打了個手勢，眾鬼卒如蒙大赦，立即在鬼將的帶領下如風一般向東南方向退去。

對方在顯然佔據了主動的情況下突然退走，絕對事有蹊蹺，而地面的晃動也證實了這一點。刑破雖然不知詳情，卻也知道當務之急是要速速離開此地。

當下，他急忙將倒在血泊中的梅木扶起，迅速將她的幾處穴道封住了，以止住流血，隨即抱著梅木，向與鬼將等人退去相反的方向疾奔而去。

地面的搖晃在刑破疾掠的同時，不斷地晃得更劇烈，像是隨時都有傾覆的可能。

亮得驚人的天雷一次又一次地閃過天際，劃破長空，遙劈大地，所指方向，竟一無例外地是玄天武帝廟所在之處。

刑破這時也隱約感到即將有一場絕非人力所能抗衡的變故降臨！他幾乎已是豁盡了自己的最高修為，在極速奔走，一道道天雷閃過，將地面上的一切照得明明滅滅，加上地面又在搖晃著，這讓刑破的奔走極為艱難。

也不知奔出了多遠，忽聞身後「轟隆」一聲有如天崩地裂般的巨響，其聲勢之巨，讓人頓時心生天地即將毀滅之感，可怕的轟鳴聲以可怕的速度迅速傳開，數十里之外亦清晰可聞。

可怕的轟鳴聲如同予刑破一記重錘，使他頭腦「嗡嗡」作響，意識出現了剎那間的中斷，但迅即又清醒過來，一種本能驅使他激發了生命的所有潛能，以不可思議的速度全力疾掠。

他甚至根本無暇回顧身後究竟發生了什麼。

只是視覺的變幻卻是無須回頭也是能感受到的，轟鳴聲剛響起時，天地間似乎更為黑暗，但緊接著天色卻又變得亮如白晝，密如驟雨的爆響聲在後方接連響起。

刑破已近力竭，卻不能不咬牙苦撐，正如靈使所言，他如同一隻歷盡了無數次生死的狼，對死亡的氣息有著異乎尋常的敏銳感覺。此刻，他知道多邁出一步，便是離死亡遠一步。

至於最後能否從死亡的陰影中逃脫，刑破心中沒有絲毫底細。

十里之距，對於大劫主這樣的人物來說，實是微不足道。

當他立足於玄天武帝廟南向十里之外的一個山坡上時，玄天武帝廟那邊正好噴射出萬道火焰。

地下噴出的烈焰沖天而起，在瞬息間燃盡了虛空中可以供養人的氣息，奇熱無比的烈焰在片刻間熔化了一切，並將之拋入空中，形成泛著懾月白光的火球，火球在鼓脹、散射……同時，其光芒也由白色變成了紅色，有如盛開於夜色中的猩紅之花。

來自九幽地下之火頃刻間吞噬了玄天武帝廟，而烈焰、熔化的岩石卻依舊以極快的速度向四面八方擴散，看起來就如同在洶湧奔流的烈焰火光之江河。

火浪所到之處，立時吞滅一切生機！

火光以及煙霧阻擋了大劫主的視線，所以他並未看到往另一個方向逃離的刑破，而只能看到往東南方向逃離的鬼將及鬼卒，還有雖然與自己同一方向卻因爲速度相對慢了不少而落下的劫域中人。

事實上，大劫主心中自知，對於這些人能否逃脫劫難，他雖然也在意，但卻遠不如對晏聰生死如何更在意。

按理，就算晏聰在自己驚世一擊之下僥倖保命，又逃過了天雷之擊，但在這九幽地火的虐掠下，他也絕對沒有可能再活下來了，但不知爲何，大劫主卻對他的生死仍是念念不忘。

也許，這是因爲大劫主沒有料到晏聰如此年輕，卻能在他九成功力的一擊之下沒有當場粉身碎骨、灰飛煙滅之故。一個如此年輕的人卻有著此等可怕的修爲，這不能不讓大劫主對他另眼相看。

大劫主以冷漠的眼神望著遠處尚未逃離死亡陰影的部屬，他沒有什麼可以擔心的，即使真的有人沒能逃過這一劫難，那也是因爲他們修爲不濟，對於這種部屬的死，大劫主自然是無動於衷。

此時，雖然在十里之外，但大劫主也已感到熱浪逼人，相信其他人的感覺更爲強烈。

最先趕到大劫主身邊的是牙夭，樂將因爲被晏聰擊傷，反而落在了牙夭的後面。

牙夭一見大劫主，先拜伏於地，以其近乎嬌嗲的聲音道：「主公神功蓋世，我等實在望塵莫及！」

大劫主一笑，「起來吧。」

牙夭起身之時，樂將亦已趕到，她的臉色已有些蒼白了，看來晏聰將她傷得不輕，才使其功力大打折扣。

大劫主只看了她一眼，目光復又投向玄天武帝廟那邊。

樂將似是心有餘悸，喘息道：「主公，我們是不是再退出一段距離，以保萬無一失？」

話音甫落，忽聞大劫主不悅地「哼」了一聲，樂將大驚失色，立即跪倒於地。

卻聽得大劫主冷聲道：「他居然還活著！」

樂將一怔，旋即明白大劫主方才並不是爲她的話而發怒，心中稍定，她大膽抬起頭來，順著大劫主的目光望去，赫然發現遠處正有一人影以快不可言的速度向東南方向疾掠而去！

看此人身法之快，其修爲應在鬼將之上，自然更不可能是鬼將手下的人。此時這一帶已亮如白晝，以大劫主的目力，雖然與對方相距甚遠，但也已看出那人是誰了。

而樂將由大劫主的言語神情自然也能猜出個八九不離十，那麼那道向東南方向疾掠而去的人影，極可能就是本應早已斷送性命的晏聰！

若此人真的是晏聰，大劫主的驚怒自是難免了。

刑破全力奔掠出近十里之外時，眼前出現了一條河，河面並不寬，卻甚是湍急，刑破毫不猶豫地抱著梅木跳入了河中。

待跳入水中之後，刑破才發現有些不妙，作爲一名曾經十分出色的殺手，即使身在水中，他的生存能力也是出類拔萃的，所以他才毫無顧忌地躍入河中。

但情急之中，他沒有意識到自己的體力已消耗太巨，以至於他一入水中，竟被沖出了好幾丈遠。

刑破竭力將梅木托出水面，一邊踩著水向對岸游去，這寬不到十丈的河面，平日裏根本不在話下，但這一次卻讓刑破大吃苦頭。

當他好不容易橫渡至對岸時，心神一下子鬆弛下來，將梅木放在沙灘上之後，立即如同癱了一般轟然倒下。

少頃，他緩緩撐起身子，回首向對岸望去，正好看見一道道赤紅色的熔岩在大地上飛速流竄，如同一道道火龍。

「火龍」最後竟一頭竄入水中，熔岩一入水中，立時產生大量的水霧，發出驚人的「滋滋」之聲，半條河開始沸騰了，而熔岩注入水中之後，迅速凝固成為堅硬的岩石，如同狂奔的野馬忽然凝形，而更多的熔岩又迅速蓋過了這新形成的堅硬岩石，奔出一段距離後，復又凝固，如此周而往復，其情形蔚為壯觀。

刑破親眼目睹這罕見的一幕，目瞪口呆，幾乎忘了自己處境的危險！

熔岩不斷注入，不斷向前延伸，由此形成的岩石幾乎要隔斷了河水，河水開始被迫改變河道了。

刑破這才如夢初醒，暗叫不妙，如果這熔岩一直奔流不息，那自己遲早將累得倒下，並立即在極熱的熔岩中化為灰末，甚至連一點灰末也不留下。

刑破感到自己全身的力氣都已被抽乾了似的，連站起身都有些困難，但他還是跌跌撞撞地

站了起來。

就在他站起身的時候，天地間忽然一下子靜了下來，爆炸聲、熔岩奔瀉的聲音全都消失了。

遠處的幾棵大樹如同一支支巨大的火把般在燃燒，而灌木雜草早已焚燒殆盡，前面的河面上霧氣騰騰，但水中卻不再有新生的岩石向自己這邊延伸。

刑破一下子跌坐地上，百感交集地望著眼前早已面目全非的一切。

猛地，他記起了梅木，急忙上前察看，只見梅木已陷於昏迷之中，過多的失血使她雙唇乾裂。刑破趕緊跑到河邊，當他的雙手探入河水中時，發現河水竟是溫熱的，但他已顧不了太多，先是自己痛飲了幾口，隨後用手捧了水往回走，但他左手四指齊斷，一次只能捧回一點點水。

刑破將有限之水餵入梅木口中後，又折回河邊，如此反覆，河水因爲依舊奔流不息，也漸漸地變得不再溫熱了。

梅木終究是習武之人，加上血已爲刑破止住，過了一陣子終於清醒了過來，悲喜交加地望著刑破。

「刑叔叔……」梅木聲音低弱地道。

「沒事了，一切都過去了。」刑破忙道，「方才應該是九幽地火在噴發，所幸這只是很小的一次噴發，若是更可怕一些，有可能方圓百里、千里都難以倖免！那我們便是插上雙翅，也逃不過這一劫了！」

梅木低聲道：「可我娘她……」

刑破頓時無言了，他的目光不敢與梅木哀傷的目光相對，心中充滿了內疚與自責，半晌才道：「是我無能，沒有保護好你們！」

梅木如何不知刑破對自己一家忠心耿耿？她反過來安慰刑破道：「刑叔叔，這不能怪你，你已經……已經盡力了。」喘息了一陣，她接著道：「也許我娘說得沒錯，這樣對她也是一種解脫……自爹去世之後，娘就從來沒有真正地開心過。」

刑破無言以對。

梅木沉默了一會兒，又道：「不知晏……晏師兄怎麼樣了……」擔憂之情溢於言表。

刑破道：「在那廟中究竟發生了什麼事？」他在想，梅木、顧影爲何會被震飛出玄天武帝廟之外。

梅木道：「是大劫主！大劫主與晏師兄相戰，他們的修爲都極高，我娘與我就是因此而被氣勁震飛的！」

「大劫主？劫域之主！」刑破大吃一驚。

「不錯，與大劫主同來的還有不少劫域中人。」

刑破見梅木連說話都有些吃力，便勸道：「妳身子太虛弱了，暫時還是少說爲好。」

梅木道：「我沒事……刑叔叔，你說晏師兄會有危險嗎？」頓了頓，又補充道：「他是爲救我與娘才遭遇大劫主的，我真不希望他出什麼意外。」

刑破嘆了一口氣，「如果他的對手真的是大劫主，那恐怕是……是凶多吉少了。」

他聽出了梅木對晏聰的關切，所以才說是凶多吉少，而事實上在他看來，晏聰根本就沒有任何生還的機會。

梅木道：「他的武功極高，連劫域的樂將都無法勝過他……也許，他能成功脫險，對嗎？」

她以乞求的目光望向刑破，似只要刑破一點頭，晏聰就可以活下來了。

刑破又怎忍心打破梅木最後一絲希望？他點了點頭，「既然他能夠勝過樂將，那其修爲的確是極爲高明的，由此推測，脫險的機會就很大了。」

他隨即換了話題，「看來，那鬼將也應該是劫域中人，所以他與他的一干屬下在見了焰火之後會立即撤退，想必那是大劫主發出的命令。僅僅一個鬼將已難以應付了，若是再加上大劫主，那我們就更危險了。此地不宜久留，小姐，我們還是趁劫域的人尚未發現我們先離開此地，如何？」

梅木心中依然牽掛著晏聰的安危，但同時她也知道，就算她留下來，也不能對晏聰有什麼幫助，於是勉強點了點頭道：「也……好。」

鬼將率領他的人向東南方向全速逃離，直至自以爲應該安全的地方才停下。

回首清點人數，發現少了幾人，再回頭一看，可怕的熔岩早已斷了他們的退路，也不見有那幾名鬼卒的人影，才知落下的那幾名鬼卒都是與刑破一戰中受傷者，如此看來，那幾名鬼卒的結局不言而喻，恐怕早已爲熔岩吞噬了，生還的可能性微乎其微。

眾鬼卒尙心有餘悸，想勸鬼將再逃出一段路程。

鬼將怒喝一聲：「真是膽小如鼠！那九幽地火噴發已盡，再過片刻就沒事了，何需再逃？」

眾鬼卒不敢再言語，皆面對玄天武帝廟方向而立，惶惶不安地望著那依舊奔瀉不息的熔岩，不少鬼卒已是臉色煞白，兩股發顫。

也許他們並不是害怕死亡，而只是出於對天地自然可怕力量的本能畏懼。

面對依舊奔瀉不止的熔岩，鬼將心頭也不由爲之驚悸，陣陣熱浪襲來，更讓人有即將面臨滅頂之災的感覺。

但鬼將縱然心有懼意，也決不會顯露出來，唯有強作鎭定。熔岩越來越近，熱浪逼人，眾鬼卒皆眼巴巴地望著鬼將，卻又不敢開口。

鬼將陰沉著臉，死死地盯著越逼越近的熔岩，心弦越繃越緊。

終於，在鬼將自感心弦都要繃斷的那一刻，熔岩終於在離他們約一里之距的地方停下了。

鬼將與眾鬼卒一時都靜立無言，一片沉默。

「哈哈哈……哈哈哈……」鬼將倏而縱聲大笑，笑得既得意又有些如釋重負，「果然不出本將所料！」

眾鬼卒也是一片歡呼雀躍，原來劫後餘生的感覺是如此美妙。

有鬼卒道：「我們奉大劫主之命在此守護天瑞多年，而在我們之前，更有無數代先人在此守護了兩千年！如今突然有九幽地火發作，定已將天瑞毀壞，那所有的工夫豈非都是白白浪費了？」

立即又有一鬼卒接口道：「是啊，我們終年隱於玄天武帝廟四周，掘土爲穴，隱藏行蹤，算是爲守護天瑞吃盡了苦頭，若是今日天瑞毀於一旦，那……那實是可惜。」

鬼將哈哈一笑，「將天瑞留在此處，是玄天武帝的安排。玄天武帝乃智絕天下的神明，他豈會想不到這一點？雖然本將亦不知詳情如何，卻知道天瑞在這九幽地火之中應該無恙！」

雖然對鬼將的話將信將疑，但眾鬼卒也不好再多說什麼了。

驀地，一聲冷笑傳入每一個人的耳中。

雖然僅僅是冷笑聲，卻讓在場的每一個人心頭皆是一凜。

循聲望去，只見離他們十幾丈之外的一棵大樹前，有一近乎全裸的年輕男子正冷冷地望著他們，那棵樹的樹葉早已捲曲了。

由於左近還有樹木在燃燒，所以鬼將及眾鬼卒皆能夠看清那年輕男子的面目。

此年輕男子正是晏聰！

不過鬼將等人卻還是第一次與晏聰正面相對。他們終年在玄天武帝廟周圍出沒，當晏聰進入玄天武帝廟時，自然也沒能逃過他們的監視，只是在此之前，他們已將更多注意集中於刑破身上罷了。

刑破為了不被晏聰發現，一直有意隱藏行蹤，這異常的舉動當然會吸引鬼將的注意力，所以最終是樂將、大劫主先對晏聰出了手。

鬼將既知晏聰曾在玄天武帝廟一戰，那麼此時見晏聰竟然還活生生地出現在自己的面前，心頭之吃驚自是非同小可，他實在難以相信樂土竟有如此可怕的年輕人，竟能在大劫主面前全身而退。

抑或是因為大劫主見此人並不會對劫域、對天瑞構成威脅，所以手下留情了？

但這卻委實不合大劫主的行事風格，以大劫主習慣，只要他出手了，幾乎就從不留活口！

因摸不清晏聰的底細，鬼將保持了謹慎態度，他以平淡的語氣道：「我等劫後餘生，一時有些失態，倒讓朋友見笑了。」

聽鬼將這麼說，眾鬼卒幾乎不敢相信自己的耳朵！

在守護玄天武帝廟中天瑞的這些年間，亡於鬼將刀下的人難以計數，正因爲有太多的人在接近玄天武帝廟後丟了性命，卻又無法找到真凶，才有人認爲此廟凶邪，玄天武帝廟就此荒廢了，連玄天武帝廟周圍數里之內都無人居住了，而用來囚押梅木、顧影的城堡也是因爲這個原因而廢棄。

此刻，鬼將如此客客氣氣地與晏聰說話，委實出乎眾鬼卒的意料之外。

沒料到晏聰竟毫不領情，他嘴角浮現出了一抹冷笑：「劫後餘生？嘿嘿，恐怕未必！」

鬼將怒焰頓生，眼中殺機洶湧，他森然道：「你太不知趣了！這些年來，在這一帶亡於我手下的不下百人，本將本以爲天瑞既已重新面世，就可以暫時不再殺人，可是你自己卻送上門來，本將只好改變主意了！」

「你所殺之人不下百數？」晏聰皺了皺眉，沉聲道：「那麼你們更死有餘辜！」

語音未落，已驀然跨出一步，僅是一步跨出，卻已在剎那間越過了驚人的空間距離。

鬼將神色倏變，他已然知道晏聰能在大劫主手下逃脫性命並不僅是因爲僥倖。

無須鬼將下令，眾鬼卒已成包抄之勢，向晏聰迎去。

晏聰侵進之速沒有絲毫放緩，他與離他最近的一名鬼卒的距離在以令人目眩神迷的速度閃電般接近，由此形成了對鬼卒視覺的極大衝擊。

晏聰驀然橫斬一刀！

絕無任何繁雜變化，精簡得無以復加，卻偏偏予人以不可違逆之感！

那一刀儼然已可將天地分斬兩半，一邊是生，一邊是死，而是生是死，皆在刀勢的駕馭之中。

正是無缺六式中的「刀斷天涯」，不過此刻這一式由晏聰使出，更具無可抗逆的超然霸氣，其氣勢威力已超越顧浪子！

那鬼卒刀已在手，忽然間竟有了心灰意冷的絕望，只感到死神已然將他完全籠罩，根本不容他作出任何反應。

那一刻，命運已不再掌握在他自己的手中，而是在晏聰的刀下！他甚至有放棄出刀的意圖，因爲他的戰意在晏聰凜然一切的刀意之下，已分崩離析，潰不成軍。

死亡如期而至！

晏聰一刀之下，已將那鬼卒連人帶刀斬作兩截，淒迷的血霧驀然飄散開來，在無儔刀氣的激蕩之下，形成一股血色的氣旋，情景駭人。

而這時，其餘的鬼卒已然形成了合圍之勢，十餘件兵器同時向晏聰席捲過來。

晏聰只進不退，以快不可言的速度閃入鬼卒群中，一團奪目的刀芒與他的身形完全融爲一體，猶如一團不可違逆的死亡旋風，在眾鬼卒之間倏忽進退，每一步踏出都是那麼的出人意料，又充滿了極度的智慧，由此更使他手中之刀的殺傷力發揮至巔峰極限。

竟沒有任何金鐵交鳴之聲！

但這種寂靜予人的感覺，卻是如窒息般的壓抑沉悶，在無聲之中隱藏著驚心動魄的力量。

驀地，晏聰的身形化爲極靜，手中之刀遙指鬼將，他的眼神中充滿了絕對的自信與凜然氣度。而所有圍攻晏聰的鬼卒亦於同一時間忽然凝形不動，一時間氣氛顯得說不出的詭異。

倏地，有奇異而森然的聲音響起，猶如淤阻的水流所發出的汩汩之聲，緊接著，眾鬼卒的頸部忽然出現了一道血痕，血痕迅速擴大，最終化作血箭飆射而出。

十餘名鬼卒幾乎不分先後地轟然倒下，倒下時已然氣絕身亡。

那奇異而森然的聲音赫然是鮮血自被切斷的血管中噴湧而出的聲音！

如此可怕的殺人手法，深深地震撼著尚未與晏聰交手的鬼將！這些年來，他們隨鬼將在玄天武帝廟周圍出沒，已習慣了殺人，這一次卻品嘗到了任人宰割的滋味。

驍勇的鬼卒這時也不由心生怯意，不由自主地退後了幾步，唯有鬼將仍立於原處。

鬼將的瞳孔緩緩地收縮了，所有的心神都集中於晏聰手中的刀上。

他忽然感到死亡從來沒有如此地接近！

他的刀在襲擊刑破時被刑破迫得脫手，刀爲刑破所得，而當刑破受眾鬼卒圍攻時，他則拾起了刑破的刀。如今，他手中所持的正是刑破的兵器。

晏聰寒聲道：「我說過，你們並沒有真正地逃過劫難！真正的劫難才剛剛開始！你們的主子大劫主想取我性命，可惜天不遂他之意，連上天都在幫我，讓我起死回生，而且獲得了更強的力量！」

他的目光冷冷地罩在鬼將身上，續道：「而你，將會因爲你主子的所作所爲付出生命的代價！」

鬼將慢慢地將刀握緊，沉聲道：「恐怕你太高估自己的實力了，這些年來，亡於本將刀下的人太多了，再添上你一個也無妨！」

「是嗎？」晏聰嘴角浮現出不屑一顧的笑意。

刀已徐徐揚起，不知由何處生起的風在漸漸變強。

晏聰的目光是那麼堅定而自信，仿若只要他願意，就可以做到世間任何一件事。

誰也不知道晏聰何以能奇蹟般地活下來，更不知他又如何獲得更強的力量！

與此同時，玄天武帝廟正南方向的土坡上，大劫主、樂將、牙夭等人可以大致看到鬼將這邊的情形。

「主公，看樣子是鬼將遭遇強敵了。」牙夭在大劫主的耳邊道：「是幾乎已喪命於主公手下的那小子嗎？」

大劫主沉聲道：「正是他！他似乎變得更強了！」

「即使變得更強，他也永遠是主公的手下敗將！」牙夭道，「主公，我們是否去看一看？鬼將是否有必勝的把握？」

大劫主「哼」了一聲，「鬼將取勝的機率最多只有四成！不過，即使如此，我們也不能去相助他，因爲還有比這更重要的事等著我們去辦！」

「主公是指……天瑞？」牙夭道。

「正是！天瑞是應劫而生的，此時天、地之劫皆已過，又正值七星連珠之時，『天瑞』定然已被激起靈氣，取得天瑞是我劫域千年夙願，沒有什麼比這個更重要了！此刻，玄天武帝廟周圍十里之內決不可能有活人，正是取天瑞的大好時機，不可錯過！」

「主公所言極是！不過這九幽地火實在太厲害了，雖然未必能傷主公，但若是過早接近玄天武帝廟所在之地，萬一九幽地火再次肆虐，終是讓人有些擔憂。」牙夭道。

牙夭所言，大劫主何嘗不知？但「天瑞」對劫域而言，實在是太重要了，大劫主寧可自己冒險，也不願在最後的關頭再出什麼偏差。天瑞一刻沒有到手，他就一刻不能安心。

於是，大劫主道：「你們留在這兒，一旦有人試圖接近玄天武帝廟所在的地方，即刻全力圍截，我去取天瑞！」

眾人恭然應道：「遵命！主公多加小心！」

大劫主哈哈一笑，豪氣干雲地道：「諒也沒什麼大不了，劫域的千年夙願，定將如願以償！殃雲，拿刀來！」

那身形高大的醜漢答應一聲，雙足分立，將他所負的九尺長的鐵匣取出，雙手捧著，穩穩地走到大劫主面前，恭然奉上。

鐵匣內所裝正是大劫主的兵器，平日由醜奴殃雲背負。以殃雲高大結實有如鐵鑄的身軀，背負此兵器時，半指寬的肩繩仍是深深地勒進了他的肩肌之中，日長月久，他的右肩肩肌已被壓下了一道深深的印痕。

殃雲與這鐵匣向來形影不離，仿若他與鐵匣已是一個密不可分的整體，所以當他將鐵匣交與大劫主後，眾人看他竟有些不習慣了，而殃雲自己亦感到渾身不自在，連手腳都不知當如何擺放，顯得悵然若失。

事實上自他追隨大劫主後，幾乎從未離開大劫主，而這些年來，大劫主已極少出手，即使出手，也無須動用兵器，所以此時殃雲才會如此的不習慣。

大劫主接過鐵匣，將之背負身上，再也不看眾部屬一眼，驀然掠身而起，向玄天武帝廟所在的方向疾掠而去。

龍靈關。

刃使麾下三刃士之一的第一筌侯迎向那年輕的白衣男子的時候，心頭竟有莫名的興奮。

第一箜侯對劍，以及對劍有關的一切，有著無比敏銳的感覺。

此刻，他更清晰地感覺到由那年輕男子身上所透發出的絕世劍氣！在他眼中所看到的與其說是一年輕男子，倒不如說是一柄傲世之劍，而這正是第一箜侯興奮的原因所在。

作爲對自己的劍道修爲極爲自負者，第一箜侯內心深處有著難言的寂寞，一種因爲沒有合適對手而生的寂寞。

戰曲與千異一戰後，憑空蹤影全消，梅一笑又已被千異所殺，環視樂土，能與第一箜侯匹敵的劍客又有幾人？法門四使中的刃使可使刀、槍、劍、戟……各種兵器中的任何一種兵器，且無不是已臻驚世之境，也許其劍道修爲也可以與第一箜侯一較高下，但既然是刃使麾下一員，又怎能挑戰刃使？

這些年來，第一箜侯奉命在駐劍樓守護龍之劍，本以爲借此機會能遇到劍道中的絕世好手，但事實上，雖然這些年來不時有人覬覦龍之劍，卻皆是自不量力之輩，與第一箜侯所期望的值得一戰的真正對手相去何止千里？

第一箜侯深深地感到失落，一種劍意難抒的失落。

所以，當他見到年輕的白衣男子出現時，才會如此興奮。

他甚至擔心年輕男子不是爲龍之劍而來，那樣他也許就將要失去一個遭遇真正對手的機會。

而當他意識到自己有如此奇怪的念頭時，亦不由暗自好笑。

雙方越走越近，未等第一笠侯開口，那年輕的白衣男子已先道：「尊駕是否是不二法門中人？」

這時，第一笠侯已看清來者赫然是一個年約二十二的年輕人，一襲白衣將之襯托得氣度非凡，不由暗吃一驚，心忖：此人如此年輕，何以有如此強的劍氣劍勢？難道是自己的感覺有誤不成？

心頭轉念間，口中已道：「不錯！再往前便是龍之劍所在之地，龍之劍周遭半里之內已為我不二法門劃為禁區，不可擅自涉足！」

那年輕的白衣男子微微一笑，「在下就是為龍之劍而來的。」

沒有任何的拐彎抹角，出口即點明自己的來意，無形之中已顯露出一份難得的自信，第一笠侯不由多看了對方幾眼，緩聲道：「為龍之劍而來？莫非也是想一睹龍之劍的風采？」

那年輕的白衣男子搖了搖頭，「不，是為取回龍之劍而來！」

第一笠侯一怔，臉顯驚訝之色。

他不能不驚訝，在此之前，的確也有覬覦龍之劍的人，但無論是什麼來頭，尚從未有人敢如此明目張膽地直言不諱。

一怔之餘，第一笠侯忍不住哈哈一笑，「年輕人，你可知此劍是法門元尊下令將之留在此地的？」

年輕男子淡淡地道：「我當然早已聽說了這一點，不過雖然是元尊將劍留於此處，但我也不能不將龍之劍取走！」

饒是第一箜侯一向嚴謹矜持，少言寡語，也不由啞然失笑。

在他的心目中，法門元尊的意志是至高無上的，休說是不二法門弟子決不可違逆，就是在整個蒼穹武道，也同樣具有不可違逆的超然地位，沒想到今天卻有一年輕人竟公然要違抗元尊的意志，真是年少狂妄，不知天高地厚。

不過，第一箜侯既認定此年輕男子是不可多得的劍道高手，自有惺惺相惜之心，並沒發作，而是正色道：「此劍乃四年前戰曲勝千異之信物，以此劍爲憑證，方能證明法門元尊判決公正英明。若是沒有此劍，只怕樂土與千島盟又將會再起爭端。」心中卻暗忖道：「其實我大可不必向你解釋這麼多，而只需告訴你這是元尊之意即可。」

年輕男子淡淡一笑，「其實縱然有這龍之劍在此，千島盟與樂土就能真的平息干戈嗎？恐怕連元尊亦知道這也未必吧？以龍之劍爲標誌，不過只是自欺欺人罷了！」

第一箜侯勃然色變，眼中漸漸有了寒意：「如此說來，你是有意與不二法門作對，欲強取龍之劍了？」

年輕男子以平靜的語氣道：「龍之劍本非不二法門之物，不二法門就不該自作主張將之留於此處。」

第一筮侯強抑心中怒氣，又上下打量了年輕男子幾眼，「你究竟是什麼人？」

第一筮侯身後的不二法門弟子早已等得不耐煩了，不知第一筮侯今天怎會有如此好的耐心，面對這般狂妄無知的年輕人，早該出手教訓一番。

年輕男子笑了笑，笑意中隱然透著一股傲氣，他道：「你我本非同一世界的人，不說也罷。」

饒是第一筮侯性情嚴謹持重，也不由仰首狂笑，笑罷方沉聲道：「小子，你未免太狂妄無知！莫非你根本不屑與我等同處於一蒼穹之下？」

年輕男子嘆了一口氣，像是很無奈地道：「雖然我與爾等不得不同處於一蒼穹之下，但我與你們實在是……有太多的不同。」略略一頓，又道：「龍之劍本爲我族所有，如今我奉族王之命前來取劍！」

第一筮侯已因對方的傲氣而激起了真怒，他冷笑一聲：「這四年來，不知有多少人狂妄意欲染指龍之劍，如今他們都已長眠於此地！」

年輕男子看了看第一筮侯，「身負三劍——看來，你就是第一筮侯了。我聽說第一筮侯可以同時將三種風格迥異的劍法修煉至極高境界，也算是不易了，可惜你根本不懂劍，不知道自己這麼做已完全違背了劍的本性。劍乃兵器之中最爲孤傲者，講求的是捨我其誰的氣度，同時修煉

三種劍法，豈非等若兒戲？」

第一箜侯緩緩地撤出半步，沉聲道：「小子，拔出你的劍吧！」

雖然後撤了半步，但殺機反而更甚，大有一觸即發之勢，空氣在剎那間凝固了。

對於第一箜侯來說，再也沒有什麼比稱他根本不懂劍更能激怒他了。

年輕男子在第一箜侯強大的氣勢前依舊從容自若，他淡然一笑，道：「也罷，我就讓你們見識見識不同於世俗凡塵的劍法是怎樣的吧！」

言罷，解下腰間佩劍，持於左手，橫握胸前，右手握劍把，將劍緩緩拔出。

第一箜侯頭也不回地對身後的不二法門弟子低聲下令：「點火把！我要痛快一戰！」

「砰砰砰……」幾聲輕響，幾支碩大的火把已然燃起，雖然夜風甚疾，卻也吹之不滅，周遭二三十丈之內皆被照亮了。

第四章　傲世之劍

石墟鎮的人早已被接連不斷的天雷霹靂所驚醒，此刻更有人發現龍靈關這邊有了異常。不過龍靈關前的駐劍樓也不是第一次被襲，但結局永遠只有一個，那就是襲擊者的敗亡。

在火光的映照下，更襯得那年輕的白衣劍客卓爾不群。

第一箜侯反手將怒魄拔出，劍尖斜指地面。

「怒魄」極寬極厚，握在高瘦的第一箜侯手中，竟絲毫不會讓人覺得不協調。

痛快淋漓的決戰對第一箜侯來說已是久違了，所以，於公於私，他都不會放過與這年輕的白衣劍客的一戰！

怒魄在手，第一箜侯心頭劍意大熾，衝擊著他的靈魂，竟有迫不及待之感。

身爲不二法門刃使麾下的三刃士之一，第一箜侯在武道中的地位已是極高了，但這一刻，他急於一戰，竟不顧身分，率先向那年輕劍客出手。

怒魄一橫條縱，在虛空中幻現出一縱一橫兩道虛影後，已然以鋪天蓋地之勢向年輕劍客席捲過去！

怒魄橫空擊出，劍破虛空，發出如龍虎怒吼之聲，其聲勢之盛，著實令人心驚膽戰。

第一箜侯似乎要將自己這些年來心中鬱積難抒的劍意戰意，全憑藉這一擊痛痛快快地宣洩而出。

「錚……」年輕劍客手中之劍及時脫鞘而出，劃出一道小小的弧線後，向怒魄迎去。

「噹」的一聲，兩劍接實。

雙劍相交時，年輕劍客的姿勢幾乎沒有任何變化，只是雙腳在間不容髮的剎那間已一連踏出九步，每一步掠過的距離都極小，而且方位、角度變幻不定，卻讓觀者感到心驚肉跳。

年輕劍客借著這神奇莫測的步伐，以看起來毫不費力的一擊，已化解了第一箜侯聲勢驚人的一擊，他的劍竟不可思議地切入了第一箜侯的劍網之中，並大有長驅直入、一發不可收拾之感。

第一箜侯只需後撤，就可以化險爲夷，但以第一箜侯對自身劍道修爲的自詡，又怎可能在甫一交手之際便後撤？

第一箜侯一聲低吼，一改劍客多以腕部使力的做法，右臂疾掄，幾乎是連人帶劍一同撞向年輕劍客。

這一擊的力道無疑比方才更激增不少！

更可怕的是因爲第一笠侯不退反進，他與年輕劍客幾乎就等於是貼身肉搏！而年輕劍客僅有一劍，第一笠侯卻還有驚鴻、風騷。

若是第一笠侯的怒魄牽扯了年輕劍客唯一的一柄劍，借機再出以快捷見長的「驚鴻」，如此近的距離，年輕劍客能避過的機會幾乎是微乎其微。

當然，有得必有失，第一笠侯只進不退，其結果在給對方構成巨大威脅的同時，也等若將自己推向生死立判之境。

年輕劍客一出手就已將第一笠侯逼至不得不全力以赴的境地！

雙劍再度倏然接實！

驚人的金鐵交鳴聲中，年輕劍客已然如柳絮般飄然掠起，升至一個驚人的高度之後，手中之劍驀然顫鳴，幻化出漫天劍影，劍影縱橫掣掠，自各個角度傾灑而下，如同一張自上而下撒向第一笠侯的劍網。

漫天劍影、刃光與白衣勝雪、舉止飄逸的年輕劍客的身影相互輝映，竟予人以極爲灑脫之感，讓人恍惚間忘卻了這是一場生死懸於一線的決戰，而是一種美的享受。

第一笠侯長嘯一聲，對漫天劍影根本不理不睬，而是疾掄怒魄，怒魄劃出一道驚人的弧線後，自下而上暴射出去，如同怒龍一飛沖天，勢不可當。

漫天劍影與怒魄昂首沖天、一往無回的身影迅速糾纏在一起，空前強大的劍意讓周遭不二法門眾弟子只感到呼吸困難。

無數密如驟雨般的金鐵交鳴聲中，年輕劍客的劍倏而凝形，並準確無比地迎向怒魄，兩柄利劍的劍尖不可思議地正面撞擊在一處。

一撞之餘，年輕劍客的劍尖一錯，正好壓在怒魄的劍身上，並以極快的速度下滑，劍尖與劍身劇烈摩擦，一道火星在怒魄劍身上飛速遊竄。

第一塗侯忽然冷冷一笑，左手一揮，驚鴻已然在手，並以不可言喻的速度自一個極爲刁鑽的角度刺向尙在空中，再無可能輕易改變位置、身形的年輕劍客。

沒有人能夠形容那一劍之快！

對不二法門弟子來說，第一塗侯所習練的三種風格迥異的劍法中，一種以剛猛無儔見長，一種則是以快見長，而對於第一塗侯以那唯一一柄有鞘的劍所使出的劍法，眾人都有所不知。

不過，無論如何，當第一塗侯以「驚鴻」出手時，其劍法之快，據說蒼穹武道中，最多只有五個人有與之相若的速度。

對於這一點，不二法門弟子——包括這些追隨第一塗侯多年的法門弟子，卻極少有人見過第一塗侯以驚鴻出擊，因爲一直以來，第一塗侯都是以怒魄就可以將他的任何對手擊敗，所以驚鴻已不知有多久沒有出鞘了。

極少有人見識過驚鴻之快！

更極少有人知道第一箜侯是以左手揮出驚鴻！

事實上，爲了能同時習練三種風格迴異的劍法，第一箜侯可以說已是殫思竭慮，想盡了一切可以想出的辦法，嘗試了一切可能的方式，所以當他真的能同時將三種風格迴異的劍法習練至極高境界時，其劍法已有了常人難以想像的異常之處。

其實，一個一心要將三種劍法同時修煉至極高境界的劍客，本就有些非比尋常，那麼，他使出的劍法有非比尋常的地方，也是在情理之中。

第一箜侯似乎只是迎空一抓，驚鴻已在他手中，拔劍速度之快，無可言喻，似乎他已可以自由地操縱時間，將時間隨心所欲地延伸，隨後以左手揮出的那一劍，更是快不可言！

快如驚鴻一瞥！以至於眾不二法門弟子雖然一直是在眼睜睜地看著雙方的一舉一動，但這一次他們所看到的卻只有結局而沒有過程。

結局卻在不二法門眾弟子意料之外，驚鴻奇快無比的一擊，其結果竟然不是年輕劍客的敗亡，只聽得「鏗鏘」一聲，如同還劍入鞘的聲音響過，隨即便聽到第一箜侯低哼一聲，「噔噔噔」一連退出三步。

雙方倏然分開！

第一箜侯左手持驚鴻，右手持怒魄，神色凝重至極。

而那年輕劍客卻神色如常，在從容之中隱有淡淡的傲然之氣。

他非但沒有如不二法門眾弟子所想像的那樣亡於驚鴻之下，相反，在他那潔白如雪的衣衫上，仍是一塵不染，連一點受傷的跡象也沒有。

誰也不明白他是如何避過第一箜侯那一劍之擊的！

唯有第一箜侯自己以及年輕劍客心中清楚方才究竟發生了什麼事：驚鴻快逾驚電的一擊，並未刺中年輕劍客的身軀，而是讓人難以置信地刺入了年輕劍客左手所持的劍鞘之中。

對於這一結局，第一箜侯委實難以置信，也許對方換了其他任何一種方式瓦解了他的攻勢，他都不會如現在這般驚訝。

但同時第一箜侯也知道，除了這種方式之外，以其他任何方式恐怕都決不可能擋下他這一擊！

正因為如此，第一箜侯才會更為對方的劍道修為以及膽識所驚愕！

年輕劍客自信地一笑，「你果然是以左手使驚鴻劍，這的確很容易有攻敵所不備的奇效，只可惜這一點早已在我族王的意料之中！」

第一箜侯大吃一驚，以至於忘記了自己的身分，愕然道：「怎麼？竟然有人可以預料到這一點？」

「這有什麼值得奇怪的，我族王早已洞悉武道的真諦。世人皆知第一箜侯身負三劍，一爲怒魄，一爲驚鴻，但唯有我族王能夠推斷出你既然是同時習練三種劍法，就必然是左手使驚鴻！」

不二法門眾弟子見第一簹侯似乎有些相信了，不由有些著急，忙大聲提醒道：「第一刃士切莫上了他的當，他只是僥倖逃過這一劫而已。」

第一簹侯卻輕嘆一聲，「不錯，唯有以左手使驚鴻劍我才能一償夙願。我本以爲普天之下只有一個人可以看透這一點，沒想到居然還有另一個人也早已料知了這一點。」

年輕劍客道：「這有何奇？我族王非但料知這一點，而且還知道你從未出過鞘的風騷是一柄什麼樣的劍！」

第一簹侯聞言再度吃了一驚！

世人皆知第一簹侯當年苦心追求同練三種風格迥異的劍法，但對於其中的詳情卻是罕有人知，而第一簹侯三次挑戰同一個絕世劍客，其戰況如何，從來只有不二法門的刃使目睹。

當時第一簹侯還未入不二法門，刃使之所以在場，是作爲那一戰的見證人。有刃使爲證，世人自然不會懷疑真相。

所以，普天之下，知道「風騷」是一柄什麼樣的劍的人可以說只有三個，其一是刃使，另一個便是曾兩次擊敗第一簹侯的絕世劍客，最後便是爲第一簹侯指點迷津的不二法門元尊。

與第一簹侯三次決戰的那名劍客，正是當年與第一簹侯、顧浪子同列四大神奇少年的正乙

道！

正乙道是當年四大神奇少年中成名最遲的，當第一笠侯、顧浪子等三人在年未滿二十便已聲名鵲起，廣爲世人所知時，樂土武道尚從未聽說過正乙道之名。

但正乙道的成名卻比四大神奇少年中的另外三人更快，幾乎是在一夜之間已名震樂土。

正乙道的做法是挑戰當時就已聲望如日中天的九靈皇真門的乙弗弘禮。

當時就已是九靈皇真門門主的乙弗弘禮在樂土武界的地位何等尊崇，正乙道年未屆二十，默默無名，本來根本沒有挑戰乙弗弘禮的資格，但不知爲何，最後乙弗弘禮還是應戰了。

那一戰的結果，乙弗弘禮勝了。

但正乙道卻在乙弗弘禮的手下走過了整整二十招！

環視樂土武界已孚聲望的劍客，能在乙弗弘禮手下走過二十招而不亡者又有幾人？何況正乙道還如此年輕？

乙弗弘禮胸襟寬廣，並未將此事刻意隱瞞，而是讓真相如實傳開。

如此一來，正乙道想要默默無聞也不可能了！樂土武界好事者當即將他與顧浪子、第一笠侯幾人並稱爲「四大神奇少年」！

不過，正如顧浪子出身於頗有勢力的「天闕山莊」一般，除正乙道之外，其他三人皆是出身於望族豪門，唯正乙道的來歷卻有些神秘，誰也猜之不透。而正乙道也多是獨來獨往，鮮有人能與之交好。

第一篁侯、正乙道是四大神奇少年中以劍爲兵器的兩人，雖然同列四大神奇少年之列，但在很長的一段時間內，他們都從來沒有相遇。

而第一篁侯與正乙道第一次決戰時，也已是很久以後的事了，那時，無論是他還是正乙道，都已不再是什麼少年。

不過儘管如此，他們之間的決戰仍然十分吸引樂土武界的關注，誰不想知道四大神奇少年中的兩位使劍者誰更爲高明？

第一篁侯雖然曾兩次敗於正乙道，但這兩戰卻讓第一篁侯知道正乙道是一個光明磊落之人，兩人一生之中決戰三場，卻並沒有使他們成爲仇家，相反，他們彼此有了惺惺相惜之感。

也許，絕世劍客之間唯有以劍方能交流。

第一篁侯的「風騷」曾爲正乙道出過鞘，正乙道自然知道「風騷」是一柄什麼樣的兵器，但第一篁侯堅信正乙道決不會把這一點向外人透露，對於這一點，第一篁侯有十足的把握。

而剩下的兩人，法門元尊、刃使則更不可能向外人透露這一點！

照此推知，眼前這年輕的劍客口中所說的「族王」如果真能知道「風騷」是一柄什麼樣的劍的話，就不會是由元尊、刃使、正乙道透露，而的確是推測出來的。

看年輕劍客對此似乎有十足的把握，第一篁侯難免驚訝。

他沉吟片刻，「你族王猜測『風騷』是一柄什麼樣的劍？」

「是一柄軟劍。」年輕劍客不假思索地道。

第一箜侯目光倏閃！年輕劍客所說的一點不假，「風騷」的確是一柄軟劍，難怪第一箜侯會聳然動容。

他忍不住道：「他如何能猜知這一點？」

年輕劍客道：「我已說過，我族王早已悟透了武道的真諦，沒有他看不透、猜不透的事！」

第一箜侯哈哈一笑，「你不必故弄玄虛，就算你所猜測的不假，這也不能說明什麼，你我一戰才剛剛開始，但願你能說出『風騷』是什麼劍，也能接下『風騷』的一擊，否則未免讓我第一箜侯失望了！」

年輕劍客傲然一笑，「你應該看得出我是有備而來的。」

無限自信自負盡在一言中顯露無遺！

禪都天司祿的府第。

戰傳說依舊有如入夢般盤膝靜坐，不言不語，爻意雖然告訴小夭，戰傳說很可能是因爲某種原因而進入了大通之境間，但其實她自己的心裏也沒有一點底。

就在爻意、小夭都茫然失措，不知該如何是好時，外面忽然傳來叩門聲，兩人皆是一驚，花犯已不在天司祿府，那麼前來的人必是外人！如果讓此人知道戰傳說此刻的狀態，會不會有所不妥？畢竟在天司祿的府中，除了他們自己四人之外，其他人沒有一人是絕對可靠的。

兩人相視一眼，交換了一個眼神後，小夭開口道：「誰人叩門？」

「是物某，我家小姐讓物某告訴三位，潛入禪都的千島盟中人的隱身之地已找到，冥皇已加派人手，將他們包圍……」

話未說完，門猛地一下子被拉開了，小夭臉色蒼白地站在那兒，直視著物行，咬牙道：「他們在什麼地方？」

千島盟殺害了殞驚天，小夭對他們已是恨之入骨，此刻一聽已查到千島盟所在之地，如何能沉得住氣？

物行見戰傳說盤膝坐在地上，不由閃過一絲驚訝之色，但很快地便收回了目光，神色也迅速恢復如常，他道：「千島盟逆賊此刻正被圍於銅雀館。」

想必銅雀館在禪都也是人盡皆知，所以物行提及銅雀館時，沒有就銅雀館作過多的解釋。

而小夭其實並不知銅雀館所在位置，但這時她已顧不得太多，回首對爻意道：「爻意姐姐，妳照顧好戰大哥。」

說話間，她已衝出了屋外。

爻意頓知小夭報仇心切，定是前去銅雀館了！且不論坐忘城與冥皇已有間隙，小夭不宜拋頭露面，僅憑千島盟的人敢深入禪都這一點來看，來者必然是千島盟的精銳好手，小夭有多少修爲，爻意心知肚明，若是小夭過於衝動，那恐怕將大事不妙。

可惜她根本來不及勸阻，就已不見了小夭的人影。

物行看出了爻意的擔心，安慰道：「小姐放心，銅雀館既然已在冥皇派出的人馬的包圍下，局勢就已十分明朗，不會出什麼偏差的。此處畢竟是禪都，冥皇也不容禪都出什麼亂子。」

爻意微微點頭，表示認可物行的話，其實她心中的擔憂並未因爲物行的勸慰而減分毫。

銅雀館其實是一娼館花寮，在禪都外城的城南。外城城南有一帶商賈雲集，娼館林立，諸多花寮娼館中，又以銅雀館最負盛名。

銅雀館內綺窗繡簾，牙籤玉軸，堆列几案，瑤琴錦瑟，陳列左右，香煙繚繞，簷馬叮噹，館內的陳設佈置是其他花寮娼館遠不能相比的。

當然，這兒之所以能讓人趨之若鶩，成爲禪都首屈一指的紙醉金迷、聲色奢靡的銷金窟，館內的佈置陳列高他人一等並不是最主要的原因，最重要的是，銅雀館中有麗色媚顏。

銅雀館有容顏身材俱爲上佳的美豔女子逾百，其中列於「銅雀花榜」的四名絕色女子更冶豔迷人至極。

「銅雀花榜」不知是何人戲作，列於花榜的共有十名女子，其中有四人是在銅雀館內。從這一點看，作此「銅雀花榜」的人恐怕是與銅雀館有干係，或是銅雀館的常客，否則泱泱樂土，有女子萬千，何以偏偏讓一花寮盡攬人間春色？

不過，對於「銅雀花榜」的排名，以及「銅雀花榜」所收錄的絕色麗人，至今尚無人反對。

這或許因爲眾人皆知「銅雀花榜」不過是好事者戲作，不必認真計較，但同時也不乏另一個原因，那就是銅雀館內被列入銅雀花榜的女子，的確是人間不可多得的尤物。

而銅雀館的主人更揚言要在五年之內，將另外六個雖列於銅雀花榜中，卻不在銅雀館中的女子也一併納入銅雀館中。

此言傳出，無論將來會不會真的實現，對習慣了風流之事的人來說，都是極具吸引力的，銅雀館也因此而更受矚目，以圖個熱鬧的心態等候結果，看銅雀館是否真的能在五年之內將銅雀花榜中的十大美女收齊。

如此一來，即使五年後銅雀館不能將十大美女收齊，卻也已是造夠了聲勢。

也許，銅雀館主人傳出的話本就是一個高明的噱頭，只要能吸引世人的注意，能否兌現其實已不十分重要了。

銅雀館的主人，無疑是一個十分高明的人物。

所以，若有人第一次知道銅雀館的主人是一個年未滿三十的女子時，難免會大吃一驚。

若是此人再見到銅雀館主人，只怕他將更加吃驚。

因為銅雀館的主人眉小樓竟也是千嬌百媚、傾國傾城的絕色女子。

若說銅雀館中四大花榜美女各有風韻，難分軒輊的話，那麼眉小樓除了有著決不比四美女遜色的笑顏外，還有著更在四女之上的脫俗才華，堪稱集純真、精明、妖冶、雍容於一身。

她身在禪都，又是操持著風月花寮，不知要面對多少形形色色的人物，其中不乏在樂上權傾一方的人物，稍有不慎，就會招來殺身滅門之禍，但眉小樓卻能在各種男子之間遊刃有餘，銅雀館的生意日漸興隆，已然是禪都首屈一指的花寮。

不過眉小樓雖久居風塵，但她至多只是陪客敬酒，唱曲獻藝，據說尚無一人能親其芳澤。誰也不知道面對那麼多千方百計想得到她的尋芳客，她是如何一一應付過去的。

今夜，本應是燈火笙歌的銅雀館卻是殺氣騰空。

銅雀館早已被禪戰士裏三層外三層地包圍得水泄不通，無數的燈籠火把將夜空照得徹亮，可以通往銅雀館的幾條道路早已被封鎖，閒雜人等根本無法通行。

在禪戰士包圍了銅雀館的同時，又有五十名無妄戰士在周邊巡守。

五十名無妄戰士騎著高頭大馬，在接近銅雀館的各街巷如風般穿梭奔馳，此舉一來可在被圍的千島盟中人意外突圍後，立即在第一時間予以圍截。

他們的修爲皆在一般禪戰士之上，機動性也比禪戰士更強；另一方面則是防止有人從外面接應銅雀館內的千島盟中人。

統領眾多禪戰士的是南禪將離天闕、東禪將端木蕭蕭。離天闕已將他的雙矛持於手中，看樣子隨時準備衝入銅雀館中；端木蕭蕭與離天闕年歲相仿，不過看起來卻比離天闕顯得年輕些。與離天闕的躍躍欲試不同，端木蕭蕭卻是穩穩坐在馬背上，目光從容地掃過銅雀館，看他的樣子，不像是奉命來此圍殺千島盟即將面臨生死一戰，倒像是來此處欣賞銅雀館的美景。

銅雀館的景致的確很美，與其他花寮的惡俗全然不同，而東禪將端木蕭蕭沉溺於花草鳥魚這一點，早已是廣爲人知的事了。

據說端木蕭蕭也是銅雀館的常客，不過他來銅雀館卻不是爲了尋芳，而是爲了欣賞銅雀館內的美景。

對於這一點，離天闕很是不屑。

在他看來，既然是到銅雀館來，自然就要擇一美女好好地快活一陣，到銅雀館這樣的地方賞景，非但無趣，而且近乎虛僞。更何況，端木蕭蕭身爲禪將，也是武道中人，卻偏偏要去伺弄花草，這在離天闕看來也是極不順眼。

關於這一點，離天闕已對端木蕭蕭冷嘲熱諷，但端木蕭蕭皆一笑置之，並不與離天闕爭辯，這反而讓離天闕更爲不快，以爲端木蕭蕭是目中無人，不屑與他爭辯。

此刻，離天闕發現端木蕭蕭對迫在眉睫的一戰似乎毫不在意，相反，對銅雀館中的花草倒頗有興致，頓覺一股怨氣自心頭升騰而起，當下大聲道：「端木兄是否在憐惜這些花草即將毀於鐵蹄之下？」

他的手下心領神會，知道離天闕是在挖苦端木蕭蕭，便「哄」地大笑，引來端木蕭蕭手下的禪戰士怒目相向。

端木蕭蕭也不與離天闕爭辯，「我只知道，今天我等都應唯天司危大人之命令是從，至於其他，並不重要。」

離天闕吃了一個不軟不硬的釘子，臉上無光，若與端木蕭蕭爭辯，又有冒犯天司危的嫌疑，一時倒不知該說什麼好了。

其實，論口才，離天闕不知比端木蕭蕭差多少，只是端木蕭蕭大多數情況下不與離天闕爭辯罷了。

端木蕭蕭及其親信所處的位置，正是銅雀館的正門處所對著的寬闊大街。

在銅雀館的門前，已橫七豎八地躺著幾具屍體。

天司危的人查找到千島盟的下落之後，立即悄然稟報天司危，天司危迅速調動人馬，突然出擊，以迅雷不及掩耳之勢包圍了銅雀館。

正在館中尋歡作樂的男子難免驚慌失措，本能地向館外奔逃，這其中不乏有人自認爲在禪都識得一些權貴，或是自以為腰纏萬貫，可以以錢財買通一切，所以才敢向外跑。

他們萬萬沒有料到，這一次他們失算了，平時可以仗恃的一切今日全然失效，天司危親臨銅雀館，下了死令，任何人不得由銅雀館離開，直到銅雀館內的千島盟中人一一被殺被擒，擅自逃離銅雀館者，一律格殺當場。

那幾個剛從溫柔鄉中脫身的男子，慌慌張張地出銅雀館的正門，立即引來亂箭如雨，將他們斃殺當場。

還沒來得及衝出門外的人這才知道，這一次他們的處境將是何其危險，趕忙連滾帶爬地退了回去，將前門後門一起緊緊關閉！

此時，天司危正在與銅雀館隔街相對的一座酒樓內，他端坐在酒樓二樓的迴廊上，正好可以居高臨下地望入銅雀館內。

酒樓中的店家、夥計、食客也被驅趕得乾乾淨淨，全是天司危府的人。

天司危五短身材，膚色黝黑，留有鋼針般的虯鬚，因為身材較矮，所以平日出行時他很少騎馬，更不用說步行，而是由四名手下抬一軟轎藉以代步。

此刻，他正坐在軟轎中，以手支著下頷，若有所思地望著前面的銅雀館。

他知道在銅雀館被困的人中，肯定有與他有交情的人，若在平時，他會為他們網開一面，助其脫身，但這一次，天司危卻不能不狠下心來，他知道冥皇這次是勢在必得，若是讓千島盟的人在禪都逃脫，那樂土萬民對大冥的信心將大受打擊。

無論如何，這一次要不惜任何代價將千島盟進入禪都的人困殺於此！

為了達到這一目的，天司危才連與千島盟毫無關係的人也一併困在銅雀館中，他不願讓千島盟的人混在這些人當中一併逃脫。

不過，他的這一做法如果傳出去，肯定會讓世人覺得他心狠手辣。

立於他身側的一個長手長腳、鬚髮微黃的中年男子垂首恭聲問道：「大人，是不是該發動攻擊了？」

天司危又沉默了好一陣子，方道：「不，你告訴銅雀館中的人，就說在銅雀館中藏有千島盟的人。千島盟是我樂土的夙敵，希望館中的人能顧全大義，將千島盟的人交出，或是將千島盟的人除去！能殺千島盟一人者，賞金百兩！」

那中年男子名為莊鵲，為天司危的心腹，聽了天司危的話，他立刻明白了其用意，心頭暗暗佩服。

千島盟的人深入腹地，既無地利，又無人和，難免心神緊張，對每個人都存有戒心，天司危讓莊鵲對銅雀館中所有人說的話，千島盟的人當然也聽得到，本就心懷戒備的他們在天司危的「提醒」下，會意識到與其他人共處館內的危險，也許就會搶先出手，殺害館內所有的人。

而對於館內不是千島盟的人來說，當他們意識到除了殺盡千島盟的人之外別無其他脫身的機會時，他們也許會孤注一擲，對千島盟的人出手。而在銅雀館中尋歡作樂的人當中，也未必就沒有武道中人。

當然，天司危知道就算館內有一兩名樂土武界中人，也不會有多大的用處，在銅雀館中的千島盟之人當中，必有修爲已臻化境的人物。

天司危只不過是想借千島盟的手殺館內其他人而已，既然這些人必然難免一死，倒不如設法讓千島盟的人來背負這個罪名，天司危並不希望被人視作心狠手辣的人。

銅雀館的主樓內。

這兒本是一片鶯聲燕語，聲色靡亂的地方，此刻卻與平日大相徑庭。

銅雀館的百餘名妓女早已驚得花容失色，不少在嚶嚶而泣，而眾尋芳男子中，除了少數人還能強作鎮定外，大部分人也已是戰戰兢兢，方寸大亂，有如受困之獸。

主樓底層大堂內十幾張圓桌上所擺放的點心佳餚早已被打翻於地，這其中既有被人在慌亂中撞倒的，也有被擔驚受怕、惶然不安的人掀翻，以解心頭之恨的，湯湯水水，碗碗碟碟鋪滿一地，一片狼藉。

而眉小樓此刻卻不知所蹤了，連那四個躋身「花榜」的絕色女子也一併不見了蹤影。

不過在這生死關頭，平日自命風流的人也顧不了這些了。若連性命都難保，縱然有國色天

香在面前，又有何用？

在一片慌亂之中，大堂內的人漸漸地區分開來，只見大堂的正中央兩張桌邊，靜靜地坐著十餘人，周圍的喧鬧混亂似乎與他們毫無關係。

剛開始眾人對這些人倒沒怎麼在意，直到他們由各個角落裏聚攏過來，圍坐在一起之後，才緩緩地回過神來，不少人心頭已意識到了什麼。

在這種情況下還能靜坐於此的，必有蹊蹺！

也就在這時，莊鵲的喊話聲由外面傳了進來：「銅雀館內所有人聽著，天司危大人之所以兵困銅雀館，只因館內隱有千島盟逆賊！千島盟一向覬覦我樂土，乃大冥不共戴天之敵，凡我樂土子民，皆應一致對敵，顧全大義！天司危大人有令，凡能殺一千島盟逆賊者，賞金百兩！」

真是一語驚醒夢中人，眾人一下子明白過來：那靜坐於大堂中央的十餘人原來是千島盟的人！

但見他們服飾不一，而且其衣飾與樂土人並無不同，顯然是假作嫖妓尋歡之人，混跡於銅雀館中。

對於千島盟，樂土人與之的確有著難解夙怨，而眼下又是因爲這十幾個千島盟的人而連累眾人被困於銅雀館中，其中有幾個也曾修煉武學的人氣惱之下，只覺熱血上湧，怒火中燒，一時再也忍耐不住，罵罵咧咧地衝出人群，向這十餘人衝去。

他們渾然忘了，如果這些人只是普通的千島盟所屬，天司危怎可能如此興師動眾？

衝在最前面的人膀闊腰粗，有如鐵塔，臉膛微紅，他「騰騰騰」搶前幾步，已至那些人跟前，揮起碩大的拳頭便向其中一人重重擊去。

眼看就要重重擊實的那一剎那，忽然他眼前一花，憑空有一隻手將他的拳頭抓住，給他的感覺就如同被鐵鉗鉗住了。

那人正要奮力向回奪，卻聽得「咯咯」一陣讓人毛骨悚然的響聲，一陣可怕的劇痛突然由他的右手傳遍全身——對方赫然已將他的右手指骨、掌骨捏得粉碎！

那人一張微紅的臉膛剎那間紅色盡褪，變得蒼白如紙。

慘叫痛呼聲剛起，一團森寒的銀芒已然在他的面前瀰漫開來。

尚未意識到怎麼回事，他的喉管已被切斷，鮮血若箭標射，連同肺內的空氣一同湧出。

右手的劇痛感覺一下子消失了。

他的眼神一片茫然，向前踉蹌了兩步，如鐵塔般的身體轟然倒下，重重地砸在了地面上，已然斷氣。

另外幾個本待出手的人見此情形，駭然凝住身形，非但未敢再向前踏出一步，反而一步一步地向後退卻。

那大漢的死讓他們一下子變得清醒、聰明了，猛地醒悟到：值得天司危親自出手的人又豈

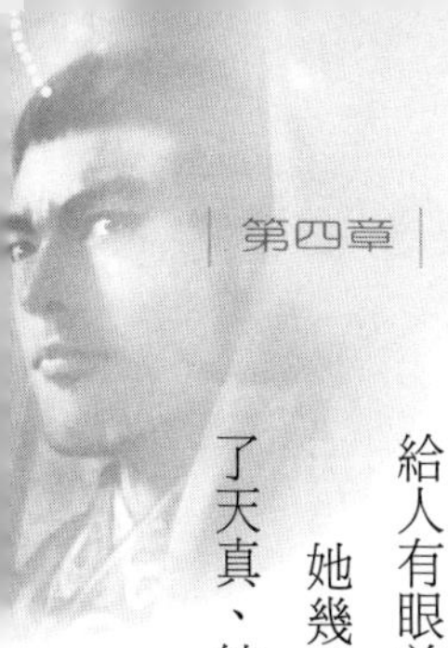

是他們所能對付得了的？

忽然有一妓女冷笑一聲：「平日裏自稱如何英雄了得，怎麼在這節骨眼上卻軟了？」

那幾個正在步步後退的人乍聞此言，就如同被狠狠地抽了一鞭，本就難看的臉色更爲難看了！一時間進也不是，退也不是。

不過，猶豫也只是暫時的，最終，對死亡的恐懼還是戰勝了一切，他們寧可在眾目睽睽之下退卻，也不願立斃當場。

畢竟，這是風月場所，走進這種場所的錚錚男兒的確不會太多。

忽然有一柔美如天籟般的聲音道：「他們幾位以前所說的話，只是哄你們開心的，若真要讓他們臨陣對敵，恐怕有些爲難他們了。」

對於此刻銅雀館中的每個人來說，無須回頭看，也已聽出這是銅雀館的主人眉小樓的聲音。

她是此間的主人，最不可能一躲了之的人就是她了。

自大堂的一側處走來一風姿卓絕的年輕女子，在這美女如雲的大堂中，眉小樓的出現依舊給人有眼前一亮的感覺。

她幾乎已美得毫無瑕疵，但她無可抵禦的魅力並不在於此，而是在她的身上，竟同時揉合了天真、純情、嫵媚、放蕩與高貴以及神秘！

一個容顏美豔絕倫的女子，只要真正地擁有這些特徵中的任何一種，就已有驚人的魅力，而眉小樓竟不可思議地同時揉合了這幾種魅力。

她的話音未落，那幾個進退兩難的人就如被火燙著般跳了起來，不顧一切地向千島盟的人衝殺過去！他們雖然也算是武道中人，但進入銅雀館這種地方，卻多半是不可能攜帶兵器的，只能赤手空拳發動攻擊。

這一刻，他們竟全無懼色，與方才的畏怯截然相反。

「不知死活！」千島盟十餘人當中有一人低哼一聲，單掌在桌面上一按，人已飄然掠起，進退倏忽，旁人根本無法分辨其身形，身法之快，就如同一道旋風在穿掠。

「砰砰砰」幾聲悶響，那幾個衝向千島盟中人的人幾乎難分先後地飛身跌出。

頹然墜地時，竟已無聲無息！

但自始至終他們無一人發出痛呼慘叫聲，亦未見有任何血腥。

眾人駭然色變！不知這幾人如何會蹊蹺死去，但心中已明白再做反抗已是徒勞無益，對千島盟的人來說，取他們性命就如同捻死一隻螞蟻般那麼容易。

轉眼間，已撲身而亡的幾個人的軀體有了驚人的變化，但見所有死者的膚色在時間內忽然變成了慘綠色，其狀可怖。

眾人這才明白，這些人皆是中毒而亡，而且所中之毒極為霸道，可以在極短的剎那間取人性命。

大堂內出現了短暫的靜寂！

眾嫖客及妓女皆有了絕望之色，唯有眉小樓的神色依舊平靜如初，讓人感到即使發生再大的變故，也無法讓她有多大的震撼。

千島盟的人當中，有一年約五旬的男子將目光投向了眉小樓，目光深邃，精芒內蘊，一望可知此人修爲必然非比尋常。

他的神情冷漠得近乎呆板，語氣也是冰冷無比：「這些人都是因爲妳的話而死的，如果不是妳以言語相激，也許他們會知難而退。」

眾人認出此人是在兩天前進入銅雀館的，當時他自稱是一販賣馬匹的商賈，名爲穆寶卷，出手很是闊綽，頭一夜便要了四個女子，只是因爲過於貪杯，還沒能與四個美豔尤物行雲雨之歡，就先酩酊大醉了。

現在看來，所謂的貪杯大醉顯然全是假象！

眉小樓笑了笑，「知難而退又有何用？最終仍是難免一死，即使不被你們所殺，也難以逃脫，現在的局勢是再明瞭不過了，天司危大人是決不會放過你們的，如此一來，我們也必然會受牽連。與其讓他們落個貪生怕死的名聲，倒不如留個捨生取義之名。」

那自稱「穆寶卷」的人也許是在場所有男人當中，唯一一個不被眉小樓獨特魅力所吸引的人，他的神情依舊是那麼冷漠呆板，讓人感到他的面目似乎不是血肉構成，而是由堅木雕刻而成。

他冷冷地道：「就憑天司危，未必能困住我們！」

「既然如此，爲何你們還遲遲不動手突圍？難道還要等到有更多人來增援天司危大人時，你們才動手不成？」眉小樓笑意盈盈，仿若與對方所說的話題不是事關生死，而是輕鬆愜意之事。

在這種情形下，她竟能笑得如此從容，實在讓人不能不佩服其定力。

「你問得太多了！」那自稱「穆寶卷」的人緩緩地道。

眉小樓神色一肅，正色道：「你們遲遲不動手突圍，無非是希望外面的人顧及我們的性命，從而不會輕易動手，哼！我眉小樓曾聽說千島盟的人以天照神的子民自居，自稱無上英勇，今日一見，原來不過如此！」

「冒犯天照神神威，妳死定了！」那曾自稱「穆寶卷」的人一字一字地道，其聲森寒之至！

眾人不由爲眉小樓捏了一把冷汗，方才千島盟的殺人手段他們已見識過了，要取眉小樓的性命可謂是易如反掌，不少人心中暗自嘆息，眉小樓乃國色天香的人間尤物，卻要就此香消玉殞了。

「天照神又如何？被你們敬若神明的天照神不過一介愚夫罷了！」忽然有一個懶洋洋的聲音傳了出來，就像是漫不經心所說出的話。

千島盟的人神色大變，齊齊循聲望去。

只見說話者正擁著「銅雀花榜」排名第四的魚蝶兒，自一側門中走出。

此人是一年輕男子，面如冠玉，俊美得毫無瑕疵。他竟身著尋常男子根本不敢問津的一襲火紅色華服，顯得極爲出眾，讓人感到若這世間只有一個男子配穿紅色華服，那就一定非他莫屬。

也許是因爲過於完美了，竟讓人感到隱隱有一股邪氣，而這若有若無的邪氣卻又恰好成了他最具魅力之所在。

尤其是對銅雀館風塵女子而言，這種男子最具吸引力。

事實也的確如此，自這年輕男子進入銅雀館後，幾乎所有的女子都爲他所吸引了，他　進入銅雀館，便享盡了眾女的殷勤與媚眼，只可惜他只選中了魚蝶兒。

進入魚蝶兒的蝶苑之後，他似乎整日沉溺於魚蝶兒的溫柔之鄉中，一連三日幾乎不出蝶苑半步，日日在蝶苑中與魚蝶兒縱情歡娛，害得眾女對魚蝶兒既是羨慕又是嫉妒，不知魚蝶兒使了什麼好手段，竟能夠將這男子牢牢束住。

魚蝶兒在「銅雀花榜」中排列第四，花榜稱她是「含英嬌灼灼，真性自如如」，其性情也正如此句所言，率真中略顯嬌憨，頗爲討人喜愛。

此刻，魚蝶兒任那紅衣男子擁著她的纖纖細腰，整個人幾乎完全偎在了那男子的懷中，美麗的眸子濕濡濡的像是籠上了一層水霧，一望可知這三日她過得極爲開心。

那紅衣男子一手擁著魚蝶兒，一手握著一隻精緻的酒杯，杯中美酒如玉。

看著自己欣賞仰慕的男子敢對殺人有如探囊取物的千島盟中人這麼說話，眾銅雀館女子興奮激動不已，若不是遍地的屍體讓她們過於害怕，只怕已有人爲那紅衣男子拍掌叫好了。

「穆寶卷」緩緩站起身來，其他人也相繼站起，看得出此人在這些人當中應是地位最高者。

「如果你知道我是誰，一定會爲方才自己所說的話後悔！」「穆寶卷」直視那紅衣男子，眼中殺機如熾。

紅衣男子竟不看他一眼，而是將目光落在了手中的酒杯上，把酒緩緩傾斜，然後以極爲優雅的動作搖盪著杯中之酒，微微一笑道：「你應該是千島盟盟皇座前三大聖武士之一的暮己吧？」

「穆寶卷」目光驀然一跳，有如火星般在夜空中閃掣！

「沒想到在這銅雀館中還有如此高明的人物，看來，是我暮己看走眼了！」

「穆寶卷」果然就是千島盟盟皇座前三大聖武士之一的暮己。

紅衣男子道：「你看走眼的時候太多了，也許天照神的後人都是如此愚不可及的吧。如果我沒有猜錯的話，你們一定被某個你們很信任的人出賣了，才讓大冥王朝的人發現了你們隱身於此！」

他搖了搖頭，嘆了一口氣，「被人出賣的人，總是不會太聰明的。」

眾千島盟的人既驚且怒，同時又有無奈之色。

莫非紅衣男子所說沒錯，這些千島盟的人的確是被人出賣了？

如果是，那麼出賣他們的又會是什麼人？

紅衣男子再三提及天照神，言辭甚有不恭之處，這對奉天照神爲至高無上的神明的千島盟人來說，是可忍，孰不可忍！

先前舉手投足間毒殺數人者是千島盟人盡皆知的用毒高手臥小流，不過千島盟尚武，以武道爲萬道之尊，但對用毒者卻予以貶抑，臥小流毒術奇高，即使是絕強高手，也極可能被他毒殺於無形之中，縱然如此，他在千島盟的地位卻不高，遠遠在暮己、負終、小野西樓三大聖武士之後。

因爲這個原因，臥小流深感世道不公，故性情變得陰鬱多疑，而且心狠手辣，似乎唯有如此，方能讓他心中的不平稍得平復。

此刻，他見紅衣男子神情倨傲，出言不遜，早已怒焰暗生，只覺這紅衣男子說不出的討厭！

當下他緩緩走向紅衣男子，皮笑肉不笑地打了個哈哈：「太不知天高地厚的小子總是會很短命的，我看你這麼細皮嫩肉的，就這樣死了，的確有些可惜！」

說話間，他已走近了紅衣男子的身前，左手驀然毫無徵兆地向紅衣男子右肩閃電般拍去。

紅衣男子的嘴角浮現出一抹不屑一顧的淺淺笑意。

同一時刻，他手上杯中的酒突然躍起，如箭般怒射而出，直取臥小流咽喉。

臥小流本能地舉起右掌便擋，只聽得「嗡」的一聲輕響，那道酒箭已輕易地穿透了他的右掌，迅即如利劍般切入了其咽喉。

而這時，臥小流的左掌已拍在了紅衣男子的右肩上！

臥小流發出一聲奇怪的低吼，整個身軀已然向後飛跌而出。

砰然落地時，臥小流以鮮血淋漓的右掌痛苦地捂住鮮血汩流的咽喉處，左手指向紅衣男子，喉底發出古怪的聲響，似乎在嘶喊著什麼，只是因爲喉管已被切斷，沒有人能夠聽出他在說什麼。

但由他那怨毒至極的眼神，以及那扭曲而可怕的魔鬼般的獰笑，不難猜測出在生命的最後一刻，他要說的是什麼。

千島盟的人更是心知肚明！

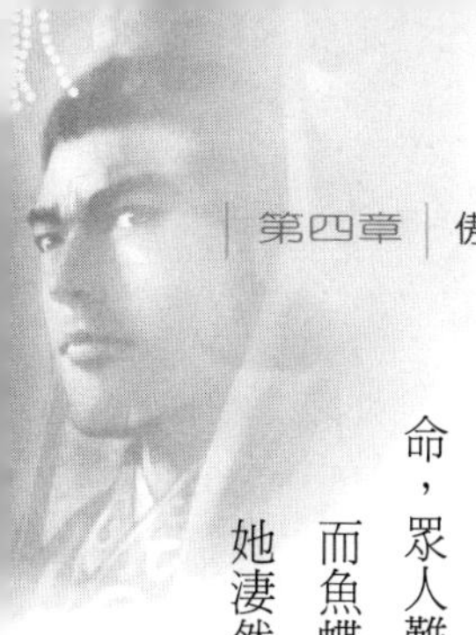

他們太瞭解臥小流的毒術之可怕了，一般的對手，只要臥小流與之在三丈之內，就可以神不知鬼不覺地取其性命，而當他的身體已與對方的身體接觸時，那麼此人即已是接受了死神之吻，死亡的到來也只是時間遲早的問題而已。

誰也沒有料到紅衣男子會如此輕易地被臥小流擊中，以他所顯示的武道修爲來看，本應能夠避過臥小流的一掌之擊，雖然這並不等於就可能躲過臥小流可怕的毒術，但反之一旦被臥小流擊中，其結局定然唯有一個，那就是——死亡！

紅衣男子是過於自負，還是根本不知臥小流是用毒高手？因爲在臥小流毒殺數人時，紅衣男子還沒有自蝶苑來到大堂。

無論其中原因何在，千島盟的人皆知一切都出人意料地在頃刻間有了結果。他們已看出了紅衣男子修爲驚人，本以爲他會成爲他們的一大勁敵，沒想到一大障礙竟如此輕易地被除去了。

眉小樓以及其他銅雀館女子、尋歡嫖客皆暗自嘆息，他們本見紅衣男子可借杯中之酒輕易取臥小流性命，足見其修爲甚是不俗，爲何偏偏如此托大？他們先前已親眼目睹了臥小流殺人於無形的毒術，知道紅衣男子已是凶多吉少！唯一一個可能爲他們化去這場劫難的人即將死於非命，眾人難免有些惋惜，尤其是那些對紅衣男子青睞有加的女子更是如此。

而魚蝶兒早已是臉色蒼白，幾將不能站立。

她淒然地望著紅衣男子，無限關切之情顯露無遺。

身爲風塵煙花女子，本都是早已看透了虛情假義，再難真的動情，一切的歡笑都不過是假象而已，但看此刻的魚蝶兒，卻顯然是真情流露。

只是不知爲何，她雖有無限的擔憂與傷悲，卻什麼也不敢問，什麼也不敢說，只是以那絕望淒美的眼神看著紅衣男子，楚楚可憐。

紅衣男子再也不多看倒撲地上的臥小流一眼，他把玩著已空的酒杯，笑了笑道：「好霸道的毒術！天照自詡爲神，視他人爲魔，而奉他爲神的人卻甘於墮落，以毒術殺人，哈哈哈……真是可笑之至！如此手段，與魔又有何異？」

他赫然早已看出臥小流是用毒高手，那麼，他自然也知道不可輕易讓臥小流接觸！

莫非，他根本無懼於臥小流的毒?!

暮己默然無言，心頭卻在飛速轉念，他自忖雖然臥小流未必能毒殺他，但要應付臥小流也頗爲吃力，更斷然不敢如紅衣男子這般對臥小流絲毫不加防範。

紅衣男子神情自若，絲毫沒有中毒毒發的跡象，他鬆開攬著魚蝶兒纖腰的手，捏弄了一下她可愛的耳垂後，輕聲道：「這些人壞了我們的酒興，我教訓教訓他們好不好？」聲音很是溫柔。

眾千島盟中人卻已神色大變！

魚蝶兒見紅衣男子還能好端端地說話，擔憂之情頓去，喜笑顏開，紅衣男子如何說，她就

如何聽，當下柔順地道：「好啊！」

紅衣男子哈哈一笑，忽然駢指如劍，向離他最近的一名千島盟弟子眉心處遙遙點去，幾乎未見他有任何動作，身形亦未如何變化，卻已在刹那間掠過了近兩丈的距離，其身法之快，已然使之似乎可以隨心所欲地駕馭時間、空間！

一股空前強大的氣勢頃刻間籠罩了那千島盟高手，氣勢如此之盛，絕對是他生平僅遇！以至於他空有反抗之心，在那一刹那間竟無法做出任何反應，仿若他的肉體與精神已然完全脫離，只能眼睜睜地看著紅衣男子的指劍以絕非言語所能描述的速度向自己的眉心處點戳而至。

暮己動了！

紅衣男子甫一出手，他就已看出如果自己不出手相救，這名屬下必死無疑！而暮己實在不願在這種情況下再折損實力，被天司危重兵包圍已夠讓他頭痛的了，不料又突然橫裏殺出這來歷不明的紅衣男子，更讓暮己對形勢難有樂觀估計。

暮己的成名兵器是一對雙鉤，名爲「大戒」，只是深入禪都，暮己不敢大意，唯恐暴露了自己的身分，所以並未將大戒雙鉤隨身攜帶。

暮己一出手便顯示出了與千島盟盟皇駕前聖武士相稱的不世修爲。他以八成功力推出一掌，自斜刺裏擊向紅衣男子，掌風如嘯，形成一股驚人的氣旋，如此氣勢，沒有人可以忽視！

紅衣男子也不例外，左手疾揚，正面迎擊暮己，右手去勢不減，不斃殺那千島盟弟子誓不甘休！

面對千島盟聖武士的攻擊，他竟敢分神對付另一人，實是駭人聽聞。

暮己大有備受輕視之感，殺機更熾。

眼見雙方在以肉眼難辨的速度瞬即接近，就在彼此即將接實的那一刹那，暮己忽然間心靈一動，察覺到紅衣男子的嘴角間浮現出一抹得意的笑意。

心念電轉，暮己驀然察覺不妙！

他已意識到危險的存在！

雖然他此時尚不能立刻察知危險是什麼，但卻確信它的存在了。

這是一種比直覺更只可意會不能言傳的感覺，它來自於無數次生死決戰經驗的積累，所以，它就如同白駒過隙般不可捉摸，它的存在、它的出現都是毫無徵兆的，而且也是毫無規律可循的。

暮己幸運的是這一次，這一次這種只可意會不能言傳的感覺及時浮上了他的心頭。

沒有任何的猶豫，暮己已傾其畢生修爲在生死攸關的那一刹間驀然收止自己的奔雷之勢，就如同生生止住奔湧不息的江河之水！

由此產生了巨大的反擊力，暮己十分理智、十分及時地借助自己身法的變化，化解了這一

反擊之力，整個身軀如入平地忽生的一股旋風，飛旋而起，若炮彈般直入虛空。

身未至，無比強大的氣勁已然先將主樓一二層之間的樓層撞開，但其去勢依然不減，直至暮己破屋而出。

瓦椽碎斷，向四面八方激射開去。

當暮己衝出屋頂之外時，他終於明白自己意識到危險是什麼了。是毒！

紅衣男子在身受臥小流一擊之後安然無恙，並不等於臥小流的毒不夠霸道，而是因爲紅衣男子極可能身負奇能，可以抑制毒性的發作，而暮己由紅衣男子那抹笑意中察覺到了危險的氣息！

現在看來，如果當時自己與對方接實，那麼此刻只怕已毒發身亡。

正思忖間，忽聞密集如驟雨般的破空之聲倏然響起！

暮己睜眼一看，四面八方赫然有無數箭矢如飛蝗般射至。

天司祿的府第。

爻意獨自一人守在戰傳說身邊，物行已離去。

爻意心亂如麻，她一方面擔心小夭，一方面又不敢離開戰傳說半步，只好暗自祈求小夭不要再出什麼意外。

因爲心煩不安，爻意只感到時間過得緩慢無比，似乎已經凝固了，偏偏卻又不知戰傳說什麼時候能「醒」來。

不知過了多久，戰傳說忽然悶哼一聲，緩緩地睜開雙眼——他額前的龍首額印已然消失。

爻意大喜！

戰傳說的眼神卻有些茫然，他發現自己竟是盤膝坐在地上，更是有些糊塗了，惑然道：「剛才，我好像做了一場夢。」

爻意見他無事，心頭欣喜，便笑道：「什麼夢？」

「一個與龍之劍有關的夢，我夢見有人爲龍之劍而戰！」戰傳說站起身來，「就在當年我爹與千異決戰的龍靈關那個地方。」

爻意美眸一轉，若有所思地道：「哦？夢的結局如何？」

爻意懷疑戰傳說因某種原因進入了「大通」之境，如果真是這樣，那麼他所謂的「夢」，就很可能是他在大通空間所遭遇的事實，所以她才會追問戰傳說所做之夢的結局如何。

她知道龍之劍與戰傳說有著非比尋常的淵源。

戰傳說沉思了片刻，皺眉道：「在夢中，龍之劍已不在龍靈關了。」

爻意暗吃一驚，「那麼取走龍之劍者是什麼人？」

戰傳說並沒有爻意那麼緊張，「是我認識的人——確切地說，他算是我的兄長，因爲他也是桃源中人，不過他的天賦遠在我之上。」

也許是想到當年父親戰曲傳授自己「無咎劍道」，而自己卻進展奇慢的往事，戰傳說自嘲地嘆了一口氣。

爻意接著又問道：「他爲什麼要取走龍之劍？」

「他說是奉了族王之命這麼做的——不過，這只是一個夢而已，妳爲何如此關切？」戰傳說終於意識到爻意的言行有些異常，照理她不應對一個夢有如此大的興趣，追問不捨。

爻意搖頭道：「不，也許這根本不是一個夢。」

第五章　龍首額印

「不是夢？那是什麼？我怎可能片刻前還在龍靈關，而此時又在妳的面前？」戰傳說愕然不解地道。

「你怎可能無緣無故地在很短時間內進入夢中？」她將戰傳說在此之前的舉止描述了一遍。

戰傳說聽得呆住了，想到自己方才是盤膝坐在地上，對爻意的話倒有些相信了。

「若不是夢，那會是什麼？」戰傳說惑然道。

「也許你已進入了大通之境！」爻意道，「也許對今日武道中人來說，已不知『大通之境』為何物，恐怕更少有人能進入大通之境。不過，你已非常人，因為你擁有涅槃神珠的力量，你身上也許會發生種種不可思議的事！進入大通之境，你就可以突破空間的限制，甚至突破肉體的限制，所以若你真的是進入了大通之境，那麼能夠見到龍靈關的情景也不足為奇。只是，你自

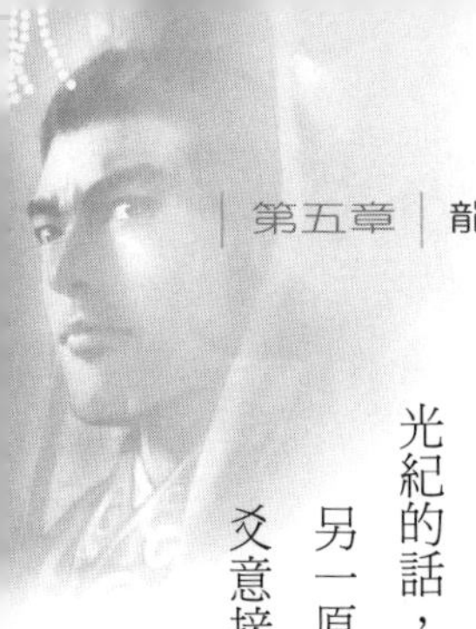

己對此並不知情，那便等於說，你對進入大通之境並不能自如地駕馭，但你所『到達』的地方卻是與你頗有淵源的龍靈關，這恐怕不是巧合那麼簡單。會不會是某種力量促使你進入大通之境，並將你引向龍靈關？」

戰傳說對自己通達到如此匪夷所思的境界還是有些難以置信，他搔了搔頭，苦笑道：「這一切都太不可思議了。」

忽然一擊掌，大聲道：「是了，我聽他們提到了什麼天瑞重現，將激發龍之劍的神奇力量……會不會是與天瑞有關？」

爻意美眸一轉，「天瑞？所謂天瑞，即指蒼龍、火鳳、玄武、麒麟四大瑞獸，天地間有陰陽相抱，有劫瑞相應，四大瑞獸就是應劫而生的。以四瑞獸的瑞靈之氣，可以助蒼穹中人化去種種劫難，可以說是稀世神物，正因爲如此，光紀才瞞著天照神秘密屠龍，以至神祇震動，天照神察覺大事不妙，讓智佬卜測，方知是蒼龍被屠！威郎暗中查出此事是光紀所爲，將此事稟於天照神，天威震怒！天照神責令光紀說出真相，光紀聲稱自己雖然的確有屠龍之意，但最終只是使蒼龍受了重傷，被其脫身而去了，以天瑞的瑞靈之氣，無須多久，就可以恢復如常。天照神相信了光紀的話，但光紀卻從此對威郎懷恨在心，這正是他們結下怨仇的原因之一！」

另一原因，自然是因爲她的緣故了，只是爻意沒有說出。

爻意接著道：「現在看來，也許當年光紀並沒有說真話，蒼龍並非如他所說的那樣傷而未亡，而是已被他秘密屠殺！正因爲如此，方有後來神祇的驚天變故，最終光紀取代了天照神的位置，並自稱爲玄天武帝，造成了今日蒼穹的基本格局——當然，這些變化，在我未被封入天幕棺之前，並未發生，我是以今日的現狀來推測的。而光紀屠龍的目的，就是爲了引起神祇的混亂，借劫難來臨之際尋找機會。他知道，一旦蒼龍被屠，瑞與劫之間的力量不能相互平衡，必然會爲神祇帶來一場災難，這恰好是光紀所期待的！」

戰傳說聽得目瞪口呆，久久說不出話來，半晌他方愕然道：「如此說來，傳說中的蒼……龍非但的確存在，而且還已經被屠?!」

爻意十分肯定地道：「四大瑞獸的存在是毋庸置疑的，因爲我已親眼見過。」

戰傳說一下子瞪大了雙眼。

爻意道：「其實對於神祇時代的人來說，見到四大瑞獸並不是什麼難事。但自從光紀屠龍之事發生後，非但再也見不到蒼龍，連其他三瑞獸也一併不再現身，或許天瑞之間互有感應，其他三瑞也已意識到危險的存在了。」

戰傳說道：「那……那……」他已不知該說什麼好了。

爻意道：「你放心，蒼龍即使已被屠，也不會永遠消失，因爲四瑞獸本就是應劫而生的，牠們雖然有軀體，但更是以一種靈瑞之氣存在，當蒼龍被屠之後，牠的靈瑞之氣失去了可以依附之體，只能暫棲於虛空之中，但在靈瑞氣機的牽引下，蒼龍的靈瑞之氣仍會重新凝於實體之上，甚至有再生的可能！」

說到這兒，爻意看了看戰傳說，「你的前額數度有龍形額印出現，足以說明你與天瑞蒼龍有著某種牽連，所以當天瑞應劫重現時，會對你產生無法估量的影響——包括你莫名地進入大通之境！」

戰傳說不由下意識地摸了摸自己的前額，隨後又爲自己這一動作感到好笑。

他道：「若真如妳所說，那麼龍之劍就已不在龍靈關，而是在我桃源人手中了。也幸好是這樣的結果，否則龍之劍若落入他人之手，可就有些不妙了。」

爻意道：「試問能從不二法門手中取走龍之劍的又有幾人？」

戰傳說點頭道：「也有道理。」

說到這兒，他忽然想起了小夭，忙道：「小夭怎麼不在了？」

爻意猛地回過神來，頓時自責不已，忙道：「她已前去銅雀館了，我也不知銅雀館在禪都何處，千島盟的人就隱於銅雀館中——是物行告訴小夭的。」

她的話說得有些語無倫次了。

但戰傳說已聽懂了，心頭一沉，暗自責怪小夭太衝動，又爲小夭擔心不已。

怎麼辦?!

戰傳說自是知道必須去接應小夭，否則她太危險，但爻意怎麼辦？將爻意帶去銅雀館固然危險，可是讓她獨自一人留在天司祿府豈非一樣危險？

一時間，戰傳說躊躇難決，可小夭既然離開天司祿府有一段時間了，情況就十分緊急，不能多作耽擱！

左右爲難中，戰傳說竟急出了一身冷汗。

爻意立時看出了他的心思，「你只管去銅雀館接應小夭，我留在此地。依我看，姒伊對我們不會懷有惡意，而現在看來，在天司祿府中似乎她才是真正的主人，而不是天司祿，所以我留在此地不會有什麼危險。」

戰傳說仍有些放心不下，但在爻意的催促下，又想到爻意在天司祿府中畢竟比小夭安全些，當下叮囑了爻意幾句，便匆匆離開了天司祿府。

軒亭之中，物行向姒伊稟報道：「戰傳說已離開天司祿府，前往銅雀館。」

姒伊點了點頭，「他當然會去，只要殞驚天的女兒去了銅雀館，他就不可能不去！」

物行道：「要不要派幾個人前去，以免戰傳說有什麼閃失？」

姒伊道：「不必了，如果戰傳說連這一劫都難以度過的話，那麼也就不值得我們在他身上花心思了。」

物行應了一聲：「是！」不再多說什麼。

姒伊卻又道：「你不妨讓眉樓大公在必要的時候暗中助戰傳說一臂之力。」

物行遲疑了一下，「眉樓大公借銅雀館作掩護，好不容易在禪都立穩了腳跟，因爲出入銅雀館的人不少是禪都權貴，所以眉樓大公爲我們劍帛人的復國大業可是探到了不少有用的消息，公主不是一向都說，無論如何都要儘量不讓眉樓大公暴露身分的嗎？爲何今日爲了一個戰傳說，卻要冒這麼大的風險？」

「大膽！你敢如此對我說話？」姒伊冷叱一聲。

物行急忙跪下，「物行不敢！但這的確是物行的肺腑之言！」

姒伊沉默了片刻，放緩了語氣，「你說的也不無道理……也罷，那麼就暫且不要告訴肩樓大公，你自己去銅雀館一趟吧，見機行事即可——你應該明白我的意思吧？」

「物行明白。」

姒伊輕輕地嘆了一口氣，「二十年來，我一直在等，在等一個人告訴我，其實我並沒有瞎，但一直沒有，我以爲此生再也不會等到了，沒想到只與我相見一次的戰傳說卻說出了這句話……所以，就算不是爲了劍帛的復國大業，我也不希望他死！」頓了頓，又道：「當然，你放心，劍帛復國大業在我心目中永遠是最重要的，沒有什麼可以取代它！超越它！若是有必要，我同樣會爲復國大業犧牲戰傳說。」

物行默默地聽著。

「你去吧。」姒伊輕輕地揮了揮手。

物行無聲地退下了。

龍靈關。

駐劍樓前。第一箜侯面北跪下，神色肅穆寂寥。他的身後，眾不二法門弟子黑壓壓地跪了一片。

第一箜侯身前擺放了三把劍：怒魄、驚鴻、風騷。

這三把劍，本曾是他的驕傲，蒼穹武道，只有第一箜侯一人用三把劍，他人只要一見他身負三劍，便自然而然會想到他的不世劍道修為。

而此刻，三劍非但已不再是他的驕傲，反而是他的恥辱！

他敗了！

即使在風騷出鞘之後，他仍是敗在了那年輕的白衣劍客劍下！

當年第一箜侯可以三劍擊敗正乙道，而這些年來，第一箜侯的劍道修為不知精進了多少，沒想到最終他竟敗在了一個如此年輕的劍客手中！

龍之劍落入了那年輕劍客之手，第一箜侯自忖無論於公於私，自己都是唯有一死方能求得解脫！

元尊當年助他完成多年夙願，達到了同時將三種劍法修煉到驚世境界這一目的，從此他對元尊敬若神明，元尊讓他在此守護龍之劍，他竟不能完成元尊的囑託，還有何臉面存活於世間？即使不提有愧於元尊的知遇之恩，第一箜侯也很難接受敗在了比自己年輕許多的白衣劍客手中。

即使是此時此刻，他仍是難以置信，一個年不過二十的年輕人何以擁有那般可怕的劍道修為！

相形之下，自己對劍的悟性，豈非有如兒戲？

而在此之前，第一箜侯最為自詡的就是對劍道的領悟！

當一個人最引以為自豪的優點忽然間不復存在，並且還被蹂躪得一無是處之時，恐怕他的精神支柱將會就此垮下！

第一箜侯緩緩地將驚鴻握於手中，苦笑一聲，自言自語般道：「可笑啊可笑，你的劍沒能刺入對手的軀體，卻要刺入自己的軀體，身為劍客，哀莫大於此！」

在場每一個不二法門弟子都已知道第一箜侯要做什麼，但卻沒有一人出言阻止。他們太瞭解第一箜侯了，知道已沒有人能夠改變第一箜侯的決心！

不錯，第一箜侯的確是曾經屢敗屢戰過，但那時他還沒有達到同時將三種風格迥異的劍法修至極高境界的那一步，他的心中尚充滿了期待。

可如今，他已達到了他一直企盼的境界，但依舊還是敗了，他還能再企盼什麼？

第一箜侯緩緩地舉起了驚鴻。

四周一片寂靜。

第一箜侯的心中尚有疑惑，那就是爲什麼連法門四使都拔不出的龍之劍，那白衣劍客卻能夠拔出？難道此人的修爲尚遠在四使之上？

但在第一箜侯的感覺中，此人雖然勝了他，但其劍道修爲尚不至於比他高明太多。也許可以說，對方取勝的一個很重要的原因，是他對自己早已做了周密的瞭解，而自己對他卻是一無所知。

雖然猶有疑惑，不過對一個將死之人來說，已不重要了，無論過程如何，原因何在，都已成定局：龍之劍已落入他人之手！

第一箜侯最後看了一眼自己曾守護了數年的龍靈關一帶，驚鴻倏然揚起！

「刃士第一箜侯聽元尊法旨！」

一個聲音遙遙傳來，第一箜侯心頭一震，「嗆啷」一聲，手中驚鴻竟失神墜落地上。

第一箜侯深感愧對元尊栽培，萬念俱灰，卻在最關鍵的時刻突然有法門法旨傳至，心頭之震動可想而知。

這甚至使他心生「冥冥之中一切自有天意」之感。

第一箜侯雖然已抱有必死之心，但對元尊的無限尊崇使他決不願在已知有法旨傳至時，仍不聞不問，故作不知。

一道人影如飛而至，眨眼間已至駐劍樓前，其身法之快之妙，已至天人之境。

眾人立時猜知來者定是法門四使中的廣目使，唯有身法快絕天下的廣目使方有如此令人嘆爲觀止的身法。

果不出眾人猜測，如風而至的來者飄然落於第一箜侯身前，衣袂飛揚，飄逸如仙，正是法門四使中的廣目使。

廣目使是法門四使中最爲年輕的一人，不過四十來歲，比第一箜侯還要小上幾歲，但卻是一頭銀髮如雪，而其肌膚卻美如處子，五官亦甚是俊逸，那一頭銀髮非但未使他顯得蒼老，反而獨具魅力。

廣目使可以說是元尊的眼目，即爲元尊收羅蒼穹武道的種種訊息，又肩負將元尊旨意傳至數以萬計的法門弟子的重任。

如此繁雜又極爲重要的事，自非廣目使一人所能勝任。

在廣目使麾下，有四百飄零子供其調遣，而飄零子是飄子與零子的總稱，前者主職爲傳訊，後者則是探聽各路消息。

這一次，廣目使親傳法旨，顯然是因爲事情非比尋常的緣故。

廣目使的目光掃過第一筌侯身前的三柄劍，眼中閃過極爲複雜的光芒。

他將紅底黑字的法門法旨打開，朗聲道：

「元尊法諭：龍之劍之得失，自有天數，刃士第一筌侯切勿因此妄自菲薄，更不可以死自咎！著第一筌侯聽旨之時起，即刻前來法門聖祇！」

第一筌侯萬萬沒有料到龍之劍失守還不到半個時辰，元尊就已知曉此事，更猜知自己會以死自咎，一時間驚訝萬分，百感交集！

而元尊不因他未盡守護龍之劍之責而加以責罰，反而加以撫慰，更是讓他感激涕零，以至熱淚盈眶！心道：「元尊寬宏大量，待我恩重如山，既然元尊不願我死，我又豈能不從？從此這條性命就是元尊的了，只要他吩咐一聲，隨時可以奉上。」心頭轉念之時，口中已恭然道：「第一筌侯謹遵法旨！」

恭敬地叩首行禮之後，方才起身，隨後又向廣目使行以大禮。

廣目使道：「龍之劍真的已落入他人手中？」

第一筌侯道：「弟子無能！」

雖然他是歸屬刃使統轄，但廣目使地位在他之上，自是不能不敬。法門層次分明，秩序井然，絕非一朝一夕之功。

廣目使不由感慨地嘆了一口氣，「元尊終是神人，其通天智謀實非我等凡夫俗子所能想像。你可知這份法旨，元尊是在何時交與本使的？」

這正是第一笠侯心頭的一個疑惑，他實在想不明白龍之劍落入他人手中不到半個時辰，元尊的法旨就到了，蒼穹廣袤，元尊所需關注的事何止萬千？

他本不敢相問，此時廣目使既然提起，他便順勢問道：「還要廣目使指教。」

廣目使目光投向了遙不可知的地方，沉默半晌，方緩緩地道：「元尊將此法旨傳下時，是在七日之前！」

「七日之前?!」饒是第一笠侯已有了心理準備，仍是大吃一驚，脫口驚呼。

廣目使看了看第一笠侯，「元尊早已洞悉了天地間的一切玄奧，能料知今日變故，又何足爲怪？」

「廣目使所言極是。」第一笠侯忙道。

不知爲何，他總覺得廣目使的神情有些古怪，似乎言語間還有未盡之意。但已容不得他多想，元尊既讓他前去法門聖祇，第一笠侯就不敢多作耽擱。

龍之劍已失，此處也無劍可守，第一笠侯反倒沒有了什麼牽掛，當下他對廣目使道：「元尊召見，不敢耽擱，弟子不能相陪了。」

他年歲比廣目使大，但自稱弟子時卻沒有絲毫勉強之色。

廣目使微微點頭，似乎想說什麼，卻又打住了，靜了片刻，方道：「你去吧。」

第一篁侯對追隨他在此守護龍之劍數年的眾法門弟子道：「你們暫且留在駐劍樓，待我見了元尊，再請示法諭！」

眾法門弟子答應一聲，隨即便沉默了下來，看得出眾人的心情都有些沉重。

第一篁侯與他們朝夕相處，當然知道他們此刻的心理，他心頭暗自嘆息一聲，復向廣目使施了一禮，拾起三劍，一一插好。

不知爲何，目睹第一篁侯這一舉動，竟讓人感到有種莫名的蒼涼。

第一篁侯終於離去了，留下眾法門弟子如同塑像般怔怔立著。

面對晏聰，鬼將竟久久不敢主動出擊！

由晏聰身上所透發出的無形強大氣勢籠罩了鬼將，使他有呼吸維艱之感，甚至連手中的刀，也變得無比沉重。

因爲他知道當刀起之時，自己的生死將很快見分曉，但鬼將別無選擇！

他已經感到晏聰的氣勢越來越可怕，以至於讓他感到晏聰的氣勢殺機可以無限地攀升至更高境界，到時只怕他未曾出手，就已在晏聰的絕世氣勢之前心膽俱裂，不戰自敗。

這種不得不戰、不得不主動出擊的滋味，實是不好受。

被動應戰，使鬼將的修爲在無形中又打了折扣。

但鬼將不愧是鬼將，饒是如此，他所劈出的一刀仍是將其刀法詭秘莫測的特點發揮得淋漓盡致，刀影幢幢，刀光迷離，如真似幻，刀影之實與刀氣之虛交映糾纏，最終形成了一個巨大的猙獰厲鬼的形象，以滅絕一切之勢，向晏聰撲噬過去。

晏聰一聲長笑，一式「刀道何處不銷魂」已然揮灑而出。

此時的晏聰，已擁有了十分強大的力量，那無比充盈的感覺使晏聰變得絕對自信！因爲自信，就能隨心所欲，擺脫更多束縛。

而隨機而動正是「刀道何處不銷魂」的精蘊所在。

故晏聰使出這一式時的威力，比之當時顧浪子使出之時已增強逾倍！

一陣密集得讓人心跳加速的金鐵交鳴聲衝擊著眾鬼卒的耳膜，讓人頓有不堪承受、幾欲瘋狂之感。

猙獰鬼魅的形象赫然在晏聰的刀下分崩離析，化爲烏有，鬼將的真身重現於晏聰刀前。

幾乎就在那巨大的猙獰鬼魅形象瓦解的同一時刻，鬼將一聲悶哼，眼前血光暴現，晏聰的刀已如一抹咒念般劃過他的腹部，因爲刀氣太盛，帶起的血箭立時化爲血霧，瀰漫激蕩於他身側的極大範圍。

鬼將雙目盡赤，憑空倒掠而出，身法詭異而出人意料。

借此他總算沒有給晏聰趁勢擴大戰果的機會，否則他將立時殞命當場。

晏聰竟能在一招之間傷及鬼將，眾鬼卒莫不色變！即使考慮到鬼將曾被刑破所傷，這一結果也足以顯示晏聰的可怕！

晏聰見對方在受了自己一刀之後還能及時脫身退卻也有些意外，一聲不出，一步跨進逾丈，再次祭出「刀斷天涯」一式。

這一式刀法，鬼將早已見識。但以晏聰此刻的修爲，一刀揮出，已有滅天絕地之勢，無形刀氣強大得無以復加，縱使鬼將身法再快，也無法及時逃出刀勢所籠罩的範圍。

晏聰只給了鬼將唯一的一個選擇，那就是正面一拚！

可這對處於下風的鬼將來說，實是有些殘酷。

鬼將幾乎是豁盡了自身所有的修爲，所有的生命力，全力迎出一刀。

沉悶而可怕的撞擊聲中，鬼將總算及時擋下了晏聰的驚世一擊，卻已感到胸悶氣短，內息紊亂。

根本不容他有任何回氣緩和的機會，晏聰已順勢劈出第三刀，赫然依舊是「刀斷天涯」！

鬼將又恨又氣又懼，奮力再接一刀，立即當場噴血。

晏聰一口氣將一式「刀斷天涯」連使五次，頃刻間已將鬼將一連逼退十餘丈。

鬼將早已是氣息大亂，噴血不止，身上又添了兩處傷口，而原先的傷口在無儔刀氣之下，傷勢又添了不少，此刻，他已是衣衫襤褸，狼狽至極。

相形之下，晏聰雖然因爲與大劫主一戰，此時也幾近赤裸，但他那狂霸至極的氣勢卻非但沒讓他感到狼狽，反而讓人生出對一股最原始的力量的頂禮膜拜！

晏聰若是不一味以「刀斷天涯」出擊，而是施以其他刀式，鬼將定然早已敗亡！

鬼將與其說是在與晏聰決戰，倒不如說是在死亡的邊緣掙扎。面對晏聰一成不變的刀式，他竟無法回避，更無法反擊，除了豁盡自己最後一點力氣拚命封擋之外，他根本無其他選擇。

對晏聰來說，殺不殺鬼將已不十分重要，他之所以只以「刀斷天涯」出擊，只是要感受一下「刀斷天涯」那一往無回、所向披靡的美妙感覺。

晏聰不再進攻，雙手抱刀，冷冷地望著鬼將。

鬼將一身浴血，本就矮小的身軀此時顯得更矮小了。他的眼中閃著絕望的光芒。

晏聰冷冷地道：「現在，你是否願意告訴我，你們所說的天瑞是怎麼回事？」

鬼將竟詭秘一笑，「你永遠不會從我口中得知此事的真相！」

晏聰眉頭一挑！

鬼將倏然發出尖銳而詭異的笑聲，讓人毛骨悚然。

隨後，晏聰便見到此生他所見過的最詭異的一幕——本是在他身前兩丈之外的鬼將忽然憑空散失得無影無蹤，就如同一滴水珠在陽光下蒸發了一般。

若非親見，根本無法相信眼前這一幕！

晏聰眉頭皺起。

鬼將果然名副其實，身法有如鬼魅，晏聰知道鬼將定是憑藉類似於遁身的獨門身法隱去了其身形，而不是妖魔之術。

當鬼將再現之時，定是晏聰面臨致命一擊之時！

眾鬼卒對真相心知肚明，他們知道鬼將已祭起了其最高絕學「鬼魅心訣」！

正是憑藉可以遁入無形的鬼魅心訣，鬼將在此守護玄天武帝廟，殺害無數途經此地或是居於玄天武帝廟左近的人。

他現身之時，身法怪異，形如鬼魅，在尋常人看來，自是將他誤認為是可以索人性命的惡鬼，加上以訛傳訛，久而久之，玄天武帝廟周遭一帶已是人跡罕至，日漸荒涼，真的有如鬼魅幽靈出沒之地。

眾鬼卒希望這一次鬼將能憑藉鬼魅心訣反敗為勝！

晏聰最初也不由心頭暗自一驚，隨即便嘗試著靈使所傳以心靈之洞察力向四面八方延伸。

靈使的心靈力量堪稱一絕，察人心靈有如洞燭，晏聰此時的心靈之力也已非同小可，當他靜神察辨時，只感到周遭的每一種聲音都清晰入耳，但卻又決不嘈雜，他甚至能感受到氣息的拂動。

方才還是飛沙走石、瞬息萬變的場面卻在此刻化為極靜。晏聰一動不動地佇立著，右手握

刀，就如同一尊雕像。

眾鬼卒心跳越來越快，一顆心都要跳出了胸膛。他們本是對鬼將的鬼魅心訣充滿了信心，但當他們見晏聰非但沒有驚慌失措，反而顯得十分平靜時，他們的信心忽然動搖了。

驀地——晏聰微合的雙目倏然睜開！

眾鬼卒心頭狂跳！

同一時刻，他們已見鬼將的身形在晏聰左側突然幻現！

彷彿與鬼將有著驚人的默契，晏聰已在同一刹那動了！

絕對的快不可言！

刀光疾閃！

驚心動魄的刀刃破體而入，聲音驟然響起。

血光沖天！

一個矮小的身影倒跌而出，無聲無息地倒跌出去——正是鬼將！

確切地說，應是鬼將的屍體！因爲他的頭顱已被晏聰一刀斬下。

依舊是一式「刀斷天涯」！而這一次，鬼將再也沒能僥倖在「刀斷天涯」下保住性命！

直至鬼將失去頭顱的軀體頹倒撲地之後，那沖天拋灑的熱血方才如雨般灑落。

晏聰的目光掃向了倖存著的鬼卒這邊。

眾鬼卒心頭泛起寒意，身不由己地退出了幾步。這些年來，他們已經習慣了殺人，這一刻，方才嘗到即將被人殺的滋味！

他們知道自己根本不是晏聰的對手，要想活命，唯有逃跑。可是他們更知道此刻在晏聰面前，沒有人能夠逃脫。

他們心頭不由想起一件事：爲什麼到現在還不見大劫主來救他們？難道大劫主已置他們的性命於不顧？

晏聰緩緩逼近，他的刀上猶有鬼將的鮮血，眾鬼卒又退出了幾步。

晏聰的刀緩緩揚起。

「撲通……」忽然有一鬼卒向晏聰跪下了，顫聲道：「主人有通天徹地之能，小的願追隨主人，請主人饒我一死，從此小的甘願爲主人赴湯蹈火，在所不辭！」

晏聰一怔，他沒想到鬼卒會作出這一選擇，所以他不由怔住了。

細細一想，鬼卒的決定也在情理之中，人世間又有幾人會真的不畏生死？

在此之前，晏聰所想到的只有一種可能，那就是殺盡鬼將鬼卒！劫域乃魔道之域，樂土武道中人對之向來是懷有仇視之心。而晏聰對劫域之人的仇視，一半是出於一種本能的反應，一半也是因爲大劫主幾乎取了他的性命。

泱泱樂土無限美好，豈能容這些劫域中人隨意肆虐踐踏？但這個向他求饒的鬼卒卻讓晏聰

看到了另一種可能。

晏聰還在猶豫時，另一鬼卒已大聲呵斥那個向晏聰告饒的鬼卒：「你怎能如此貪生怕死，向一個樂土人求饒？大劫主早已說過，在我們劫域人眼中，所有的樂土人都是低賤的狗！連他們的冥皇都對大劫主唯唯諾諾，不敢抗逆，你爲何要向他求饒?!」

「大劫主！大劫主！我爲了大劫主的一句話，就遠離劫域，在這兒隨鬼將守護玄天武帝廟一守就是七年，過著人不人、鬼不鬼的日子，如今，我已性命難保，大劫主他又在何處？難道你沒有想到大劫主此時已爲了天瑞而不顧我們的死活了嗎？只要他能得到天瑞，他可以毫不在乎我們的生死！」那跪在地上的鬼卒大聲辯解道。

眾鬼卒當中不少人本有些猶豫，不知是戰是降，聽到這一番話，這些人中相當一部分人立時下了決心，拋下兵器，高呼饒命。

那呵斥最早一個下跪者的鬼卒見狀又驚又怒，猛地抽出一把劍，向最先跪下的鬼卒疾砍過去，口中喝道：「你帶頭叛主，死有餘辜……啊……」

話未說完，忽然變成一聲慘叫，手中之劍已然脫手飛出，胸口再中一拳，鮮血狂噴，一下子軟倒了下去，但未等他倒下，又被提起。

將他提在手中的正是晏聰！

晏聰一拳已然將那人擊得五臟六腑皆受重創，只是手下留了餘地，才沒讓那人當場斃命。

晏聰氣勢淩然的目光緩緩掃過眾鬼卒，最後落在了那個領先跪下的鬼卒身上，沉聲道：「你說要奉我爲主，爲我赴湯蹈火，也在所不辭，是也不是？」

那鬼卒不住地點頭如搗蒜，眼中卻有害怕之色，他率先向晏聰求饒，就自然不是不怕死的人，晏聰這麼問他，讓他很是擔心晏聰會想出什麼可怕的手段折騰他，讓他求生不得，求死不能。

晏聰道：「你放心，我不會讓你做很難做到的事，我只是要讓你在這人身上刺上一劍，以示與大劫主決裂，但決不許取了他的性命，你能做到，我就不殺你。」

要做到這一點，並不算太難，那人早已傷了五臟六腑，又被晏聰牢牢制住，哪裡還有反抗的餘地？但畢竟是在一起多年的同伴，要下此狠心並不十分容易，那最先下跪的鬼卒猶豫了一下，想到方才若不是晏聰及時相救，只怕自己已被他所殺了。

這麼一想，他心頭便釋然了，自地上拾起一柄劍，立時照準那人大腿上刺了一劍。

他唯恐晏聰發怒，不敢手下留情，所以那一劍刺得很深，幾乎透腿而過！

「啊……」那人被刺痛得大叫一聲，本就已沒有血色的臉此刻更是扭曲不堪。

晏聰這時才道：「很好，你可以不死了。」轉而對其他鬼卒道：「你們當中任何一人只要效仿他，就可以不死！不過，記住一點，若是誰一不小心取了其性命，那麼你就得陪著他一起送死！」

事實已證明對晏聰的反抗換來的唯有死亡，眾鬼卒面面相覷，終於所有的鬼卒全都不再堅持，一齊跪了下來。

他們之所以放棄了抵抗，與大劫主及其他劫域中人遲遲不來救援有很大的關係。

他們爲了守護玄天武帝廟，遠離劫域，深入對劫域懷有徹骨之恨的樂土人當中，難免日夜緊張，雖然這些年來一直沒有暴露，也沒有出大的變故，但所吃的苦也不少，可以說是劫域中付出最多的一群人。如今好不容易熬到了天瑞再現的時辰，本以爲從此可以不再受這份罪，孰料大劫主在他們失去利用價值時，爲了天瑞，竟將他們無情拋棄，這不能不讓他們心灰意冷。

晏聰望著眼前跪著的鬼卒，心頭感慨萬千。

因爲受「大易劍法」的牽累，晏家數代人遭受劫難，晏聰自幼便嘗夠了流離之苦，直至後來不得不借假「死」保全性命。

後來拜顧浪子爲師後不久便進了六道門，在六道門中，他只是一名普普通通的弟子，地位低下。

六道門門主蒼封神被戰傳說所殺之後，晏聰離開了六道門，回到顧浪子身邊，但不久便因爲靈使的出現而遭受了更大的劫難，成了一個連自己的思想、心靈都主宰不了的人。

自幼時，晏聰的命運似乎就一直操縱在他人手中，需要仰人鼻息，聽候差遣，直至今天第一次品嘗到他人臣服於他腳下的滋味。

居高臨下的感覺，原來是這樣的妙不可言……晏聰有些陶醉了。

忽地，晏聰耳邊響起了靈使的聲音：「你果然還活著！先前本使忽然無法感覺到你的存在，還以爲你有什麼意外，此時本使感覺到你十分的興奮，想必定有什麼收穫吧？哈哈哈！」

靈使的笑聲顯得那麼的歡暢。

他當然笑得歡暢，在此之前，他忽然感覺不到晏聰的存在，吃驚非小！很是擔心好不容易鑄成的三劫戰體就此覆滅！此刻重又感覺到晏聰的存在，而且還感到晏聰生機盎然興奮，大有長出一口氣之感。

晏聰默然無語。

「本使應該就在你附近，因爲本使亦已趕至這邊，只恐你有什麼意外。本使現在在九幽地火噴薄處的西向，你即刻向本使這邊接近，本使要知道這邊究竟發生了什麼事！」

眾鬼卒見晏聰忽然沉默了下來，皆惴惴不安，不知晏聰在想些什麼。

晏聰的神色一變再變，最後向西向望了一眼，隨後轉移了目光，重新落在眾鬼卒的身上，冷聲道：「我所說過的話，你們已聽見了，現在，該是你們依我所言去做的時候了。」

被晏聰牢牢制住的那鬼卒剛欲破口大罵，卻已被晏聰一下子將下巴卸下，再也出不了聲。

大劫主冒著可怕的熾熱，向玄天武帝廟所在的方位掠近。

他的雙足根本不能著地，一旦著地，恐怕靴子將立時熔化。

他每踏一步看似都已踏上實地，但事實上，每一步踏下時，與地面皆有半寸之距，因爲大劫主憑藉其無與倫比的內力修爲透雙足而發，形成了依托他身軀的氣勁。

如此一來，自是大耗內力，再加上九幽地火噴薄而出後，烈焰燃盡了周遭可以供人呼吸的氣息，此時雖然烈焰熔岩噴發已止，但氣息仍是比正常情況下稀薄得多，這也在無形中增加了大劫主行進的難度。

但這一切都不足以阻止大劫主取得天瑞的決心！

此時此刻，能接近玄天武帝廟之人絕對屈指可數，但這同時也等於說，一旦有人能接近玄天武帝廟，那麼此人必是與大劫主修爲相若的驚世高手！所以，大劫主決不敢有絲毫鬆懈。

在九幽地火的肆虐之下，玄天武帝廟自然早已不復存在，玄天武帝廟周圍的一切景致也全然發生了徹底的變化。大劫主要找到玄天武帝廟的存在，只能憑著方位的判斷。

當大劫主自認爲應該已接近玄天武帝廟一帶時，他放緩了速度。

直到此時，他才有心情對周遭的情形略加打量。

在這兒，一切草木皆不存在，只剩下剛剛由熔岩變化而成的岩石，所以他的目光可以無遮無攔。

除了他自己之外，方圓一里之內，應該沒有任何人接近。

大劫主心頭暗喜，他相信自己的判斷，玄天武帝廟原址應該就在這一帶，在短時間內，只要他找到了天瑞的所在，那麼就將不會有任何意外。

他的目光有些迫不及待地四下裏搜索，過於焦慮的心情使他不由又心生擔憂，只恐天瑞已被埋在了地下。

正當他心生此念之時，忽然眼前一亮，赫然發現自己正前方三十餘丈之外有幽幽豪光透出！

大劫主狂喜之至！

大喜之下，他竟忘了這兒的環境，一腳踏實，只聽得「吱」的一聲，腳下靴子立時冒起了一股臭氣，雙足亦被狠狠地燙了一下。

縱是如此，仍是絲毫不影響大劫主的心情！

大劫主喜不自勝，以至於有些忘形，魔霸一方的氣勢此刻在他身上幾乎蕩然無存。

大劫主欣喜若狂之際，驀聞尖銳高亢似可劃破蒼穹的破空聲驟然響起。僅憑此聲勢，就足以讓人魂飛魄散！

大劫主清晰無比地感到有致命殺機向他凌空襲至，絕對不容小覷。

大劫主心頭驚愕至極，他實是難以相信在這最緊要的關頭，他最擔心的事還是發生了。

一道銀色光芒劃空而至，快如流星曳尾，在大劫主的視野中飛速迫近。

大劫主不再猶豫，浩然內力灌於右臂，揮拳向那道銀色光芒全力擊去。

拳出之時，借著豪光，大劫主突然發現在另一個方向，正有一道人影向天瑞所在的方向以極快之速飛速接近！

大劫主終於真正地明白了自己所面對的是什麼——顯然有人要借牽制住他的機會，讓另一個人搶在他之前接近天瑞！

所以，也許大劫主以重拳迎擊那道銀色光芒是一個錯誤，那等於讓出了自己的部分先機，讓對手爭取了時間。

大劫主幾乎不能原諒自己的錯誤，他早已想到能進入這一帶的人必是十分可怕的對手，任何的疏忽都有可能讓他前功盡棄。

無儔拳風準確無比地迎向那道銀色光芒，悍然接即時竟爆發出類似金鐵交鳴之聲。

大劫主的身子微微一震！

銀芒被猛力震飛，「砰……」的一聲，射在與大劫主相距數丈之外，頓時碎石四濺，銀芒所挾裹的強大氣勁立時將一塊岩石劈裂，裂隙呈網狀向四周擴散開來，延伸了方圓丈餘的範圍。

一支銀色的長箭赫然沒入岩石之中。

僅憑一箭，居然能產生如此可怕的破壞力，實是聞所未聞。

大劫主暗吃一驚，但見此箭比普通的箭長出一倍，通體銀芒閃掣，光輝奪目，讓人幾乎不可正視。

大劫主已無暇顧及此箭由何處射來，因爲就在他擋下這一箭的時候，另一人影向天瑞所在之地已接近不少。

大劫主不願再作任何耽擱，瞬息間將自己的內力修爲提至最高極限。

但沒等大劫主再跨出一步，虛空中再度響起了那奪人心魄的破空之聲，而且聲勢比方才更爲懾人。

大劫主本待不顧一切長驅直入，不再與飛襲而至的長箭正面接觸，避之則吉。

可是，破空襲至的利箭聲勢太可怕了，而且隱有變化，根本無法由利箭破空的聲音判斷出箭矢來自何方，又將射向何處。

這種感覺，實在讓大劫主不能不加理會。

抬眼望時，只見一黑一赤兩道光弧在虛空中以肉眼難辨的速度疾射而至，因爲其速過快，給大劫主的感覺就像是有一團黑色的火焰與一團赤色火焰在他的視野中迅速擴大，直至佔據所有的空間，並最終吞噬他的靈魂。

大劫主又驚又怒！

沒有什麼事比在這時候阻擾他更讓他憤怒的了！

大劫主驀然將手按在了身後所背負的鐵匣上，一聲暴喝，伴隨著驚心動魄的金鐵摩擦聲，

大劫主已然將他已有十年未出匣的兵器拔出！

當大劫主拔出兵器的剎那，他的身形忽然間已籠罩在一片更深的黑暗之中。

「黑暗」正是大劫主兵器之名，一柄可以使黑暗、陰森、暴戾……一切負面的力量變得更強大的魔兵赫然在這寸草不生的地方出現了。

以大劫主的驚世修爲，如果不是爲了天瑞，他是決不會輕易祭出「黑暗」的。

這是一柄何等猙獰的巨刀！

僅僅是目睹此刀，修爲不濟者恐怕也有心膽俱裂之感。

「黑暗」甫出，立即向那一黑一赤兩道光弧席捲過去！

金鐵交鳴之聲幾乎輕不可聞，彷彿魔兵非但可以吞噬生機，連聲音也可以一併吞噬。

一黑一赤兩支長箭立時被「黑暗」生生擊飛，直入雲霄之中。

嘯聲再起，根本不給大劫主可以喘息的機會，這一次，大劫主卻清晰地感覺到箭矢的來向！

赫然是由三個截然不同的方向在同一時刻，以一往無回之勢向他射來！

而此刻，大劫主憑直覺已知道自己正遭遇了極可能是蒼穹武道中最可怕的神箭手！他相信這三箭必然是出自同一個人手中。

大劫主冷眼一瞥，只見另一人影與天瑞相距已只有十餘丈，並不比他遠多少。雖然因爲距離的緣故，加上大劫主不能分神太多，故也就無法對那人細看，但他仍是感覺到那人的身形十分古怪，與常人大不相同。至於究竟有什麼異常的地方，大劫主已無暇分辨。

此時此刻，所有的感覺、視覺、聽覺皆在電光石火間閃過。

大劫主臉上浮現出了無比堅毅、冷酷、堅定的神情，雖然有可怕的神箭手的攔阻，但大劫主的決心決不會動搖。

黑暗刀如同一片烏雲般將他的身形籠罩，大劫主連人帶刀，一同向天瑞所在的方向怒射而去！

……

一里之外的巨岩上，有一中年男子正手持一把巨弓，目光所及的方向，正是大劫主那邊！

中年男子容貌平凡，肌膚微黑，乍一看極不起眼，唯有留意他的眼神時，方能察覺到他實是非凡人物。

他的目光格外的亮，以至於讓人感到他的目光已具備了驚人的穿透力，可以洞穿一切！非但如此，他的眼神還格外的冷，不是冷漠無情的那種冷，而是縱然山崩海陷也不爲之所動的清冷與冷靜。

他的目光讓人感到即使是天地在他面前崩裂的那一刻，他的眼神也永遠那麼堅毅沉穩。

他的容貌縱然十分平凡，但因爲擁有這雙眼睛，足以讓任何人見了他之後就無法忘記，無法忽視。

他背負著箭筒，內有數十支色彩不一的長箭。

此刻，他的目光追隨著片刻之前由他手中射出的三支箭，向前極速延伸。

他自信當他三箭齊出時，環視武道蒼穹已沒有幾人能夠輕視！

但此刻，一團似可吞噬一切的「黑暗」在里許之外的地方驀然綻現，頃刻間，三道光弧已然被吞沒。

他的目光不由微微一跳——這種反應，已極少在他身上出現，他的目光變得更爲銳利、明亮！

反手間，他已抽出四支色彩不一的長箭，穩穩地搭在了弓弦上。

他握箭的手法極爲獨特，弓腰、張臂，巨弓徐徐張開，四箭一觸即發。

就在箭即將脫弦射出的那一刹那，他忽然改變了主意，鬆開已張得有如滿月的巨弓，長長地吸了一口氣，反手復自身後抽出一支箭來，穩穩地搭在了弦上。

徐徐引臂，青、赤、黃、白、黑五色長箭直指大劫主所在的方向，五色長箭的色澤，正好與五行氣之色一一對應。

五色長箭忽然被青、赤、黃、白、黑五種色澤的氤氳之氣所包裹，並相互纏繞盤旋，而五支長箭的箭尖則迸現奪目豪光，氣勢凌然。

大劫主雖然以「黑暗」破去了三箭齊施之擊，但亦因此減緩了前進的速度。

一切已不言自明，這未曾正面現身的可怕箭手的目的並不是想取他的性命，而只是要讓他被迫放緩前進的速度。

當他破去三箭齊施之擊時，已可以看到那個同樣也在飛速迫近天瑞所在之人的大致容貌體形。

但此時那人全身上下皆罩在一襲灰褐色的衣袍中，那件衣袍在大面積的灰褐色中，又毫無規則地分佈著一些綠色的圓點，灰色與綠色相映襯，顯得十分奇異。

而且此人頭頸短，乍一看他的腦袋與軀幹，彷彿是連成一體的，中間的脖子已略去。

他的頭顱很小，與其碩大的胸腹部相比，頭顱幾乎可以忽略不計。他的胸腹前凸幾近於一個圓球，偏偏雙手雙腳又極長，與他的軀幹顯得那麼不相稱，以至於讓人感到他的四肢並非由他的軀體直接正常地生長出來的，而是硬生生地強加其上的。

如此醜怪得近乎畸形的人卻在這兒出現，並且展示出了決不比大劫主遜色的身法，不由大劫主不心生愕然之感。

他對樂土武道多少還是有些瞭解的，一時間卻想不出眼前這模樣怪異的人是什麼來歷。

何況，此刻對方是什麼人已不再重要，無論此人是誰，大劫主都不能被此人搶先得到天瑞！

相比之下，大劫主與天瑞更近一些，但因爲三番有可怕的長箭射至，大劫主也不能確知自己會否再受到阻擾。

大劫主以此生最高修爲全速掠出，其速之快，已非言語所能言喻。

「嗖……」那有如陰魂不散的利箭破空聲再度回響於無限蒼穹之中。

大劫主恨不能一下子將暗箭襲擊者抓住，撕個粉身碎骨。

他太渴望得到天瑞了，以至於有那麼極短的一刹那，他的心頭甚至升起一個念頭：寧可挨上一箭，也決不會再耽擱任何時間！

但這樣的念頭也只是在他狂怒攻心時一閃即逝。

大劫主一聲霹靂暴喝，雙足奮力一踏，已然沖天躍起。

既然那該死的箭手要阻撓他直接接近天瑞，那麼他就另折他途，迂迴而進。對大劫主來說，這已是破天荒一次，他本是一貫勇往直前的，在他的心目中，根本沒有「迂迴」這樣的字眼。

大劫主躍起之時，才猛地發覺自己錯了。

他剛剛躍起，倏見漫天五彩光芒以席捲一切之勢向他鋪天蓋地般壓來，青、赤、黃、白、黑五色光芒如五道匹練般當空飛舞盤旋，相互融合，又相互排斥，以莫可名狀的方式佔據了大劫主的整個視野，並將周遭虛空扭曲，形成了一個可吞噬一切的無形漩渦。

大劫主只覺得體內每一個部位都有不可思議的力量在向外衝突，似乎要把他生生撕成無數碎片，同一時間，又有來自虛空大得不可思議的力量在擠壓著他的身軀。

這是什麼樣的箭法?!

目空一切的大劫主，生平第一次萌生了些許怯意。

五彩光芒以大劫主聞所未聞的速度穿越虛空，而五色彩光本身亦同時發生著驚人的變化，五種色彩各異的光芒在相互吸扯又相互排斥，但越是接近大劫主這邊，就越有融爲一體的跡象。

所有的一切視感、聽覺以及由此而閃過的念頭，其實都是在電光石火的一刹那間發生，神奇的直覺使大劫主相信，當所有的五色光芒融爲一體時，也就是自己命殞當場的時刻！

他也不知這種感覺是由何而生，但卻對此深信不疑。

他的整個世界裏只剩下那可怕的五彩光芒。

大劫主非常幸運地在最關鍵的時刻，將本以渙散的戰意重新聚起。

「黑暗」之刀以近乎瘋狂的氣勢全力劈出！

這一刀，大劫主其實已不是爲劫域大業劈出，也不是爲天瑞劈出，甚至不是爲挽救自己的生命而劈出。

這一刀，是一個有著絕強戰意的強者在面對空前強大的力量時的回應與挑戰！

所以，這一刀劈得心無旁騖——因此也更爲精湛、可怕！

「轟……」有如開天闢地的巨響聲中，黑暗之刀所挾裹的無儔黑氣與五彩光芒全力相接，赫然已將五彩光芒生生擊潰。

虛空之中，迸發出無數的光點，淒迷囂亂。

大劫主狂噴一口熱血，凌空倒跌而出。

他的身形尚未落地，黑暗之刀已搶先自上而下壓向地面，借力再度彈起，遙遙撲向天瑞所在的方向。

身形再起時，大劫主赫然發現那團豪光已然不見，而那模樣醜怪的人的身形卻已由他來時的方向折回，去速極快。

大劫主眼前一黑，忍不住又狂噴一口熱血。

大劫主最擔心的事終於還是發生了。

天瑞關係著整個劫域的命運，其重要性可想而知，它在這玄天武帝廟已不知存在了多少年，而自它存於此處的那一天起，就一直有劫域的人奉命在此暗中守護，如今總算等到了它重現靈瑞之氣的日子，大劫主親自不遠千里而來，就是爲了天瑞。

沒想到在最後的關頭，還是節外生枝，眼睜睜地看著旁人捷足先登，奪走了天瑞。

大劫主如何不狂怒萬分?

大劫主決不願就此甘休，立即向那模樣醜怪之人遁走的方向全速追去。

但追了一陣之後，大劫主赫然絕望地發現他與對方的距離反而越來越遠，儘管他已將自己的修爲催至最高境界。

究其原因，一是因爲他已然受了傷，另一個原因則是他的「黑暗」刀奇重無比。這份重量大劫主當然能夠承受，但在這種時刻卻造成了致命的後果。

大劫主視「黑暗」刀爲生命的一部分，當然不捨拋棄。何況，當他意識到這一點時，即使忍痛割愛拋棄「黑暗」刀，也已是遲了。

明知已無望追上對方，大劫主卻決不肯放棄，他一口氣狂追出近十里之距，直至到達了九幽地火蔓延範圍的邊緣，眼前不遠處重新出現林木，而那醜怪之人已不知去向時，大劫主方頹然止步。

大劫主怔怔地站著，無聲無息，眼中卻閃爍著可怕的如毒焰般的光芒，有如來自地獄的死神。

憤怒在一點一點地吞噬著大劫主的靈魂，使他有著不可遏止的要毀滅一切的衝動。

無窮無盡的憤怒不斷積蓄，不斷膨脹，終於如九幽地火般全面噴發。

大劫主厲喝如泣，高高躍越，凌空高舉「黑暗」刀全力劈下。

一團黑暗之氣全力直撲大地！

大地頓時出現一道可怕的裂縫，並向前全速延伸，足有二十餘丈。

一時間碎石飛揚，塵埃漫天，好不駭人。

不知爲何，那箭法神乎其技的中年男子已無聲無息地撲倒於巨岩上。

巨岩仍是奇熱無比，他的頭髮已因熾熱而捲曲焦黃了，裸露著的皮膚挨著岩石的地方也已被燙傷。

他的身邊有著一片暗紅色，或許是血跡，但已乾涸，難以確定。

難道，他已死了？

就算暫時沒死，在這熾熱的岩石上，用不了多久，他也將遭遇不測。

忽然，不遠處出現了一道人影向他這邊而來，其速甚快。

待距離近了，卻見此人身著重甲，頭戴掩面戰盔，持一金色重劍，赫然就是在七狼江「無言渡」救過戰傳說一命的金劍重甲者。

金劍重甲者直奔那箭手而來，當他見此箭手撲倒於地時，「咦」了一聲，顯得頗爲關切。

金劍重甲者探了探箭手的鼻息，隨後將之抱起，便奔東北方向而去了。

東北方向，正是刑破、梅木脫身的方向。

而大劫主本是由南向北接近玄天武帝廟的，為了追逐那模樣古怪的高手，大劫主此刻已在玄天武帝廟的北向，正好與牙夭、樂將等人隔著玄天武帝廟南北遙遙相對。

那倒楣的鬼卒僅僅是為了顯示對大劫主的忠誠不渝，此刻正承受著千刀萬剮之苦。因為晏聰有話在先，不許取了此鬼卒的性命，所以眾鬼卒只能選不致命的部位下手。但一個人的軀體可以承受刀劍的部位畢竟有限，輪到後來的鬼卒已有無從下手之感。

那鬼卒渾身浴血，暈死後又甦醒，隨後復又暈死過去，如此反覆幾次，其形讓人不忍目睹。

晏聰終於開口道：「住手吧。」

眾鬼卒如遇大赦，收回兵器，噤聲不語。

晏聰一鬆手，那鬼卒立即如灘爛泥般一下子軟倒在地，雖然他還有呼吸，但想必離死亡也已不遠了。

這些鬼卒無不是殺人如麻的人物，手中已不知沾了多少鮮血，對於殺人的場面，他們已見多了，但今日晏聰雖未取這名鬼卒的性命，卻反而讓這些殺人如麻的鬼卒心驚膽戰。

晏聰的目光掃過所有鬼卒，「既然你們皆聲稱要奉我為主人，那麼我便要問一句，你們劫域中人要找的天瑞是什麼？所謂的天瑞對你們劫域又有什麼用處？你們應該會如實地把真相告訴我吧？」

一隆鼻陷目的鬼卒看了看眾同伴，乾咳一聲道：「回稟主人，所謂的天瑞，據說與四瑞獸中的蒼龍有關，似乎是一件戰甲……至於有什麼用場，大概是為了讓劫域中的人不再懼怕天劫。」

「天劫？」晏聰皺了皺眉，饒有興致地道，「天劫是什麼？你們又為何會懼怕天劫？」

那鬼卒答道：「方才的九幽地火，就是地劫，而天雷則是天劫的一種。小的們倒不懼怕天劫，懼怕天劫的是劫域中另一些與我們大不相同的人。為了躲避天劫，他們只能終年隱於地下，不見天日。」

其實晏聰並非真的不知天劫是什麼，靈使傳與他的「三劫之氣」便有天劫之氣、地劫之氣、心劫之氣，不過對於劫域中有人懼怕天劫，他倒是第一次聽說。

聽完那鬼卒的話，他又問了一句：「如此說來，你們大劫主深涉樂土，想得到這天瑞甲，就是為了讓那些懼怕天劫的劫域人可以重見天日？」

「正是正是。」幾個鬼卒異口同聲地道，「至於更多的事情，小的們身分低微，卻不甚清楚了。」

又有一鬼卒小心提醒道：「我們已心甘情願追隨主人，那……那大劫主自然就不再是我們的主人了。」

話中如此說，畢竟大劫主積威難去，提起大劫主時，他仍是不由降低了聲音。

晏聰十分的清醒，他冷冷一笑，「今日你們可以背叛大劫主，難道日後就不會背叛我嗎？」

眾鬼卒臉色皆有些變了，面面相覷，誰也不知該如何回答晏聰這句話。

這些鬼卒的確是迫於形勢爲了保命才不得不叛主的，若要他們保證不再背叛晏聰，說幾句話容易，真正做到卻決不容易。而晏聰既然提出這一點，顯然不是幾句花言巧語就能將之蒙蔽的。

正不知如何應對時，卻聽得晏聰哈哈一笑，「不用擔心，這種事不會再發生了，你們叛離大劫主不是你們的過錯，而是因爲大劫主他沒有能力保護你們！而我，你們新的主人，卻能夠做到這一點，你們又豈會再背叛我？」

他說得無比自信。

眾鬼卒鬆了一口氣，細細一想，覺得晏聰的話不無道理。

有幾個鬼卒本是心中暗自盤算暫時依順晏聰，以保全性命，日後若有機會再叛離晏聰不遲。此刻聽了晏聰這番話，也不由改變了主意，心想：與其這樣，倒不如靜觀其變，若此人真的擁有比大劫主更強大的力量，我又何必再叛離他？

論智謀，以及對人的心理的把握，大劫主恐怕是遠不如晏聰了。

晏聰之所以降伏這些鬼卒而沒有殺他們，只是圖個痛快，所以他對眾鬼卒是否真心奉他爲主其實並不在意。但見眾鬼卒紛紛表示忠誠時，覺得既好笑又有趣。

正在這時，晏聰的耳邊再度響起靈使的聲音：「晏聰，你爲何還未趕來見我？方才本使見有五色光芒迸現，恐有變故，你立即趕來見我，不得有任何延誤！」

靈使的聲音竟隱隱顯得有些不安驚懼。

第六章　三劫之氣

乍見五色光芒在遠處驀然出現的那一剎那，靈使的腦海中立時閃過一個人的名字——卜矢子！

他知道唯有這箭中之神才能射出如此可怕的箭！卜矢子的「五行神箭」的威力，他是再清楚不過了。

如果僅僅只有卜矢子一人，靈使還不至於如此不安，但他知道卜矢子的身分，知道卜矢子的身後還有一股強大的力量，那就是——靈族！

沒有人比靈使更瞭解靈族，因爲靈使本是靈族中人，後來因故背叛了靈族，轉而投靠不二法門。

靈族有著極爲特殊的背景，極爲特殊的使命，因此對背叛靈族者一向是嚴懲不貸。

自靈使叛離靈族那一日起，靈族便立誓要除去靈使，只是靈使自身武道修爲已極高，加上

他所投奔的又是儼然有勢壓蒼穹的不二法門，靈族才一直沒能成功地清除叛逆。

由於靈使投靠了不二法門，本是極爲隱秘不爲人所知的靈族不得不更爲小心謹慎，他們擔心靈使向不二法門透露了靈族的真相後，會招來不二法門對靈族的毀滅性打擊，不得不忍辱負重，千方百計地隱匿於不爲人所知的地方。

先前他曾由對晏聰的感應中，察知晏聰遭遇了絕強的對手，這對手會不會就是卜矢子？

如果不是，在靈使看來，那就很可能是靈族的其他高手了，卜矢子以及靈族其他人怎麼會在這兒出現？

這些年來，靈族中人一直竭力隱藏行蹤，很少公開露面，靈使唯一遭遇的一次，就是與戰傳說在無言渡一戰時，卜矢子以五行神箭救下了戰傳說。

而且，那一次靈使所見到的也只是卜矢子的箭，卻沒有見到卜矢子本人。

靈使擔心晏聰出什麼意外，他可不願剛剛鑄就的三劫戰體就此消亡，所以立即匆匆趕來。

趕過來時，靈使也帶了一些人馬，但那些人如何能趕上靈使的速度？早已遠遠地落在靈使的後面了，所以才造成靈使獨自一人出現在此處的局面。

現在，靈使最希望見到的人就是晏聰了。只要見到晏聰，一則可以不用再擔心「三劫戰體」就此損失，二來即使是靈族的人發難，他與晏聰聯手應對，應該是不會有什麼意外了。

靈使苦盼晏聰之時，晏聰終於出現了。

當靈使乍見晏聰出現時，大有長出一口氣之感。欣喜之餘，這才留意到晏聰衣衫破碎，幾近赤裸，心頭暗吃一驚。

晏聰恭然行禮，「晏聰見過主人。」

靈使心頭雖然因爲見到了晏聰而寬慰不少，但口中仍是冷冷地呵斥道：「本使讓你速速趕來，爲何姍姍來遲？」

「因爲晏聰方才遭遇了武學修爲極高的對手的攔阻！請主人恕罪。」晏聰竟然未對靈使說真話！

他不是早已淪落爲靈使精神、心靈上的奴僕，視靈使爲畢生的主人嗎？既然如此，他對靈使應該是一切都無所隱瞞才是，爲何此時卻如此異常？

而靈使對此居然無所察覺，他竟信以爲真，微微頷首道：「看得出那一戰必然十分慘烈——對手是什麼人？」

靈使太急於知道對方是不是靈族的人了，以至於對其他的事難免有所疏忽。

「對方來歷蹊蹺，好像在樂土還從未聽說過有這樣的高手。」晏聰道。

「難道……真的是他們？」靈使低聲自語，聲音雖低，卻每一個字都清晰地落入晏聰耳中。

靈使知道晏聰既已淪爲自己精神之奴僕，就將永遠追隨自己，所以在晏聰面前他可以不用

顧忌任何東西。

沉吟了片刻，靈使又道：「他們當中，是否有一人模樣十分古怪？」

「正是！」幾乎是在靈使話音未落之時，晏聰已立即回答了。

靈使神色倏然一變。

晏聰眼中倏然射出逼人的光芒，大喝一聲：「靈使何在?!」

剎那間，方才畢恭畢敬的晏聰已然不見了，代之的是一個頂天立地、氣勢凌然萬物的絕強的晏聰！

靈使全身劇震，眼神竟顯得有些茫然。

晏聰凌然萬物的目光正視著靈使，一字一字地道：「從此刻起，我就是你的主人了。見了主人，爲何還不下跪?!」

靈使怔了怔，竟真的如晏聰所言，恭然跪下，口中道：「見過主人！」

「哈哈哈……哈哈哈……」晏聰仰天長笑，笑聲中充滿了無限的自信與得意，他的冒險一試終於成功了。

原先靈使曾經說過，只要晏聰的心靈力量無法超越他，就永遠不可能擺脫其制約，而只能是心甘情願地供他驅使。

在靈使看來，雖然晏聰在他的造就下，已達到「三劫妙法」的第三結界，其武學修爲也許比他更高了，但論心靈之力量的強大，卻遠不如他，所以靈使才無所顧忌。

靈使卻不會料到，晏聰於一夜之間，功力會在三劫妙法第三結界的不世修爲的基礎上，再度激進。

空前強大的力量，所向披靡的修爲，眾鬼卒的臣服——這一切，都讓晏聰的自信力平添逾倍！而這種自信，正好壯大了晏聰的心靈力量。不知不覺中，晏聰不但在內力修爲上已超越了靈使，連心靈的力量也已超越了靈使。

靈使之所以能夠控制晏聰，憑藉的就是心靈之力，而不是武道修爲，當晏聰的心靈之力已超越他時，他就再也無法對晏聰實行有效的控制了。

只是，因爲三劫妙法的獨特特徵，晏聰的三劫妙法源自靈使，所以靈使仍能感覺到晏聰的喜怒哀樂及他心緒的變化。

當靈使第一次召喚晏聰時，晏聰心頭本能地生起了反感，他沒有依靈使所言立即趕來。

而這種反感，其實已等於說晏聰已擺脫了靈使的心靈制約，可以獨立地思索一切事情。

也許從一開始靈使就低估了晏聰，晏聰自幼經歷坎坷，在六道門數年的臥薪嚐膽，以及晏聰與生俱來就擁有的過人智謀——這一切都決定了即使是在武學修爲還不甚高的時候，晏聰就已擁有了堅強的意志力，其心靈之力之強大，已在靈使估計之上。

所以，靈使最初雖然實現了自己的夙願，鑄就了一個極具戰鬥力的「三劫戰體」，但靈使此舉等若玩火，時刻都處於自焚的邊緣。

只不過因爲機緣巧合，「玩火自焚」的結局來得未免太快了一點。

晏聰不再受靈使精神約束之後，便成了與從前一樣富有智謀，而武學修爲則比先前強大逾倍的晏聰！

此時的晏聰，已沒有幾人能與之抗衡——無論是在武學範疇，還是在謀略上。

晏聰面對靈使的召喚，決定設下一計，他要反客爲主，讓靈使淪爲其奴僕，即使不能成功，對晏聰也沒有損失。

所以，當靈使問他的對手是什麼人時，晏聰假稱對方是來歷不明的高手。他由靈使的不安語氣中察言觀色，早已推知靈使很可能極爲忌憚某一個人，或是某一些人。

果不出晏聰所料，靈使被自己所臆想出來的情況步步牽引著，不知不覺中落入了晏聰的圈套，偏偏他對晏聰又絲毫沒設防。

當靈使問晏聰對方是否是一個模樣醜怪的人時，晏聰頓知靈使對此人很是忌憚，於是立即說是，果然讓靈使心神大震，心靈之力在那一刻變得虛弱了。

晏聰趁此良機，立時發難，以「三劫妙法」第三結界的修爲，反客爲主，一舉制住了靈使的心神，讓靈使心甘情願地淪爲他的奴僕。

晏聰此舉，比之因仇恨靈使而與靈使大打出手不知高明多少，那樣即使他能將靈使殺了，卻一無所獲，而若控制了不二法門四使之中的靈使，將爲晏聰帶來的好處，幾乎不可想像。

眼看著萬眾崇仰、地位尊貴無比的靈使此刻竟然跪在自己的面前，晏聰心頭的感覺，已不是「自豪」所能形容。

他忽然明白，許許多多高高在上，看似決不可超越、不可冒犯的東西，其實只要擁有足夠強大的力量，就可以超越，可以冒犯。

就在一個多月前，在隱鳳谷中，晏聰還爲能見上靈使一面而欣喜不已。就在幾日之前，晏聰還對靈使百依百順，言聽計從。

前後短短的時間反差竟是如此之大！這種反差，對晏聰心靈的震撼可想而知。

晏聰漸漸地冷靜下來，他對靈使道：「你起來說話吧。」

靈使恭聲應是，方才起身。若是此刻有人在一旁目睹這一情景，無論是誰，都將驚愕欲絕，誰能相信身爲不二法門四使之一的顯赫人物，會向一個在樂土武道還名不見經傳的年輕小子恭然下跪？

普天之下，除了不二法門元尊之外，靈使又何嘗向他人下跪？

可此時此刻，這不可思議的一幕卻的的確確真實地發生了。

「方才你所說的模樣醜怪之人，是什麼人？」晏聰問道。

「是靈族的人。」靈使如實回答。

「靈族？」晏聰從未聽說過還有靈族的存在，大感興趣，「爲何我從未聽說？」

「靈族的先人就是當年武林神祇中的木帝威仰駕前四靈。威仰當年敗於玄天武帝光紀之後，雖然肉體已亡，但在肉體粉身碎骨之前，卻憑藉不世戰意，仰視無限蒼穹，發出最後的誓言，聲稱他的戰意將永存蒼穹，只等千年契機出現，將再戰玄天武帝光紀！而威仰的部屬就爲了這最後的誓言，不屈不撓地活了下來，他們深信威仰的最後誓言必將有實現的一天——這其中，就包括威仰駕前的四靈！」

晏聰與其他樂土人一樣，所知道的關於武林神祇的種種逸事雖然不少，但皆是道聽塗說，不少是虛妄之言。此刻聽靈使說來，方知另有玄奧，他還是第一次聽說有關靈族的來歷。

聽到這兒，忽若有所悟地道：「你對靈族的事知道得這麼清楚，又恰好稱爲靈使——莫非你與靈族有著某種淵源？」

靈使道：「正是如此。我本是靈族的人，因感到爲等待一個或許會出現但不知何時出現、或許永遠也不會出現的機會，等待威仰戰意再度依附於一強者的軀體重現蒼穹，這種可能性實在太渺茫了。也許窮盡我一生的時間，也等不到這一天，那豈非等於說我一生都會在默默無聞中度過？所以，我便離開了靈族。」

晏聰明白了靈使何以對靈族那麼忌憚了，所謂做賊心虛，靈使背叛了靈族，當然無法做到理直氣壯，所以縱然今日他已是不二法門四使之一，面對靈族的人，仍難免有心虛之感。

「那模樣醜怪之人，就是靈族當中地位最高的？」晏聰問道。

「靈族的人稱其爲『羽老』，輩分比我還要高一輩，但即使如此，一旦他們尋到了他們的二世之主，就連羽老也將只是二世之主的僕從。一直以來，他們都在暗中尋找將成爲他們二世之主的人，也就是他們平日所說的少帝！」

晏聰不以爲然地一笑，「難道這世間真的還有投胎轉世一說？」

靈使正色道：「強如威仰、玄天武帝這樣的人物，早已至神魔之境，他們的肉體縱然會滅亡，但其戰意與精神卻幾乎沒有任何力量能夠將之消亡，對於他們來說，一切都有可能！」

「一切都有可能？」晏聰在心中默默地將這句話重複了一遍，若有所觸動。

想了想，他道：「雖然那人模樣的確醜怪，但卻未必是你所說的羽老。」

「一定是他。」靈使毫不猶豫地道，「堪稱蒼穹第一神箭手的卜矢子是靈族之人，他正好在這一帶出現了，則主人所見到的模樣醜怪但武功高奇之人，除了是羽老之外，還會有誰？」

晏聰點了點頭，默默地將「卜矢子」此名念了一遍後道：「依你看，靈族的人是爲何而來？」

「這……我卻一時猜之不透了。以羽老在靈族的地位，若非是極爲重要的事，是決不會在這兒出現的。」

晏聰索性點破：「會不會是爲天瑞而來？」

「天瑞?!」靈使猛吃一驚。

「據我所知，這一帶將有天瑞重現。」晏聰道。

靈使恍然大悟道：「若是如此，那麼他們一定是爲天瑞而來了。四瑞獸蒼龍、鳳凰、玄武、麒麟乃應劫而生的瑞靈之物，時隱時現，不可捉摸，凡人肉胎根本無法捕捉到牠們的行蹤。但靈族中人卻知道遠在神祇時代，光紀就已屠殺了蒼龍，以龍鱗製成一副戰甲，以龍之筋骨煉成一件兵器，即爲龍之劍。蒼龍被屠，其瑞靈之氣也隨之消亡於九天玄空，等待著再一次應劫而生的機會，故這副戰甲以及龍之劍的威力並不如光紀所想像的那麼強大，所以屠龍之後，光紀與威仰相戰時，一直都沒有利用龍之劍以及天瑞甲。

後來龍之劍及天瑞甲都不知所蹤了，直到四年前，龍之劍在戰曲與千異決戰龍靈關時再現樂土，而天瑞甲則一直不知其下落。蒼龍之氣爲木氣，而威仰爲木帝，兩者之間，本就有某種神秘的聯繫，正因爲如此，當年光紀秘密屠龍的事，最早是被威仰察覺的。威仰同時還知道屠龍一事對他最爲不利，所以才對光紀格外仇視。只是天照信了光紀所謂的只是傷了蒼龍卻未將之殺死的謊言，而使威仰沒能借助於天照的力量擊殺光紀。

當年的四靈深知蒼龍與木帝威仰有著某種聯繫，所以一直希望能找到龍之劍與天瑞甲，待到少帝出現時，將龍之劍、天瑞甲獻與少帝。爲此，靈族不知花費了多少心思，沒想到四年前龍之劍突然出現，想必靈族中人一定欣喜萬分，只是戰曲與千異一戰之後，龍之劍就被不二法門留在了龍靈關，靈族人想要染指，也是十分困難。雖然對靈族來說，或許擊敗守劍的第一箜侯能夠做到，但要瞞過法門元尊卻是難以做到。而靈族在少帝未出現之前，又是絕對不願意暴露的，所以龍之劍才能一直存在於龍靈關而沒有被靈族中人奪走。」

「既然龍之劍已無法得到，靈族的人就把所有希望都集中在了天瑞甲上，是也不是？」晏聰問道。

「應是如此。」靈使道，「天瑞甲源自蒼龍之身，對與木帝威仰一脈相承的少帝來說，一定大有裨益，所以這一次連羽老也出動了。」

晏聰心道：「原來如此，無怪乎連大劫主也興師動眾，不遠千里而來。看來，這天瑞甲還真的很有吸引力，卻不知靈族是否已找到了他們苦盼的少帝？」

正想著，忽見不遠處有一群人正向這邊飛奔而來，晏聰目力已是非凡，立時認出是靈使手下的法門弟子。

飛速轉念之餘，晏聰已做了決定，他對靈使道：「如今，在你屬下面前，你仍以我的主人自居；在外人面前，你我形同陌路。」

「這……」靈使有些為難。

「這是命令！」晏聰厲聲道，「再說，我只是讓你在表面上如此做，只要你心中永遠忠於我便可！」

靈使忙道：「是。」

除了心甘情願地臣服於晏聰外，靈使的智謀、記憶並沒受任何改變。晏聰雖然只是短短說了幾句，他已然明白自己該怎麼做了。

禪都銅雀館。

暮己剛剛躍出銅雀館主樓的屋頂，立即引來了如飛蝗般的亂箭。暮己左格右擋，將有威脅的飛箭一一擋下，人也重新墜落回銅雀館主樓內。

薑還是老的辣，就在下落的時候，他並未自主樓一二層之間的隔板中穿過，一抄手，正好搭在了二樓的一根橫梁上，身子借一搭之力蕩出，穩穩地落在了二樓。

他之所以沒有直接由掠起處原路返回，是擔心那紅衣男子正好在那兒候個正著，眼下暮己已決不敢小覷紅衣男子了。

他也不明白這一次何以如此不順利，幾乎是處處碰壁。讓驚怖流的人潛入天司祿府卻被殺得敗歸，現在則又不知為何讓天司危發現了他們的行蹤，偏偏在這銅雀館中又有一個十分棘手的紅衣男子，真可謂是屋漏偏逢連夜雨。

只聽下面幾聲慘呼之後便是一片怒喝聲，暮己頓知不妙，駢掌如刀，向木製的樓板劃去，銳利氣勁摧枯拉朽般將樓板劃開，暮己立時由此躍下。

只見自己帶來的人已倒斃三個，死狀與被臥小流毒殺的人一模一樣。看來，暮己雖然及時逃過了一劫，但其屬下卻沒有他這麼幸運。

剩下的七人團團將紅衣男子圍住了，一時都沒有動手，顯然對紅衣男子有所忌畏。

暮己暗暗叫苦也，照這樣下去，就算與紅衣男子一戰的結果是勝，也要大耗實力，殘剩的力量對外面的天司危來說，恐怕就可以手到擒來了。

暮己的人都拿目光望著暮己，自是在等他作出最後的決定。而此時，那些銅雀館的女子與尋歡客則顯得輕鬆了不少，大概是紅衣男子給了他們脫險的希望。

暮己壓下心中萬丈怒焰，竭力使自己的語氣平靜些。他對紅衣男子道：「若閣下不是天司危的人，我願既往不咎！」

「既往不咎？」紅衣男子不屑地一笑，「我想殺人便殺了，誰能奈我何？我知道你急於想脫身，人我也已殺夠了，這種不夠斤兩的人物，取他們性命也無趣得很，你不想與我交手，我也樂得輕鬆。不過，你得答應一件事，只要答應了，我非但不再與你們爲難，甚至還可以助你一臂之力，助你們自這銅雀館脫身！」

暮己由對方口氣聽出此人定與天司危沒有什麼聯繫，無論怎麼說，這不算壞事。不過，以紅衣男子言行之乖戾不可捉摸來看，他所提出的條件只怕也不是那麼容易滿足的。

權衡了一下利弊，暮己硬著頭皮道：「我倒想聽聽你有什麼要求。」心中卻已將對方的

十八代先人大罵了一遍，被對方一下子殺了四人，卻還要問對方有什麼要求，堂堂千島盟盟皇駕前聖武士何嘗受過這等鳥氣？

「很簡單，就是將你們從天司祿府取來的東西交與我。」紅衣男子道。

暮己一怔，隨即道：「閣下果然神通廣大，連這件事也知道了。可惜暮己派出的人手段不濟，沒能取到想要之物，否則，暮某或許會考慮是否將它交與閣下。」

這話已說得夠忍氣吞聲了，但他還是有些擔心紅衣男子會不相信。

不料紅衣男子哈哈一笑，「若你們真的能得手，那才是咄咄怪事。休說是你派出的人，就是你自己親自出手，也定是會一樣空手而回。」

暮己不知該如何應對，一生之中，他還從未如今日這般狼狽。

紅衣男子輕輕一笑，「也罷，既然東西不在你們手中，我就不與你們爲難了，但因爲你們未將東西交給我，我也不會助你們脫身。我知道你會對我懷恨在心，但願日後你還有機會找我報今日之仇，我先行一步了。」

朗聲一笑，紅衣男子已然掠起，如一抹輕煙般飄向後窗，身未至，後窗已被其身形所挾裹起的勁風撞開，正好容他穿掠而出。

他的身後，魚蝶兒大聲呼喚：「公子……」聲音輕顫，情難自抑。

眉小樓淡淡地看了魚蝶兒一眼。

萬箭破空之聲立時響起——顯然紅衣男子所遭遇的與暮己沒什麼不同，由此也可以進一步證實暮己的猜測，此人的確不是天司危的人，甚至與大冥王朝都沒什麼瓜葛。

裏三層外三層的禪戰士早已將銅雀館一帶圍得水泄不通，無數火把照得亮如白晝，就是一隻鳥飛過，也會立即被發現，何況一個身著明豔無比的紅色衣衫的人？

紅衣男子甫一出現，早已搭箭在弦的禪戰士立即齊齊放箭，亂箭自四面八方直指紅衣男子一人。剎那間，滿眼都是飛舞的箭影，虛空中回蕩著利箭破空之聲，顯得囂亂至極。

紅衣男子手若穿花亂蝶般在虛空中穿掠，腳下踏著令人目眩神迷的步伐，長驅而進之際，雙臂疾揚，被抓在手中的二十餘支快箭被全力貫回，去速之快，比來時逾倍。

十幾名禪戰士只覺眼前一花，已然中箭。

中箭者未必都是被射中要害，但卻無一例外地很快撲身倒地，竟然毒發身亡了。

一下子折損了十餘人，眾禪戰士不由得為之一驚，箭雨頓時稀疏不少。

紅衣男子借機掠過了銅雀館的後院，一下子躥上了外圍的院牆。

「嗖嗖嗖……」驚人的破空聲中，十餘杆長槍自幾個方向同時向他刺來，眼前只見一片明晃晃的槍尖。

一片輕哼，紅衣男子右手閃電般自槍林中突入，劈手抓住了一杆長槍，一帶一掃，看似一

簡單至極的動作，卻已在舉手投足間將對方這一輪攻擊完全瓦解。

紅衣男子將手中長槍一抖，幻出萬點寒星，單臂一送，長槍「嗡嗡……」地怪叫著急速飛出，正好迎向一持盾禪戰士。

那人神色立變，根本不敢以所持的短刀格擋，立時將身子一縮，以手中之盾擋向那杆如毒蛇般怒射而至的長槍。

「砰」的一聲可怕暴響，長槍一下子穿透了堅盾，並隨即貫穿了那持盾禪戰士的軀體。去勢尚未了，那持盾禪戰士狂跌出一丈開外，又撞倒了三名同伴，方才倒下。

紅衣男子信手揮就便是必殺之擊，眾禪戰士只看得心驚膽戰，「轟」的一聲，本是密如銅牆鐵壁的防線，竟退出了一個弧形的空缺。

守在銅雀館後門外的是南禪將離天闕的副手玄霜及東禪將端木蕭蕭的副手雄飛揚。與離天闕和端木蕭蕭的不合不同，他們兩人私交甚是不錯，只是因爲怕兩位禪將不悅，才不敢過於親密。這一次，他們被天司危安排在了一起，正好可以共進同退。

玄霜身材雖然高大，但臉色蠟黃，總讓人有種大病初癒的感覺，但就這樣一個看起來一臉病容的人，性情卻出了名的火爆。

眼見自己的人馬被紅衣男子一衝擊，竟然開始倒退，不由大怒，暴喝一聲：「千島盟狂徒竟想獨自一人由此脫身，且要先問問我玄霜的刀！」

暴響聲中，一柄長得驚人的刀凌空向紅衣男子當頭劈下，凜冽刀氣破空，發出如裂帛般的聲音，讓人膽寒。

與玄霜的性格一樣，他的刀法也暴烈無比，沒有絲毫的花巧，每一刀砍出都是實實在在的有足夠分量的一刀。

紅衣男子忽然凝住身形，化極動爲極靜，從容地望著玄霜那劈頭蓋臉砍來的一刀，目光鎮定得讓人膽戰心驚。

饒是玄霜這樣悍不畏死的猛將，在紅衣男子這份不可思議的鎮定面前，也不由自主地感到有些脆弱而毫無底氣，竟然心中升起一個奇怪的念頭：無論如何，眼前這紅衣男子都是不可擊敗的！

玄霜爲自己這不可思議的感覺而憤怒。而憤怒又使他的刀法中平添一份狂野——可惜同時也添了一份躁亂！

眼看長刀就要將紅衣男子連頭帶肩一刀砍下時，紅衣男子忽然向前移進了少許，玄霜頓時一刀劈空。

玄霜頓感不妙，雙臂順勢後縮，卻已遲了，紅衣男子右掌若鬼魅般當胸拍至，掌勢駭人。

「吾命休矣！」玄霜驚駭欲絕。

紅衣男子幾乎沒有施展什麼招式，就已然將玄霜逼至絕境，足以顯示紅衣男子的修爲不知比玄霜高明多少。

玄霜自以爲已是必死無疑的那一剎，忽然間腰際一緊，身子有如騰雲駕霧般被一股力量扯得倒飛而出。

玄霜先是一怔，隨即明白過來，是雄飛揚救了他一命。

穩穩落下時，正好落在了雄飛揚的身邊。方才正是雄飛揚及時以其成名兵器——一件長近兩丈的軟鞭將玄霜在生死懸於一線時救下了。

若不是雄飛揚所用的兵器正好可以在這種時間發揮獨特作用，雄飛揚就是有心相救，恐怕也無能爲力，玄霜算是撿回了一條性命。

此刻，這邊的禪戰士早已發出警訊，向其他禪戰士求救，而無妄戰士也已聞聲而動，風馳電掣般向這邊趕來。

雄飛揚面目清秀，他的性格比玄霜冷靜多了。他早已看出若單打獨鬥，休說他與玄霜，就是離天闕、端木蕭蕭在此，也不是這紅衣男子的對手，所以唯一可行的途徑就是倚多爲勝，利用自己人數眾多的優勢。

雄飛揚及時地大喝一聲：「天司危大人有令，臨陣退卻者，殺無赦！」

這一聲很有效，一下子讓那些心存怯意的禪戰士清醒過來。

其實他們早就察覺到這一次天司危大人是勢在必得的，在這種時候誰若怯陣，必將受到嚴懲。只是紅衣男子太過霸道，怯意本能而生。此刻經雄飛揚提醒，立知退卻也是死路一條，頓時眼布血絲，不顧一切地向紅衣男子蜂擁而進。

剎那間，紅衣男子陷入了人山人海之中。紅衣男子在人群中穿梭進退，身形所過之處，禪戰士紛紛倒下，血光暴現，情形慘烈至極。

但殺紅了眼的禪戰士似乎永遠也殺之不絕般前仆後繼，大有要將紅衣男子困死於此之勢。

機動的無妄戰士的鐵蹄聲如風一般席捲而至，眾禪戰士精神復又為之一振！

銅雀館主樓內，暮己環視了自己帶來的還倖存的七人一眼，沉聲道：「這是我們脫身唯一的最好機會了！」

他的話很簡短，但那七人都明白他的意思：唯有趁紅衣男子給天司危的人造成混亂的時機向外衝殺，或許還有機會脫身，否則時間久了，無論紅衣男子是突出了重圍，還是被擒遭殺，對千島盟的人都十分不利，因為那時天司危就可以集中力量對付他們了。

那幾個千島盟弟子相互看了看，都點了點頭，只聽一人道：「是不是再等等，也許小野公子會來相救。」

暮己搖了搖頭，「以眼下的局面，還望他不要來救為好。」

顯然，他對形勢的估計很不樂觀。

又有一人努嘴指了指那些男女，低聲道：「方才與那紅衣男子的交談，這些人都聽去了，是不是……」

話雖未說完，意思卻是再明白不過了，要讓暮己殺人滅口。

暮己沉吟了良久，眼中閃過一抹殺機。

這時，忽聞有人輕笑一聲道：「其實要從這裏脫身並不難，大可不必打打殺殺。」

眾千島盟人見說話者是銅雀館的主人眉小樓，皆是一怔。

暮己目光一寒，沉聲道：「這話是什麼意思？」

眉小樓道：「我有一個辦法，可以讓你們兵不血刃地離開銅雀館。」

暮己沉聲道：「妳這麼說，是擔心我要將你們全都殺了滅口？」

眉小樓一臉不解地道：「殺我們滅口？為什麼要殺我們滅口？你與那位公子所說之事，根本算不得什麼秘密，幾乎大半個禪都之人都知道有一個女殺手潛入了天司祿府，卻被殺退了，而此女殺手與千島盟有著某種關係。禪都的人還傳言，這女殺手是為了一件對千島盟的命運有莫大關係的東西而潛入天司祿府的，好像是為了……為了一幅圖……這些事早已傳遍了禪都的大街小巷了，如果這也算秘密，而我眉小樓又要因為這個原因而死，那實在是死得有些冤枉了。」

暮己等人暗吃一驚，這才知他們自以為做的秘密的事，其實毫無隱秘可言。照這看來，他們暴露於銅雀館倒也不是什麼意外了。

暮己本就有些不忍殺這些如花似玉的年輕女子，聽了眉小樓的這番話，更是打消了此念。

他道：「我倒想聽聽妳如何能讓我們兵不血刃地由此脫身！」

眉小樓道：「那天司危大人也曾光顧過銅雀館，對我銅雀館的一位姐妹十分喜愛，你們只要不殺我們，我就可以向天司危大人……」

暮己見她說得天真，不由哭笑不得，立即打斷她的話道：「真是婦人之見！」

「我……」眉小樓的臉一下子紅了，「我……一定盡力的。」

暮己再也不理會她，心忖：這些女子雖然八面玲瓏，但終究不是武道中人，不瞭解武道的殘酷。

他手一揮，對那七人道：「殺出去吧！」

言畢，已搶先衝出正門。其他七人立即緊隨其後，衝出門外。

眉小樓望著他們閃失在門外的身影，忽然笑了，很得意地笑了。

戰傳說衝出天司祿府後，立即向路人打聽銅雀館所在。好在銅雀館在禪都實在是有名氣，幾乎人人皆知，所以要打聽並不困難。

他已顧不得什麼了，問明了銅雀館所在之後，立即全速奔掠。

好在這是在夜裏，加上天司危兵圍銅雀館，出動了不少好手，不少人以爲戰傳說也是奉命趕向銅雀館的，倒也不以爲意。

但接近銅雀館後，卻很難再往裏邊去了，因爲禪戰士、無妄戰士早已肅清了一切不相干的人——事實上就是他們不肅清，誰也不願留在這裏，以免遭受飛來橫禍。

如此一來，一身便服的戰傳說就顯得格外引人注目，離銅雀館還有一段距離，就有無妄戰士對他虎視眈眈了，無妄戰士擔心的是有千島盟的人前來接應。

戰傳說一時間束手無策了，強闖當然能闖進去，但那樣就會有無窮無盡的麻煩。戰傳說擔心自己所取的方向並不是與小夭同一個方向，那樣他被糾纏住了，小夭豈不是很危險？

戰傳說只好在無妄戰士的目光下退出了一段距離，心頭急躁得很。

就在他心神不定、無計可施的時候，忽聞銅雀館的後方殺聲大起。

戰傳說一聽殺聲大作，心跳頓時加快，只恐小夭也在那邊，他再也沉不住氣，立即向那邊趕去。

戰傳說趕向那邊，由一條橫向的胡同穿過，沒想到跑出一陣才知是一個死胡同，正待掠身而上，卻聽得頭頂有人高聲喝道：「什麼人？」

抬頭一看，胡同上方兩側屋頂上早已站了數名禪戰士，刀出鞘，箭在弦，看樣子，戰傳說只要應答得稍不如他們之意，就會立即引來刀劍加身。

戰傳說一怔之下，忽然哈哈一笑，彈身而起，自一側的窗戶撞了進去。

那幾名禪戰士見戰傳說舉止異常，頓起警惕之心，一聲招呼，幾人同時躍入胡同裏，見那窗戶已破開一個大洞，立即從那破開處向裏面胡亂放了幾箭。

屋內毫無動靜，幾個禪戰士相互看了看，其中一禪戰士道：「待我去看看。」跑到此屋門前，狠狠地一腳踢出，一下子將門踢開了。

他的腳還未落地，忽然被一隻手扣住，隨即他的整個身軀就被倒提了起來，沒等他喊出聲來，後頸部已中一腳，一下子暈迷過去了。

將他擊暈的正是戰傳說，戰傳說將這人倒提著扔了出去，「砰」的一聲，似乎是撞在了一個櫃子上，「哐噹……」一陣亂響，盆盆罐罐倒了一地。

戰傳說卻痛呼一聲「啊喲……」隨後又叫道，「諒你也奈不了我何！」雙腳四向亂踢，踢得一陣亂響，好像兩人正在屋內打得激烈。

屋外的幾名禪戰士見狀，立即衝了進來，要助同伴一臂之力。幾人剛一進屋，便聽得「啪啪……」幾聲脆響，幾名禪戰士幾乎同時感到後頸一痛，眼前一黑，一下子撲倒在地。

戰傳說就近將腳邊一倒下的禪戰士的衣衫剝了下來，套在自己身上，待穿好時，才發現自己選的這名禪戰士比較瘦小，其衣衫穿在他身上又窄又小，很不自在。

不過，此刻已不是講究這些的時候了，戰傳說拾起一把劍，一步踏出門外，掠上屋頂。隔街那邊的屋頂上也有禪戰士守著，只看了他這邊一眼，就沒有更多反應了，看來戰傳說的這一招

還是有些用處的。

戰傳說急忙向廝殺傳來的地方趕去，這一次順利多了。

遠遠地，只見足足有三百名禪戰士正將一身著紅衣的男子團團圍住，刀槍如林，寒光四射，如潮水般一浪接著一浪地湧向那身著紅衣的男子，而周圍有更多的人正在向這邊聚集。以那紅衣男子爲中心，地上橫七豎八地躺滿了禪戰士的屍體，由此足見這紅衣男子修爲何等可怕。

戰傳說看在眼裏，心道：「難道此人就是千島盟的人？千島盟有此等高手，那麼殺入黑獄也並非不可能了。」

想到殞驚天就是死在千島盟手中，戰傳說雙目盡赤，恨不能立即衝上前去殺個痛快！但當務之急卻是尋找小夭，如果小夭再有什麼三長兩短，他就更是對不起殞驚天了。

舉目四望，所見之人除了禪戰士，就是無妄戰士，哪裡有什麼小夭的身影？

戰傳說不知該如何是好時，忽聞一聲呼哨響過，那些正圍著紅衣男子奮力廝殺的禪戰士忽然一下子閃開了幾條通道，隨即便見幾隊無妄戰士由閃開的通道中閃電般直插而入。

僅憑這氣勢，就足可看出無妄戰士的戰鬥力遠在禪戰士之上。

紅衣男子縱然有天大的本事，經過這一番血戰，也已損耗了不少功力，再面對更加強大的無妄戰士，恐怕就有些吃力了。

就在無妄戰士長驅而入，但還沒有與紅衣男子接實的那一刻，紅衣男子突然沖天掠起，直入數丈高空。

隨即便聽得一陣「嗖嗖……」亂響，突然有無數銀色的光點自紅衣男子身上向四面八方迸射開去。

紅色與銀色相映，又有無數的火把照映，顯得既壯觀又絢麗。

一時間眾禪戰士及無妄戰士都看得有些呆住了，眼睜睜地看著那無數的銀色光點向四面八方落下。

當那銀色的光芒落下時，突然間燃起一簇小小的火焰，火焰雖小，卻如附體之蛆，無論是落在什麼地方，都立即燃起，而且根本揮之不去。

一時間，地上、禪戰士及無妄戰士的兵器上、身上、臉上皆有一簇簇的火焰燃起。落在肌膚上的銀點燃起的火焰不但揮之不去，而且即使以手掌撲打，也無法撲滅，霸道至極。人群頓時亂如沸粥！

戰傳說忽見紅衣男子有如一團紅雲般飄然掠起，向自己這邊而來，借眾人混亂之際，已在頃刻間掠過了驚人的空間距離，一下子將包圍圈突破了。

「來得好！」戰傳說暗叫一聲，他決定在此等候著紅衣男子。

那紅衣男子如入無人之境，瘋狂殺戮，戰傳說心頭不平，眼見對方已突出重圍，心忖：「我便在他自以為得逞的時候給其當頭一擊！讓他知道休想在樂土進出自如！」心頭不由浮現四年前父親決戰千異的情景，頓時熱血沸騰。

眼見紅衣男子越來越近，戰傳說悄然握緊了拾來的那柄劍。

孰料就在這時，忽聞有人尖聲叫道：「千島盟狗賊，償還我爹命來！」

赫然是小夭的聲音！

但見小夭竟自街側的一間店舖裏掠出，手持一柄利劍，自斜刺裏殺向紅衣男子。想必她潛行至此後，就再也無法更接近銅雀館了，只好在此守候，紅衣男子的出現，正好被她候了個正著。

戰傳說心頭倏沉，暗叫一聲：「不好！」大急之下，赫然已將自身修為在極短的刹那間提升至極限，如一隻巨鳥般凌空掠起，驚天動地般大喝一聲：「千島盟狗賊受死！」

這一刻，戰傳說身法之快，已是匪夷所思，那一聲霹靂般的暴喝，更顯其超越一切、凌壓一切的絕強聲勢。

眾禪戰士、無妄戰士忽見有一禪戰士凌空撲至，有如天神，無不驚得目瞪口呆，一時怎麼也不明白在禪戰士當中，竟會有如此人物。

戰傳說掠進之速快捷無匹，那紅衣男子也不慢，當小夭甫一出現時，他已然動了。

面對小夭當胸刺至的利劍，他根本不閃不避，劈手輕易破入小夭的劍勢籠罩範圍內，掌勢吞吐之間，小夭只覺手中之劍突然產生了一股極大的不可駕馭的力量，小夭「啊……」的一聲低呼，手中之劍已被紅衣男子奪了過去。

紅衣男子毫無憐香惜玉之心，先奪小夭兵器，旋即駢掌如刀，疾斬向小夭前胸。

小夭根本避無可避，就在這時，戰傳說驚天動地的暴喝聲與極強劍氣同時逼進，空前強大的殺機全速席捲向紅衣男子！

紅衣男子頓知自己已遇上了一個絕強的對手，此人修爲比他方才所遇到的所有對手都要高明。

更讓他不能不正視的是戰傳說那不達目的誓不甘休的氣勢！他又豈知對戰傳說來說，如果這一刻不能自其手下救出小夭，戰傳說將永遠無法原諒自己？

然而紅衣男子骨子裏亦有不達目的誓不甘休的性格，殺不殺小夭對他來說，並沒有太大的區別，但他既然本已出手要殺小夭了，就決不希望有人能迫使他改變主意！

若是他自己的決定，他可以立即放過小夭，但若是有人試圖將小夭救起，反而更會激起他非殺小夭不可的決心！

可惜，戰傳說並不知道這一點。

紅衣男子一聲冷笑，由小夭手中奪來的劍乍起倏落，起落之間頓時予人以風雲變幻、詭異莫測之感，劍芒有如匹練一般，因爲它的速度太快了，以至於在虛空留下了大片短暫的光幕。

而他擊殺小夭的左掌忽然化陽爲陰，翻腕內撤，由此憑空產生一股強大的內吸之力，氣旋

赫然將小夭吸扯得向他這邊跌撞過來。

在同一時刻，他在應付戰傳說這等級別的驚世高手時，還要分神對付小夭，若不是太過狂妄，就是有過人之處了。

紅衣男子決不肯放過小夭的舉措，使戰傳說極驚極怒！他恨不能立即將那紅衣男子一劍洞穿，救下小夭！

驚怒之中，戰意空前高漲，空前高漲的戰意立時激發了隱於他體內的炁兵「長相思」的強大劍意！

「長相思」的劍意被催發，戰傳說周身銀芒乍現，就像在刹那間爲戰傳說披上了一件銀光皚皚的戰甲，備添無限威武，情形壯觀而驚人。

眾禪戰士、無妄戰士目睹這一情景，無不目瞪口呆。

周身銀芒甫一出現，立即向戰傳說的右臂湧去，有如銀潮急退。

「嗡……」的一聲，猶如鳳鳴般悅耳清越的顫鳴聲，戰傳說隨手拾來的一柄劍迸現奪目豪光，赫然已化爲一柄薄至似可透視而過，通體泛著不凡光彩的奇劍！

自負得近乎目空一切的紅衣男子在那一刹那間，竟也不由閃過驚愕之色。

驚天動地的暴響聲中，以兩劍相接爲中心迸射出萬丈光芒，將夜空照得更亮，一股空前絕後的強大氣場迅速席捲了全場，其巨大的吸扯力令禪戰士難以立足，紛紛如敗革般撲身跌倒，場面一片混亂。

一般的禪戰士、無妄戰士此時眼前已白茫茫的一片，什麼也看不清了。

唯有戰傳說能夠看見那紅衣男子左肩倏然血箭標射，並立即在無儔劍氣中化爲血霧——他赫然已爲炁化「長相思」所傷！

但與此同時，小夭亦已被他吸扯得身不由己地跌撞進他的懷中，被他攔腰抱住，兩人一起順勢倒飄而出。

紅衣男子終爲他的輕敵付出了代價！

也許他根本沒有料到戰傳說已至擁有炁兵之境，所以難免有些輕敵。

戰傳說見小夭落入了對方手中，立時驚出一身冷汗，大喝一聲：「放下人，可以饒你不死！」

話音未落，那紅衣男子手一揚，突然有一顆銀球向戰傳說疾射而來，戰傳說絲毫不懼，揮劍便擋。

「砰……」的一聲，銀球突然爆開，化爲無數的粉末，並黏在了戰傳說的衣服上，產生大量的濃煙，一下子遮擋了戰傳說的視線。

戰傳說先是拍打，卻無濟於事，紅衣男子正是要借此手段脫身！

戰傳說頓時無法再追逐紅衣男子，大急之下，一把撕下身上的衣裳，隨手一扔，這才擺脫了困境，視線不再受阻擋。可是，那紅衣男子與小夭早已無影無蹤。

戰傳說一顆心如墜千年冰窖，奇寒無比，偏偏這時候有兩名禪戰士見戰傳說武功奇高，不像是真正的禪戰士，不識趣地上前攔住戰傳說想要盤問。

「喂，你是……」「什麼人」三字尚未出口，便聽得「啪啪」兩聲脆響，已然被戰傳說各摑一掌，而且戰傳說的手法還用了巧勁，非但使那兩人臉上火辣辣地痛，更如騰雲駕霧般的飛了出去，撞了個七葷八素。

等他們又怒又恨又驚、罵罵咧咧地爬起身時，再一看，戰傳說早已不知去向。

戰傳說以最快的速度極速掠走，周圍的人與物都因爲他的速度太快而模糊成了光與影，他的目光四下掃視，一味狂奔疾掠，卻一言不發，樣子著實有些可怕。

可是人海茫茫，偌大一個禪都，一旦失去了紅衣男子與小夭的蹤跡，想要再重新找到，談何容易？

也許，戰傳說追蹤的速度越快，與小夭二人的距離反而越遠！

戰傳說一口氣馳掠出好幾里之外，隨後又另擇了一個方向，飛速掠走。

如此一連改變了幾個方向，戰傳說也不知跑了多少路，絕望之餘，感到極度的疲倦，恍惚中，有一種靈魂出竅的虛脫感覺，他終於停了下來，在街市中心站定了。

這是一個陌生的地方——對戰傳說來說，整個禪都大部分都是陌生的，而此時，戰傳說已分不清這是在銅雀館的什麼方向了。

也許這兒離銅雀館有些距離，所以相對平靜許多，連夜市裏的攤販店鋪都還在如平日一樣招攬客人。

戰傳說怔怔地站著，望著身邊走過的人，每一張臉都是那麼陌生。

「有沒有見過一個身著紅衣的男子帶著一個年輕姑娘由這兒經過？」戰傳說攔住了一個脖子上掛著一大串面具的大個子的中年男子問道。

他已記不清自己究竟攔下了多少個人問了這個同樣的問題了，換來的全都是一無例外地搖頭不知。

戰傳說見那中年男子一時沒有作聲，便失望地道：「多謝了。」轉身又攔住了一個身穿長褂、高挽髮髻的老者，「老人家，你有沒有見過一個身著紅衣的男子帶著一個年輕姑娘由這兒經過？」

那老者上上下下地打量了戰傳說幾眼，忽然神秘一笑，「年輕人，你問老朽算是問對人了。」

戰傳說眼前頓時一亮，一把拉住了那老者的衣袖，連聲道：「快告訴我，他們去了什麼地方？」

那老者道：「老朽卜卦、測字、紫微斗數無不精通，無論尋人尋物，向來算無遺漏……喂，等等啊，年輕人！若是不靈，你就唾我一口。」

戰傳說早已走遠了，他現在是連生氣的力氣都沒有了。

「這位兄弟有沒有見過一個身著紅衣的男子帶著一個年輕姑娘由這兒經過？」戰傳說走到一個倒叉著腰、呆板地站在路旁的一個精瘦男子身後問道。

那男子慢慢地轉過身來，就這麼一個簡單的舉動，竟讓他一個踉蹌。他目光定定地看著戰傳說，忽然齜牙一笑，「這位仁兄的……的女人也……也被人拐跑了？嘿嘿嘿，我看兄弟長得……一表人才，怎也落得……落得與我麻七……一樣的下場……」

陣陣酒氣撲鼻而來，戰傳說暗自嘆了一口氣，轉身就要走，卻被那醉漢一把拉住了。

「別……別找了，你不可能找得到了。」醉漢道。

戰傳說嘆了一口氣，「是找不到了，可我必須找！」

「要找丟失了的女人，只有……只有一個地方可以……找到，那就是酒……酒中。兄弟沒有……聽說過『酒中自有顏如玉，酒中……自有黃金屋』嗎？來來來，你我好好地痛飲幾杯，喝得開心了，就什麼都忘了。」

「酒……」戰傳說喃喃道。

就在戰傳說所站立的街對面的酒樓二樓臨窗的桌前，坐著兩個人，一男一女，男的俊美至極，那女子十分的年輕貌美，只是一臉的憤憤不平。

正是小夭與擄掠了她的紅衣男子，只是此刻那男子不再穿紅衣了，而是換成了一襲白衣，由視窗正好可以居高臨下地望向戰傳說那邊。

「他對妳算是有情有義了，如瘋了般在禪都找妳。」那男子看了小夭一眼，笑著道。

小夭緊咬雙唇，默不作聲。

「妳是不是很想說話，很想告訴他我在這兒？」那男子的聲音不高，柔和平緩，又笑意盈盈。

「可我不能讓妳開口，我已受了傷，雖然這點傷算不了什麼，可妳的男人的劍法實在了得，在我受傷的情況下，我沒有把握能贏他。」

小夭的啞穴已被封了，她根本就無法開口，只能在心裏默默地道：「戰大哥不是我的男人──可我希望是……」

「妳的模樣長得還不錯，他當然有些捨不得，不過用不了多久，他就會忘了妳的，男人換女人，就像換衣衫一樣，剛才我所穿還是紅的，現在已換成白色的了。」

小夭在心中道：「戰大哥決不是那樣的人！」

「妳看，他竟進了對面的酒肆。哈哈哈……他此刻竟然還有心思飲酒作樂！現在妳該相信我說的不無道理了吧？」那男子說著，用手摸了摸小夭吹彈得破的臉頰，邪邪一笑。

小夭除了用目光狠狠地瞪他一眼外，竟不能做任何反抗。

「那女子既然不是……不是你的女人，你又何苦……到處找她？」戰傳說竟與那醉漢同坐在一張桌前，桌下已擺了好幾個空酒罈子。

戰傳說的話也有些含糊不清了：「她不是我的女人，卻是我的……朋友。」

「好，好，爲朋友乾……乾了這碗。」那醉漢早已趴在了桌上，卻還能摸到酒碗，又喝了一碗之後，醉漢幾乎就要癱坐在桌下了。

「若是她有什麼意外，我……我該如何是好？」戰傳說也不知是對那醉漢說，還是在自言自語，他也把一碗酒一口喝盡了。

「戰傳說?!」忽然有人喊了一聲。

戰傳說一怔，循聲向喊他的那邊望去。

他的目光本是已有些醉意迷離，但此時卻在極短時間內重新變得那麼明亮而銳利！

他所透發的凌然氣勢，連本已醉如爛泥的醉漢也莫名地打了個激靈，酒一下子清醒了不少，吃力地抬起頭來，望著忽然間像是變了個人似的戰傳說，怔住了。

戰傳說的目光已落在了說話者的身上，卻是一個酒倌模樣打扮的人，被戰傳說如此凌厲的目光一望，他不由嚇了一跳，臉色頓時有些發白了，結結巴巴地道：「你……你就是戰……戰公子？」

戰傳說見此人根本不像是武道中人，大失所望，但還是點了點頭。

那酒倌趕緊自懷中取出一封信箋，上前走近戰傳說，雙手奉上，道：「這是一位公子讓小的把它交給戰公子的。」

戰傳說目光倏然一跳，沉聲道：「是不是有一個年輕女子與他在一起？」

「是……」

那酒倌還沒有說完，戰傳說立時打斷了他的話，急切地道：「他們現在何處？」

「已離開小店有些時間了，他們本是在對面小的店裏飲酒的。」

戰傳說幾乎就要立即衝出門外，但最終卻還是沒有動，反而慢慢地坐了下來，因爲他知道對方既然敢讓這酒倌把信交給他，就必然是胸有成竹，決不會讓戰傳說找到他，除非對方有意要見戰傳說，如果是這樣，那戰傳說更沒有著急的理由。

戰傳說盡可能地讓自己冷靜，他將那封信箋慢慢地展開，目光掃過，只見上面寫道：

「戰傳說，要想帶回你的女人，七日之後卯時前至祭湖湖心島與我一戰。七日之內，我不會傷她分毫，七日之後能否帶走她，就看你能否勝我。我不願看到任何人與你同至祭湖湖心島，除非你可以不顧你女人的性命！」

下面沒有署名。

戰傳說慢慢地將書箋收好，默默地坐了一陣，那酒倌見他神色有些不尋常，早就悄然退了出去，只怕給自己招來什麼禍端。

其實，此時戰傳說的心裏多少踏實了些，對方既然與他約戰祭湖，那麼無論對方的動機何在，或是其中是否有陰謀，至少他還有機會與對方相見。戰傳說最擔心的就是永遠也沒有機會再追尋到那紅衣男子的下落。

既然別無他策，就只好再等七日了。

戰傳說忽然想起了什麼，霍然起身，卻見那醉漢已軟倒在地，鼾聲大作，他便付了酒資，這才離開。

所取方向，正是銅雀館。

戰傳說以為那紅衣男子是千島盟之人，所以他希望從其他千島盟的人那兒有所收穫，最好能探明此紅衣男子動機何在。戰傳說心中盼望那千島盟的人此刻還沒有被困殺殆盡才好。

沒想到當他接近銅雀館時，忽聞馬蹄「得得」，有一隊無妄戰士自正面而來，隊形整齊，不再如先前那般風馳電掣，不難猜測銅雀館的廝殺已結束了。

那隊無妄戰士分成兩列，將街上的行人向兩側驅趕，不過倒不魯莽，只是大聲地吆喝。

這一隊無妄戰士之後，又是一隊人數更多的禪戰士，足足有四五百人之眾。待禪戰十過後，卻見一輛玄鐵囚車在天司危府的人馬的嚴密看護下，向這邊而來。

囚車中的人，赫然是千島盟盟皇駕前三大聖武士之一的暮己！

暮己被擒，其他在銅雀館中的千島盟的人，其結局自是不言而喻。這一次天司危一網打盡在銅雀館中的千島盟人的意圖，還是實現了。

此時本應已是夜深人靜的時候了，但因爲銅雀館之亂，周遭這一帶的人何嘗有半點睡意？這時都紛紛自門窗探身張望，指指點點。

被擒的是千島盟之人，這對與千島盟素有積怨的樂土人來說，自是大快人心。

戰傳說也被無妄戰士驅趕至街邊，他心中不由想到了紅衣男子，忖道：「那人若是知道他的同伴被擒，會不會設法相救？」

此念未了，忽聞「轟轟」兩聲驚天巨響，街道兩端難分先後地沖起一股濃煙，濃煙中，街道兩端拐角處的房屋突然轟然倒坍，倒向了街面。

猝不及防之下，頓有數人死傷，其中既有禪戰士，也有尋常百姓。

街道兩端的路一下子被封死了。

戰傳說在第一時間心中閃過的念頭，就是千島盟的人來救被押於囚車中的人了！

果不出他所料，巨響之聲尚未完全消逝，便見有幾道人影如巨鳥般凌空掠向長街，直撲囚車所在。

其中有一人極爲消瘦，動作卻快逾驚電，一眼便可看出此人修爲遠在另外幾人之上。

與此同時，遠處傳來高呼聲：「護衛天司危大人，速擒刺客！」

看來千島盟的人在襲擊囚車、準備救走暮己的同時，又安排了人手襲擊天司危。

天司危位高權重，他受了襲擊，無妄戰士、禪戰士不能不全力保護，如此就可以讓他們首尾難以兼顧。而長街兩端道路被封堵，又可以限制已走過長街的無妄戰士、禪戰士的回救速度。

突受襲擊，被封擋在長街中的人一驚之下，不少人立即挽弓搭箭，向凌空撲至的襲擊者射去，但卻已慢了半拍，箭矢紛紛落空之時，那極爲消瘦的襲擊者已大喝一聲：「盟皇駕前負終在此，誰人敢攔阻?!」

赫然是與暮己同爲千島盟盟皇駕前三大聖武士之一的負終！

看來，這一次潛入禪都，千島盟盟皇是下了大注，駕前三大聖武士已有兩人先後現身。

那麼，唯一一個尚未現身的小野西樓此時又是否也在禪都？

負終消瘦無比，形如槁枯，讓人感到在他的身上絕難尋到一塊肌肉。而他的劍也與他的人一樣瘦，只有半寸寬，卻予人以極具穿透力的感覺。

就是這個看似一陣稍強的風就可以將之吹倒的人，其劍法在千島盟已處於巔峰之境，笑傲於千島盟劍道已有二三十年。

也不知是因爲貪功，還是其他什麼原因，守在囚車旁的既不是禪戰士，也不是無妄戰士，而是天司危麾下的司危驃騎。而事實上，今夜銅雀館一戰，出力最多的是兩大禪將、禪戰士以及無妄戰士，司危驃騎幾乎一直是守候在天司危的身邊，唯有天司危的心腹人物莊鵲曾與端木蕭蕭、離天闕三人合力血戰暮己。

司危驃騎出力不多，卻擔負起最為風光的押送暮己的任務，倒好似這一戰主要是依借司危驃騎的力量，也不知禪戰士、無妄戰士是否心頭有氣。

若司危驃騎真的是在貪功，那麼這一次，他們可要為自己的貪功付出代價了。

兩大禪將皆不在這條街上，莊鵲自然又是陪伴天司危左右，左近幾乎沒有一個能與負終稍加抗衡的厲害人物，而要等到兩大禪將或是他人趕來援救，已不知局勢如何了。

更何況，此刻很可能天司危大人也受到了襲擊，恐怕一時他們更難抽身。

負終身形未落，已凌空向離得最近的一名司危驃騎刺出一劍。

劍如一抹魔鬼的咒念，看似毫無詭異變化，卻偏偏讓人感到無法抗拒。

那司危驃騎舉刀便擋，刀只揮出一半，便覺眉心處忽然漲漲地痛，並聽到了驚心動魄的利劍與頭骨的摩擦聲。

連哼都沒有哼出一聲，那司危驃騎仰身便倒，氣絕身亡。

負終落穩之後，面對兩杆怒射而至的長槍，不退反進，閃電般斜踏一步，瘦劍幻現一道光弧，直向其中一杆長槍槍尖纏去，「嗡」的一聲，那人只覺虎口一痛，長槍已然被絞得脫手而

飛。

未等他回過神來，一把極瘦的劍已透入了其心臟！他生命最後一刻所感覺到的不是痛，而是沁心涼意。

另一名持槍暴扎負終的人似被負終出神入化的劍法所驚呆了，竟轉身便逃。

不僅是他，其餘守在囚車旁的司危驃騎在負終有如秋風掃落葉般的攻勢下，也一下子沒有了鬥志，哄然四散。

負終一聲長笑，長驅而入，揮劍便要劈開囚車時，突然發現暮己始終是低垂著頭，亂髮披散。

倏間負終心生警兆，暗叫不好，雙足一點，全速倒掠。

剛剛掠起，只聽「轟」的一聲巨響，有如驚天霹靂，整輛囚車倏然炸成粉碎，巨大的爆炸力以排山倒海之勢向負終狂捲而至。

負終只覺眼前驟然一黑，胸口如被千斤重錘狠狠擊中，立時鮮血狂噴，如同斷線風箏般倒飛而出，好不淒厲。

第七章　七日之約

如此突如其來的變故，讓戰傳說也不由大吃一驚。

雖然他與那輛囚車相距頗遠，卻也無比強烈地感覺到了巨大的震撼力。他只覺整個大地都在戰慄，身後街側的屋子更是一陣晃動，塵埃紛紛落下。

當然，對戰傳說來說，他與囚車相距較遠，又有無比深厚的內力，所以囚車的爆炸力對他幾乎是毫無影響。

但對眾司危驃騎來說，可就沒有這麼幸運了。

這顯然是天司危佈下的一條妙計，也許那暮己早已死了，天司危卻故意將其屍體裝上囚車，暗中在囚車裏裝滿了硝石等爆炸物，只等千島盟的人前來相救，立即引爆。

負終明知敵眾我寡，要救暮己十分困難，精神難免高度緊張，如此一來，反而只顧思忖如何殺敵救出暮己，卻忽視了其他的事，更何況暮己所坐的囚車只讓暮己露出一個頭部，又是在夜

裏，一時間負終如何能分辨得清？

他們的人能夠接近這裏已很不容易了，更不可能有時間細加分辨，否則一旦在襲擊還沒有開始之前就被對方發現，便再無突襲之效，而他們力單勢孤，唯一的機會就是突襲！所以，只要千島盟的人有救暮己的打算，幾乎就不能不上天司危這個當。

現在看來，在囚車周圍安排天司危的人，而不是禪戰士或無妄戰士的原因，應該不是司危驃騎貪功，而是天司危知道，要想利用這一方式除去千島盟的人，守在囚車旁的人勢必會冒很大的風險，過早逃開會讓千島盟的人起疑。在明知很快就有滅絕性的巨爆的情況下能儘量保持鎮定，這一點，司危驃騎顯然比禪戰士、無妄戰士更可靠，因爲他們是天司危的人，沒有理由不爲天司危誓死效命。

爲了盡可能讓負終接近囚車，這些司危驃騎無疑冒了極大的風險，直到最後一刻才抽身逃離。所以，在囚車巨爆轟飛負終的同時，也有數名司危驃騎受了重傷，輕傷者則更多。

饒是如此，天司危此計仍可謂是大功告成，因爲千島盟折損的可是三大聖武士之一的負終！

長街先是兩端發生爆炸，接著又是中場地帶，雖然製造者是截然對立的雙方，但卻一樣地造成了混亂。

無論怎麼說，千島盟這一次行動，已失敗了一半。

眾司危驃騎眼見負終已被轟得如敗革般倒下，無不精神大振，一時間全然不顧他們自己損失也夠慘重的，立即蜂擁而上，將負終所帶領的七八名千島盟的人團團圍住。

負終卻並沒有就此死去，他被可怕的氣勁震飛出老遠之後，重重地撞在了街邊的一棵樹上，這才止住去勢，頹然墜地。

墜地之後，負終竟還能以劍拄地，吃力地支撐起身子。

未等他站穩，已有一槍一劍呼嘯而至。

司危驃騎恨他出手狠辣，一個照面間就已斃殺他們兩名兄弟，此刻負終受了重傷，他們自然也毫不客氣。

負終渾身浴血，連雙耳、口鼻都有鮮血流出，加上他本就極爲消瘦，這番情景，實是讓人不忍多看。這一刻，負終已只能憑著一名絕世劍客只可意會不可言傳的敏銳直覺以及超人的悟性，來應付對手的全力一擊了。

對負終而言，若在平日，這樣的攻擊對他絲毫構不成威脅，但此刻卻是不同，看他的情形，連站立都有些困難了。

負終不敢與兩名司危驃騎硬接，他那極瘦極窄的劍在虛空劃過了一個極小的弧度，似刺似封，卻已破入其中一人的劍勢籠罩範圍，劍身一壓倏揚，以極爲刁鑽的角度自下而上穿入那持劍者的下頷。

戰傳說不由也爲之嘆服不已，負終傷勢如此之重，竟還能在一招之間就挫敗一人，實不愧爲千島盟盟皇駕前三大聖武士之一。

但那司危驃騎也著實兇悍勇猛，臨死前，竟一把抓住了已刺入他下頷的劍！

負終奮力一抽，隨即劍鋒回掃，蕩向正當胸扎至的長槍，劍式依舊是妙至毫巔，但速度與力道都大打折扣了。

「噹……」的一聲金鐵交擊之聲響過，負終竟未能將長槍完全封開！那司危驃騎信心大增，竟以槍作棍，以全身力量橫掃過去，顯然是覷準負終受了重傷後內力大打折扣，要強打強拚。

這一方式雖然不夠磊落，卻絕對有效。

負終「嗖嗖嗖嗖」連刺四劍，竟然迫得那司危驃騎連退四步，頓時驚出一身冷汗。

若在平日，他早已人頭落地，但此刻卻是有驚無險，負終一連刺出四劍後，真力難以爲繼，不得不放棄一劍定生死的機會，後撤了一步。

那司危驃騎得理不饒人，奮起生平最高修爲，將手中的長槍舞得如同風車一般，向負終席捲過去。

也許是受到千島盟三大聖武士之一者即將亡於他手中這件事的鼓舞，他顯得無比的興奮，更顯勇猛。畢竟，殺負終這等級別的高手，對於他這樣的平凡人物來說，可以說永遠都是遙不可及的夢想，他連挑戰負終的資格都沒有。

眼見一代劍客就要深陷於如此毫不體面的廝殺中而無法自拔時，忽然間，有一道人影如鬼魅般閃入負終與那司危驃騎之間，旋即只聽得那司危驃騎一聲悶哼，已翻滾跌出，在地上一連滾出丈餘距離，一陣抽搐，赫然就此死去。

場中已多出一人，立於負終身旁。

戰傳說先是一驚，隨即認出此人！這人臉色蒼白，目光陰沉深邃，有如鷹隼，赫然是驚怖流門主哀邪！

既然先前在天司祿府，戰傳說曾遭遇了驚怖流兩大殺手「青衣紅顏」中的斷紅顏，那麼此刻於這兒見到哀邪也自在情理之中了。

看來，哀邪已是死心塌地投靠了千島盟。

當年驚怖流雖然是邪魔之道，但畢竟還是有一絲骨氣，連不二法門這樣勢壓蒼穹的力量，他們也不甘屈服！

昔日驚怖流門主與不二法門元尊七戰之後方被元尊所殺，如今的驚怖流與當年卻是大相徑庭，休說千島盟盟皇，就是盟皇駕前的聖武士，都可以對哀邪頤指氣使。由此看來，哀邪不但武道修爲未達到龍妖的境界，連其他方面也遜色不少。

哀邪救下負終後，道：「聖座受驚了。」

負終竭力使自己吐字清晰平穩：「爲何你帶的人馬到此時才……出手？」

哀邪陰陰一笑，「因爲哀邪太相信聖座的修爲了，我本以爲只要聖座出手，就可以馬到成功的。」

「住嘴！快讓小野公子與我們一起後撤！他們……他們早有防備！」

「後撤？事到如今，要後撤談何容易？」哀邪又陰陰地一笑，忽然道，「要後撤，就須得有人掩護，聖座劍法卓絕，唯有聖座方能擔當此任，一切還要有勞聖座了。」

說話間，他突然猝不及防地向負終擊出一掌。

負終無論如何也不會料到哀邪會向他出手，根本沒有閃避的機會，已然中掌。

其實就算他有所防備，在已身受重傷的情況下，他也同樣無法避過哀邪的這一掌。

這一變故，無論是司危驃騎，還是千島盟的人，抑或是旁觀的戰傳說，都是大爲愕然，怎麼也想不明白哀邪竟會突然向負終出手！

驚怖流久未在樂土露面，司危驃騎識不得哀邪，都把他當做是千島盟之人，自是對千島盟的內訌感到既驚且喜。

哀邪一掌擊中負終之後，立即抽身倒掠，駢指成訣，劃太極圖軌跡，祭起咒語：「紫微大帝，北極天神，八洞天丁，五嶽獰兵，大統大將，水火九靈，七曜七宿，黑殺天蓬，隨法隨敕，入吾印中，急急如律令！」

負終被擊中一掌後，非但沒有倒下，在哀邪祭起無情咒語後，周身骨骼忽然發出可怕的咯咯聲。本是極爲消瘦的身軀此刻竟在短短的時間內變得高大了不少，全身肌肉鼓漲，經脈如古藤般可怕地凸起，似將掙破肌膚的束縛，生生爆裂！

他的五官亦扭曲得可怕，說不出的猙獰，眼中透出駭人的光芒。

此刻，在負終身上，一代卓絕劍客的超然風範已蕩然無存，站在眾人面前的，則是一個形如鬼魅的負終！

「……天柱天時，天王天丁，二十八宿，十二時將軍，月使者，日神童，隨法隨敕，入吾印中！」負終發出一聲有如鬼哭神泣的厲嘯，瘋狂撲向一名司危驃騎。

「三皇咒！」

戰傳說頓時閃過一個念頭，已明白了眼前的一幕究竟意味著什麼。

「三皇咒」乃驚怖流極爲霸道的魔技，一旦爲「三皇咒」擊中，立時妖氣噬魂，遇血而作。被「三皇咒」擊中者的所有生命潛能在短時間內完全激發，並且比平日強大逾倍，而且喪失理智，平添無數殺戮之氣，形如擇人而噬的魔獸，十分可怕。

而更可怕的是，被「三皇咒」控制的人，一旦再傷了他人，只要對方傷口出了血，那麼「三皇咒」亦將入侵此人體內，使之成爲第二個瘋狂可怕的殺人工具！

如此周而往復，除非有人將第一個身中三皇咒的人在他尚未殃及他人的時候就將之擊殺，

否則後果不堪設想。

戰傳說見哀邪竟以三皇咒加諸負終身上，對哀邪的用意頓時猜到了幾分。哀邪定是見千島盟的行動已注定失敗，而且很可能要全軍覆滅於此，正如他所說，除非有人掩護其他人撤退，而負責掩護之人的修爲必須很高，否則也無濟於事。所以，哀邪便想到了以三皇咒加諸負終的身上，讓負終成爲一個瘋狂的殺人工具，雖然最終負終必然會因耗盡所有生命潛能而死，但也許能爲哀邪的脫身爭取一定的時間。否則負終已受了重傷，非但起不了太大的作用，反而會拖累其他人。

哀邪的打算或會收效，但能夠作出他這樣冷酷的決定的人，卻決不會太多。

戰傳說意識到有些不妙，若不及時制伏負終，將會釀成惡性循環，必有越來越多的人因爲三皇咒而成爲瘋狂的殺人工具！

雖然戰傳說對冥皇極爲不滿，但在樂土與千島盟的爭戰之間，他還是毫不猶豫地站在了樂土的立場上。更何況還有殞驚天之死，以及戰傳說誤以爲是千島盟所爲的小夭被擄掠一事。

戰傳說本待截殺哀邪，但轉念一想，又改變了主意，閃身與一名司危驃騎錯肩而過時，低聲道：「借劍一用！」

還沒等那司危驃騎回過神來，手一麻時，駭然發現劍已在戰傳說手中。

戰傳說有如在水面上滑行標射般長軀直入，直取負終，並朗聲道：「哀邪，有我戰傳說在此，你的計謀就休想得逞！」

聲音並不甚響，卻已傳遍全場，自也為哀邪聽得清清楚楚。

在哀邪與小野西樓一同攻入隱鳳谷時，哀邪就已見過戰傳說，不過並不知戰傳說的身分，只是後來才知所謂的「陳籍」的真實身分。

哀邪初時也沒有留意到戰傳說的存在，畢竟千島盟處於不利局勢，哀邪也不免高度緊張，無暇旁顧，所以當戰傳說突然出現的時候，哀邪也不由大吃一驚。

不過，吃驚歸吃驚，哀邪並不擔心。他所瞭解的戰傳說，還是在隱鳳谷中的戰傳說。他雖然依附於千島盟，但千島盟大盟司並沒有把與戰傳說一戰的情形告訴他，所以哀邪對戰傳說實力的估計並不準確。

縱是如此，哀邪也不願與戰傳說正面交鋒。他本就是為了能全身而退才以「三皇咒」加諸於負終身上，又豈能因為戰傳說的出現而改變計畫？

當然，如果在負終受了重傷後，哀邪不現身，也同樣有脫身的機會，但如此一來，負終及其所率領的人馬將很快被消滅，那麼司危驃騎就可以早早抽身支援被襲的天司危，那襲擊天司危的小野西樓想要脫身突圍，就十分困難了。

若最終的結果是盟皇三大聖武士無一生還，唯獨哀邪平安無事，千島盟盟皇會不會遷怒哀邪，認爲他沒有與聖武士一樣全力以赴？

這是哀邪最擔心的事，而且也是極可能成爲現實的事。雖然他已投靠了千島盟，但與三大聖武士與盟皇的密切關係相比，他畢竟要疏遠一些，難保盟皇不厚此薄彼。

所以，不得已之下，哀邪只有採取了捨卒保車的方式，以一個已受了重傷，本就難以突圍的負終爲代價，爭取爲小野西樓創造更多的脫身機會。

不過，哀邪自己心裏也明白，就算最後小野西樓能夠脫身，這一次千島盟也算是栽了個大跟斗了。

哀邪不敢多作逗留，面對戰傳說的突然出現也無暇理會，一言不發，自顧彈身掠走，前去助小野西樓突圍。

小野西樓襲擊天司危的目的當然不是擊殺天司危，僅憑天司危自身的修爲，要想殺他亦十分困難。小野西樓的襲擊，只是爲了吸引大冥人馬的一部分力量，爲負終救暮己爭取更大的機會而已。

戰傳說眼睜睜地看著哀邪脫身離去，卻已無暇分身攔截。

本已將油盡燈枯的負終在「三皇咒」的催發下，突然爆發了不可思議的戰力，一聲低吼，驀然一劍揮出，劍氣排空，所向披靡，大有摧枯拉朽之勢。

可惜四名司危驃騎還沒有明白是怎麼回事時，已在無儔劍氣中被生生攔腰斬作兩截，瞬間斃命，情形慘烈至極。

一個已傷得如此重之人突然再度爆發驚人的戰力，實是出乎四司危驃騎的意料，他們本以爲千島盟大勢已去，難免有所鬆懈，以至於已然喪命，還未明白是怎麼回事。

眼見負終一劍之間便已擊殺四人，所有的司危驃騎都驚呆了。

戰傳說大吼一聲：「所有的人全部退開！此人已中了邪功『三皇咒』，戰力驚人，由我來對付！」

眾司危驃騎這才回過神來，「嘩」的一下子向四周退去，任由戰傳說來對付負終。

直到此時，眾人才突然覺得「戰傳說」此名字好不耳熟，一轉念，有幾人猛然想起戰傳說乃四年前與千異決戰龍靈關的戰曲之子！

「但戰傳說不是在不二法門靈使的追殺下身亡了嗎？」不少人心中同時閃過這一念頭，大惑不解。

不過，既然此人甘爲司危驃騎抵擋負終總不是什麼壞事，眾司危驃騎正好可以專心對付與負終一同發動襲擊的千島盟弟子。

司危驃騎的人數倍於千島盟弟子，一旦拋開了負終的牽制，司危驃騎很快就將倖存的六七名千島盟之人分割包圍了，每一個千島盟之人都要面對數倍於他的司危驃騎，轉眼間便陷入了苦苦支撐的局面，並不時有千島盟之人倒在亂刀之下。

戰傳說應付得卻沒有這麼輕鬆。

負終的劍法本就已臻登峰造極之境，單論劍法，戰傳說以尚未大成的「無咎劍道」與之相比，並不能占上風。再論內力修爲，戰傳說雖有浩瀚如海的涅槃神珠的力量可以挖掘，但如今尚還未能全面發揮，而負終因「三皇咒」之故，卻是以耗盡生命力爲代價，在短時間內，他的功力甚至比未受傷時還要高強！

更可怕的是，負終根本不畏生死！此刻，在負終的腦海中，已沒有敵我，沒有智謀，沒有畏怯……唯一有的只是瘋狂的戰意！

戰傳說堪堪趕至，立足未穩，便有驚人劍芒倏閃，負終已向他當胸刺出一劍。

這一劍，真正地將一往無回的氣勢發揮得無以復加！

決不繁雜多變的一劍，卻因爲有這一往無回的氣勢，而讓人心生不可抵禦之感，仿若所有的生機都將在這一劍之下被切斷、竭止。

戰傳說以不變應萬變，立時祭出「無咎劍道」中的第四式「剛柔相摩少過道」！

「砰……」一聲巨響，雙方劍未相接，強橫劍氣已先一步正面相接，勁氣四溢，戰傳說只覺一股強大得無以復加的氣劍由劍身傳至，不由爲之一驚！

若不是親眼所見，他真難相信自己所面對的就是方才還傷得連站立都有些困難的負終！

由此足見三皇咒的可怕！

戰傳說第一時間順勢而發，劍如遊龍驚電閃掣飄掠，頃刻間不知變幻了多少角度，既及時封住了對方的迫進，同時亦借此瓦解了凝於劍上的無儔氣勁，一舉兩得。

這正是「剛柔相摩少過道」的玄妙之處，能借敵之力以禦敵，縱然對方攻勢再如何可怕，只要將「剛柔相摩少過道」運用得當，就能以自身的極少損耗一一化解對方的進攻。

戰傳說雖然並非對「三皇咒」知根知底，但他以常理推測，斷定「三皇咒」雖然可以將人突然變得無比強大，但對人的精氣元神的損耗卻極大，決不可能常久持續下去，而應是只能維持一段時間。因此，戰傳說並不願與負終強拚，而只想避其鋒芒，並設法損耗他的內力，時間久了，負終所中的「三皇咒」必然不可能一直使其如此強大，屆時，戰傳說便可以穩操勝券。

戰傳說的策略可以說是十分得當的。

而負終已根本無法看透戰傳說的用意，他已不再是那個智勇雙全的聖武士，此刻其靈魂之中只剩下瘋狂戰意，而不復有往日的智慧。

所以，一擊未奏效，他的第二劍已接踵而至，不給戰傳說有絲毫喘息的機會。

戰傳說如法炮製，復以「剛柔相摩少過道」相擋。如此負終一連搶攻五劍，一劍比一劍凌厲瘋狂，戰傳說一一以「剛柔相摩少過道」擋下了。

五劍之後，戰傳說只覺手臂酸麻，內息紊亂，大有真力無以爲繼之感，竟不由自主地倒退

兩步。對方攻勢密如驟雨，且每一擊都是重逾千斤、全力施爲的凌厲之勢，讓人感到負終似擁有無窮無盡的可怕力量。

戰傳說幾乎動搖了自己原先的判斷推測！

五劍之擊未奏效，負終一聲厲嘯有如鬼泣，手中之劍在虛空中劃出一道驚人的弧線後，幻作一道寒光怒射而出，直取戰傳說！

快！狠！準！仿若那已不再是一件兵器，而是一抹無法逆轉的死亡之光。

刹那間，戰傳說忽然感到負終雖然神志全失，狀若瘋狂，但他的劍反而有了生命，有了靈魂，有了感知。

一個人雖然喪失了理智，竟也可以使出如此鬼哭神泣的劍法！莫非，正是因爲他已不再有許許多多繁雜的念頭，不畏生死，不計榮譽，所以更能專情於戰，專情於劍？

這樣的念頭，只是刹那間在戰傳說的腦海中一閃而過。

負終那一劍的威力，儼然攀升至超越他生平所能達到的最高境界！

戰傳說忽然間感到以「剛柔相摩少過道」已難以完全將負終的攻勢化解。更重要的是，在負終空前強大的劍勢下，戰傳說心頭一股莫名劍意被牽引激發，大有不吐不快之感。

戰傳說一聲清嘯，一劍揮出，已然將心中洶湧激蕩的劍意化作驚世劍式！

劍出之時，儼然已有風起雲湧之感，所有的目光全都不由自主地被戰傳說的一劍所吸引，投之於其劍上，彷彿整個蒼穹的中心便是戰傳說手中的劍！

無論是天、地，還是無跡可尋，無處可察，卻確乎存在的「道」，那一剎那間都同時賦予了戰傳說的劍以力量與精蘊，使那一劍揮出儼然有道盡歲月人生無盡真諦之感！

劍出，有如風雲際會，足以令天地變色。甚至，有今夕何夕之恍惚。

負終以生平最具威力的一劍，迎向了戰傳說自心靈揮出的前所未有的絕世一劍！

觀者的呼吸止於一瞬。

雖然無法洞悉其中的所有玄奧，但眾人仍莫不爲戰傳說、負終這一刻所施展的巔峰劍法所深深震懾，心頭竟不由一片茫然，恍惚間已然明白自己即便是窮盡一生的精力，也休想達到這種境界！

那一刻，他們已渾然忘了交戰的雙方誰是他們的敵人，誰是他們的援手，心中剩下的，只有對無上劍道的本能的頂禮膜拜！

雙劍倏然接實！光華迸現，劍氣四溢，奪目光華隱蓋了戰傳說、負終的身形，讓人難以正視。

光華消失之際，卻見戰傳說有如玩偶般被拋飛而起，直至十數丈開外方頹然墜下，眼看即將撞於地上時，方強擰身軀，勉強落地，又後退了一步，才站穩腳跟，口角卻有一抹血跡。

而負終卻半步未退，穩穩地立於當場。只是他的衣衫卻已在無儔劍氣中化爲碎蝶，片片飛離他的身子，顯露出其脈絡虬張、幾近畸形的軀體，他整個身軀在「三皇咒」的作用下已變異得讓人不忍正視。

這一擊，竟是負終占了絕對的上風。

眾司危驃騎這才猛然驚醒過來，意識到本已被他們認爲已受了重傷、唾手可取其性命的負終，已不可思議地擁有了更強戰力，絕非他們所能對付。

若是戰傳說無法支撐抵擋，那麼僅憑司危驃騎的力量，恐怕絕難應付負終，這使他們不由對戰傳說投以更多關切。

戰傳說也是心中暗自倒吸了一口冷氣。

方才一招搏殺之後，戰傳說才猛地醒悟到自己所祭出的這一式，竟是「無咎劍道」中的第六式——天下同歸三極道！

這是戰傳說一直沒有使出的一式，因爲他的父親戰曲先前只是大致地將「無咎劍道」第六式對他解說了一遍，後來，在父親戰曲與千異決戰龍靈關時，戰傳說又親眼目睹了父親使出的「天下同歸三極道」的開天闢地的威力。

戰曲之所以沒有將「天下同歸三極道」悉心傳授給戰傳說，是因爲戰傳說年少時對武道的悟性遠不如桃源其他同齡人，就是「無咎劍道」的前幾式，戰傳說也難有所成，更不用說「無咎劍道」中最具威力也最爲玄奧的第六式「天下同歸三極道」了。

而促使戰傳說此刻使出「天下同歸三極道」的，則是因爲就在一個多時辰以前，他在天司祿府中的那一番經歷。

當時他似若在夢中見到了有桃源之人前往「龍靈關」向不二法門的人索要龍之劍，然後又「目睹」了雙方言語不和，終於拔劍相向的過程，直至最後自己桃源族人擊敗了那身負三劍的第一筌侯。

戰傳說所「見到」的情形，與第一筌侯親身遭遇的事情一模一樣，而第一筌侯不知其來歷的白衣年輕劍客，戰傳說卻一眼識出，那是桃源中比他年長兩歲的歌葉。

歌葉天資過人，是桃源中與戰傳說年歲相仿的人當中最出色者，備受矚目，與當時戰傳說的懵懵無知正好形成了一個鮮明對比。

歌葉最後擊敗第一筌侯所用的劍式正是「天下同歸三極道」，強如第一筌侯如此人物在這一式面前，也無法抵擋，落得慘敗。

當戰傳說「目睹」了這一劍的風采時，心頭深受震動！而如今的戰傳說對武道的領悟力，已非當年可比，那一刻，他大有恍然頓悟之感。在負終空前劍意的牽引下，戰傳說水到渠成般使出了這一式「天下同歸三極道」。

雖然劍式初成，未能發揮十成威力，但也決不容小覷，沒想到的是憑藉初成的「天下同歸三極道」，竟也不能擊敗負終！

戰傳說暗暗叫苦不迭，心忖：若是負終在「三皇咒」的驅使下一直如此強大得匪夷所思，自己還能抵擋多久？

正自思忖間，忽聞奇異而懾人的「咯咯」聲響起，像是有人在狠狠地將一根根骨骼擰斷、捏碎的聲音，並伴隨著「咕咕」之聲，聲音並不甚響，卻讓人感到森然可怖。

戰傳說一怔。

驀地——只聽「噗」的一聲，就像是一個牛皮水袋突然爆開般的聲音中，戰傳說眼前突然暴現一片血光。負終本已鼓漲得扭曲變形的身軀，剎那間竟化作無數血肉拋散虛空，隨後如雨落下，灑落一地。

他那柄又窄又瘦的劍飛入數丈高空後，復又落下，下落的速度不斷加快，「噹」的一聲，那柄劍生生地插入了街面的石縫之中，孤獨地立著。

「三皇咒」已然掏空了負終的所有精元、所有生命力，那最後的輝煌一劍，其實就等若負終以生命爲代價將自己的劍勢推至一個前所未有的高度。

劍勢一盡，他就已是一具空空的軀殼，僅僅加以一指之力，也足以讓他斃命，更何況是雙方糾纏不休、無比強大的劍氣？千島盟一代卓絕劍客，就此灰飛煙滅。

戰傳說上前拔起那柄極窄極瘦的劍，默默地端詳，心頭忽生莫名感慨。

而這時，那倖存的三名千島盟人見負終突然化爲漫天血肉，心頭劇震，一時招法大亂，司危驃騎借這個機會，頃刻間已將三人擊殺於血泊之中。

長街上忽然一下子靜了下來，遠處的廝殺聲則變得更清晰了。

戰傳說的目光終於自劍身上抬起，他竟將負終的劍斜斜地插在了腰間！這無疑等於向千島盟宣告負終是爲他所殺！

千島盟人若知這一點，自會向戰傳說復仇，戰傳說不可能不知道這一點，但他還是這麼做了，他這樣做，自有其用意。

眾司危驃騎見戰傳說此舉，既是驚訝，又是佩服。

一時間，他們已分不清這自稱是「戰傳說」的年輕劍客是不是真正的戰傳說。

天機峰。

在囚禁石敢當的石室中，石敢當正面對一盤智禪珠而坐。

智禪珠在樂土已成了一種點綴物，是爲樂土顯貴爲顯示知書達理、多有智謀而備下的，但禪術在樂土已接近於失傳。

當年玄流的主人悔無夢不甘居於不二法門之下，想要求一捷徑超越法門元尊，最終，悔無夢選擇了參悟禪術，欲借禪術蘊涵玄機無窮、洞徹天地的玄能使自身修爲達到質的突破，但以悔無夢的絕世之資，竟然在苦悟數載之後心殫力竭，稍一不慎便走火魔，魂歸天國。

從此，樂土人對禪術更敬而遠之，唯有極少數人尚在為悟透禪術而徒耗歲月，但卻鮮有進展收穫。

石敢當也曾涉足禪術，但終還是中途放棄了，而今日為嫵月所迫，他不得不勉力而為之。他實在不願看到再有一道宗弟子因為他而死。何況，嫵月要得到天瑞的真正目的何在姑且不論，石敢當也知道天瑞的歸屬必有天意，凡夫俗子決不可能最終擁有天瑞，所以即使能推測出天瑞所在，告訴嫵月也無妨，只要能使道宗暫時免去劫難即可。

只可惜，石敢當雖然已盡了全力，卻仍是無法借禪術推算出即將問世的天瑞所在。

石敢當不由喟然一嘆，忖道：「我若是能察知天瑞所在，那麼當年就能預知自己會為道宗帶來這一場浩劫了，那我早已設法化劫，又豈會任妳魚肉道宗？」

這樣的話自是只藏在石敢當的心裏，並沒有說出口。

嫵月一直在冷眼旁觀，見石敢當如此神色，立時明白了石敢當並不能推知天瑞所在。

她冷笑道：「看樣子，你是無能為力了？你要知道，道宗今日的命運，就是你一手造成的，也許，今天還要因為你而徹底覆滅！」

石敢當道：「我的確無法洞悉天機。」頓了一頓，又道，「我自知有負於妳，若是妳想取我性命，只管下手便是，只要能解妳心頭之恨，我死而無怨。」

嫵月哈哈大笑，好像她遇見了世間最可笑的事：「你一而再、再而三地騙我，我嫵月還會相信你的話嗎？」

石敢當正視著嫵月，「其實妳一定相信我所說的話，是也不是？」

嫵月的笑容一點一點地消失了，眼中閃過又怨又恨又哀之色，她似乎有些動搖了。

「我石敢當死而無怨，只求妳放過道宗，畢竟道宗本與妳無怨無仇。」石敢當又道。

嫵月神色一變，臉上重新浮現出那尖銳的笑容：「求我？哈哈哈……石敢當，你以前從來沒有求過我一次，這唯一的一次，卻依舊是為了道宗而求我，在你的心目中，從來就只有道宗，而沒有其他的一切——包括我嫵月！你應該知道我為什麼要千方百計地瓦解道宗了吧？因為我恨它！如果沒有道宗，我嫵月就不會遭受那麼多的坎坷！」

石敢當長長一嘆，低聲道：「我明白了。」

「不！你永遠也不會真正地明白！」對於此時的嫵月來說，石敢當說的任何一句話她都有要駁斥的衝動。

石敢當也不與之爭辯，而是道：「天瑞乃應劫而生之瑞靈，雖然我不能以禪術將天瑞所在的地方推出，但或許可以以天象推測，若是妳信得過我，我願一試。」

嫵月沉吟了良久，「要觀天象，就必須離開這間石室，但若是沒有這副巧奪天工的鎖具，又怎麼困得住你？我如何能相信你不會借機脫身？」

「很簡單，妳可以現在便廢去我的功力。」石敢當以出奇平靜的語氣道。

嫵月反而爲之一震！

對於一個武道中人來說，他的一身功力，已是其生命的一部分，失去畢生功力，對任何武道中人來說都是一件極爲可怕的事情。

嫵月深深地望了石敢當一眼，緩聲道：「廢去功力就不必了，我這兒有一種東西，奇毒無比，但它發作的時間卻是在一個時辰之後，只要你不伺機逃脫，安安心心地爲我觀測天象，事後我就可以把解藥給你。」

「如此也好。」石敢當幾乎沒有任何猶豫地道。

嫵月取出一顆淡黃色的圓丹，交給隨她同來的那女子，「讓他服下吧。」

「是，師父。」那女子應了一聲，接過了那顆淡黃色的圓丹。

石敢當目光倏然一跳，投向那女子，神情若有所思。

那女子蒙著的面紗一直沒有取下，但看她的體態肌膚，應該很年輕。她接過圓丹後，走至石敢當面前，未等她開口，石敢當已主動伸手接過那圓丹，也不多說什麼，當即便將它咽下了。

嫵月冷冷一笑，「你倒十分乾脆，莫非以爲我一定不忍心對你下毒手不成？」

石敢當淡淡一笑，「當然不是。這顆圓丹入口甜中帶澀，還有少許腥味，正是至毒之物的特徵，這一點，我還是分辨得出來的。」

那蒙著面紗的年輕女子聽石敢當這麼說，身子不由微微一震。

嫵月淡淡地看了她一眼，轉而對石敢當道：「你的感覺很準確，此毒一旦發作，就是有藥瘋子南許許在，也是解之不了──你，是不是有些後悔了？」

石敢當緩緩地道：「這一輩子我或許做了許多錯事，但我從來沒有後悔，因爲即使時光倒流，讓我重新回到當年，回到面臨選擇的當日，我仍是只能做與第一次一樣的選擇！」

嫵月的臉色在那一刻變得煞白如紙！

當靈使的屬下趕到靈使身邊時，見到的晏聰，仍是那個對靈使畢恭畢敬的晏聰。

靈使目光掃過眾人後道：「今夜劫域大劫主率領劫域之人在這一帶出現了，並與我們一戰，如今，他們已退走。劫域一向不肯認同我不二法門，冥頑不化，只是他們一直居於極北之地，元尊才暫未顧及，如今他們既然深入樂土，就應對他們示以顏色。你們要儘快查出劫域之人逃脫去了何方！」

眾不二法門弟子齊齊答應的同時，心中暗忖：久聞劫域大劫主如何可怕，沒想到與靈使一遭遇時，竟落個敗逃的結局，看來靈使的修爲已不知高明至何等境界。一時眾不二法門弟子皆對靈使佩服得五體投地，再看晏聰，卻幾乎是衣不遮體了，想必在方才一戰中，其處境一定十分狼狽。

靈使將晏聰鑄成三劫戰體的事，這些不二法門弟子並不知內情，而只是當晏聰已歸順了靈

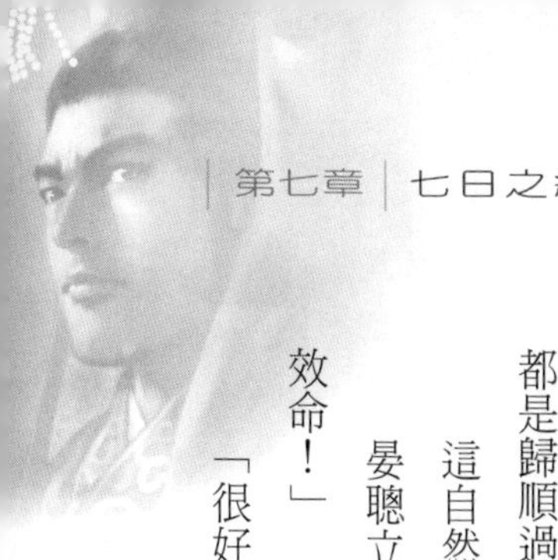

使，否則他們或許就不會作如此想法了。

靈使接著道：「方才本使已收服了一些劫域的人，他們瞭解大劫主的習慣，對追查大劫主的去向定有所幫助。但不二法門戒律極嚴，若不是法門之人，決不可擅自收留，你們看這事該如何處置？」

有善於察言觀色的人便道：「靈使這麼做也是爲了不二法門，卻不是出於什麼私心。但爲了不讓他人留有口實，還是將此事嚴加保密爲好，我們甘爲靈使赴湯蹈火，保守一個秘密，又算得了什麼？只要找到了大劫主，將劫域之人一網打盡，這些人如何處置，就是小事一樁了。」

言下之意，恐怕就是要讓靈使日後在這些歸順的劫域人失去利用價值時再將之除去。

日後如何對待這些劫域人，靈使已毫不在意，他在意的只是如何依照晏聰的吩咐，納那些劫域人爲自己的力量。只要能辦妥晏聰交代的這件事，其他一切都不在話下了。

此事既已順順利利地完成了，靈使如釋重負，他這才道：「晏聰，你與這些劫域人一樣，都是歸順過來的，這些劫域人從今天開始就由你指派，如何？」

這自然是晏聰的主意，只不過此時變通地在眾法門弟子面前演了一齣戲罷了。

晏聰立即道：「多謝靈使信賴，晏聰一定將這些人管得服服帖帖，讓他們死心塌地爲靈使效命！」

「很好！」靈使緩緩點頭，其氣勢風範與平日並無不同。

天司危穩穩當當地坐在他的軟轎中，從容地望著離天闕、端木蕭蕭、莊鵲三人合戰美豔絕倫的小野西樓。

而驚怖流的兩大殺手斷紅顏與扶青衣，則由端木蕭蕭的副手雄飛揚帶領著一千禪戰士圍戰斷紅顏，而無妄戰士的兩大統領則合戰扶青衣。

小野西樓獨自一人力敵兩大禪將以及天司危身邊的心腹莊鵲，並未落下風；無妄戰士的修爲本就已不俗，身爲無妄戰士的統領，更是非同小可，兩大統領合戰扶青衣，也是鬥得旗鼓相當。相較之下，唯雄飛揚應付得最爲吃力，禪戰士雖然人數眾多，但對雄飛揚所能起到的援助作用卻是微乎其微。

南禪將離天闕的副手玄霜爲截殺那紅衣男子而戰死，雄飛揚及眾禪戰士皆以爲那紅衣男子也是千島盟之人，而雄飛揚與玄霜私交甚厚，所以他對千島盟中人是恨之入骨！

雄飛揚的性情很是獨特，越是在憤怒時，他反而越能冷靜下來，與常人很是不同。他的性格本就沉穩，此刻更是極爲冷靜，雖然完全處於下風，但他的鞭法卻絲毫不亂，反而越見精湛，加上有禪戰士的配合，總算還能勉強支撐。

但天司危何等人物，他早就已看出這一切只是假象。換而言之，只要斷紅顏全力施爲，雄飛揚根本堅持不了這麼久，而應在幾個回合中就已立判高下。

扶青衣也可以佔據更多的主動，在天司危看來，唯一真正難分高下的是小野西樓一人抵擋端木蕭蕭、離天闕、莊鵲的戰局。

天司危對其中的玄奧心知肚明，千島盟的人之所以沒有全力施爲，只是爲了吸引更多的力量爲天司危護駕，他們最重要的目的是救暮己，而不是爲了擊殺天司危。

事實上他們應該知道，就是以天司危自身的力量，要殺他也決不容易，何況今日他的身邊高手如雲？

小野西樓等人並不知道暮己已死，亦不知道營救暮己的負終也已中計，那巨爆聲並沒有引起他們足夠的警覺，因爲他們以爲那也是負終爲救人而製造的。

而負終受傷之後，其餘隨他一起出動的千島盟人也被死死困住，並相繼被殺，根本沒有機會向小野西樓等人傳訊。

就在小野西樓等人自以爲這一策略甚是成功時，忽聞哀邪的聲音遠遠傳來：「小野聖座，我們中計了，暮聖座早已戰亡，負聖座也已被殺，快快撤退吧！」

乍聞此言，對小野西樓、扶青衣、斷紅顏而言，不啻於一記晴天霹靂。

斷紅顏、扶青衣身爲驚怖流最出色的殺手，其定力自是非常人可比，加上他們畢竟不是真正的千島盟之人，對哀邪所說的負終、暮己之死，尚能承受。但小野西樓卻是不同，她與暮己、負終同爲盟皇駕前三大聖武士，而且彼此間向來和睦，否則這次也不會爲暮己而冒死相救，乍聞此訊，她如何不驚?!

小野西樓一個失神，莊鵲的鏈子槍已借機破入她的刀芒中。

小野西樓險險避過，但卻仍是被鏈子槍削去了幾縷青絲，若再偏上少許，便是她優雅美麗的玉頸了。

小野西樓眼中頓時閃過駭人殺機，不是因爲方才在莊鵲手下吃了一點小虧，而是因爲暮己、負終之死。雖然她與負終、暮己同爲千島盟盟皇三大聖武士，但另外兩人論輩分都可以算是她的前輩，小野西樓雖然冷傲，但對暮己、負終卻還是尊重有加的，尤其是負終，當年九州門爲奪天照刀要殺盡小野西樓全家，在最緊要的關頭，正是負終及時救下了小野西樓。

救命之恩，重若禪山（**禪山是樂土境內最高峰，本名為破雲山，後因玄天武帝光紀是在破雲山降臨世間的，大冥王朝便將破雲山易名為禪山。**），而小野西樓更感激負終的則是，負終使她有爲小野家族報血海深仇的機會。否則當年若是連小野西樓也被九州門的人所殺，那麼就沒有了後來的小野西樓決戰九州門門主殘隱這件事，小野西樓自然也無法手刃家族最大仇敵了。

這一次，是負終提出要救暮己的。當時在聽了驚怖流弟子的稟報後，憑直覺，小野西樓感到要救暮己十分困難，但因爲是負終提出的，小野西樓終還是同意了。沒想到她的預感這麼快便得到了證實，而且情況比她預感的還要糟糕，暮己已亡，當然就根本無所謂將暮己救出了，現在還連負終也一併被殺。

小野西樓如何不怒焰中燒？冷叱一聲：「殺我千島盟人，就必須付出代價！」

天照刀刀芒一閃。

端木蕭蕭、離天闕、莊鵲忽然感到天照刀有極短的一瞬間似乎憑空消失了。

待天照刀再現於三人視野之中時，小野西樓已連人帶刀不可思議地迫入莊鵲四尺之內。

四尺之距，絕對是生死懸於一線的距離——尤其是在天照刀前！

莊鵲的心臟驟然收縮，周身的血液在剎那間變得冰涼，極度的驚駭使他的瞳孔也放大了。

作爲天司危身邊的心腹人物，莊鵲雖然並沒有職位，但同樣讓人不敢小覷，他還從來沒有如此刻這樣狼狽過。

完全是在本能的驅使下，莊鵲一抹鏈子槍，雙臂疾張，以鏈子槍橫封於身前。

此舉近乎愚蠢，鏈子槍根本無法抗衡天照刀之鋒銳，「噹……」的一聲，應聲而斷。

不過，莊鵲倒是一個見機極快的人，也許早在小野西樓出刀之時，他已知道自己根本抵擋不了這一刀，所以就在鏈子槍被斬斷的同時，莊鵲已不顧體面地貼地倒滾而出。

但天照刀旋即在極小的空間內劃過一道奪人心魄的弧線，方位角度卻發生了驚人的變化，無儔刀氣隨刀迫出，石板鋪就的地面火星四射，有如一道火龍般向莊鵲飛速延伸。

莊鵲只覺右腿一痛，整個人忽然像是輕了許多，心中大駭，已明白發生了什麼。眾人清楚地看到莊鵲右腿與身軀分離，鮮血拋灑的那一幕。

端木蕭蕭的劍，離天闕的雙矛這才攻至。

天照刀重創莊鵲後，已在第一時間封住了端木蕭蕭、離天闕所有可能進攻的線路，仿若小野西樓對他們的心理都早已心知肚明。

一陣讓人心煩意亂的金鐵交擊聲中，小野西樓沖天掠起，頃刻間掠過了端木蕭蕭、離天闕的封鎖，遙遙撲向天司危所在的方向。

莫非小野西樓見暮己已死，救人不成，於是對天司危展開了真正的刺殺？

呼喝聲四起，並挾有冷箭破空之聲——那是天司危身邊的幾名神射手借小野西樓凌空掠至、目標明顯的機會出的手，不過這些人的箭術雖然很是精湛，但卻仍是傷不了小野西樓，僅憑天照刀彌空刀氣，就足以讓所有冷箭斷折、墜落，無功而返。

小野西樓居高臨下，凌空全速劈出一刀，直取天司危。

絕強刀氣由天照刀透發而出，刀氣排空，幻作虛形巨刀，以一往無回、開天闢地之勢狂斬而下，刀勢之盛，已然籠罩了方圓近二十丈空間，在這個範圍內的所有生機似乎都已在她的掌握之中。

小野西樓的真正實力，直到這一刻方才完全展現。

她踏足刀道不過區區四年，成爲盟皇駕前聖武士的時間則更短，但此時所展現出來的修爲卻足以讓人堅信在盟皇駕前三大聖武士之中，小野西樓已超越了另外兩人。

無論是禪戰士、無妄戰士，還是天司危本人，本都以爲大局已定，決不會再有什麼意外，所以每個人心中都充滿了興奮之情，只等最終將進入禪都的所有千島盟人一網打盡。

但小野西樓的這一刀，一下子將所有戰士的興奮之情一刀斬斷了，面對這一刀，天司危心頭感到很是僥倖，讓他感到僥倖的是，小野西樓在此之前一直沒有展示真正的實力。

從這一點來看，小野西樓等人在策略上已犯了一個極大的錯誤，而犯下這樣的錯誤，與其說是小野西樓的疏忽，倒不如說因爲他們把救暮己這一點看得太重要。

天司危相信如果小野西樓一開始就全力以赴，那麼此時的局面就不會是這樣一番情景了。

天照刀以凌然萬物之勢一刀斬下，刀鋒所過之處，與虛空劇烈摩擦，發出驚人的「劈啪」聲。刀身爲刀氣所挾裹，鋪天蓋地當頭斬下，好不駭人。

只聽得「轟隆」一聲，有如滾滾天雷響徹長街，一刀之下，街面出現了一道縱向長達十餘丈的天雷狀的裂痕，天司危身側的人閃避不及，修爲較弱者已然爲刀氣重創，鮮血拋濺，慘叫聲、痛呼聲、馬嘶聲、裂碎倒坍聲響成一片，混雜而囂亂，好不駭人。

天司危的那頂軟轎在可摧毀萬物的刀氣中一分兩半，並繼續碎裂成片片飛蝶，在空中無助地亂舞，直至失去支撐的力量，頹然墜地。

刀勢所向，唯一一個站立不倒的只有——天司危！

天司危穩穩地立著，右手橫握一柄未出鞘的劍，目光罩定了小野西樓，眼神凝重冷狠，其強橫氣度顯露無遺。

他一動不動地立著，任憑被刀氣切割成碎片的軟軟的篷布落在他的身上、肩上，也決不多看一眼，甚至連他身邊為天照刀刀氣所傷的部屬，也未多看一眼。

彷若天底下唯一能夠讓他產生興趣的，已唯有小野西樓一人。

他的身高甚至遠不及身形高挑的小野西樓，但此時此刻，他卻絲毫不會讓人意識到他的矮，反而自有淵亭嶽峙之感。

終於從小野西樓那一刀中清醒過來的無妄戰士、禪戰士一驚之餘，立即自幾個方向同時向小野西樓包抄過來。

一抹冷而傲的笑意浮現於小野西樓的嘴角：「原來，樂土人只能倚多取勝！」

天司危並未動怒，只是回頭掃視了眾人一眼，「你們退下吧。」

眾人便知天司危這一次要親自出手了。

樂土人見天司危出手的機會並不多，他與地司危、地司殺不同，所肩負的是禪都的安危，而守護禪都的力量太強大，既有禪戰士，又有無妄戰士，需要天司危親自出手的時刻絕對不多！

這時，哀邪見扶青衣與無妄戰士兩位統領猶在廝殺不已，便待上前相助，卻被端木蕭蕭、離天闕雙雙攔截了。

端木蕭蕭、離天闕向來不睦，但如今是強敵當前，也必須暫且拋開往日的怨隙，全力迎敵。兩人雖然性情不同，但臨陣對敵時，卻能配合得十分默契，對於知道他們向來不睦的知情者來說，見到這一情景自然是十分的驚訝意外。

哀邪的紫微罡氣雖未至七大限的最高境界，但也達到了「六大限」的卓絕境界，本與兩大禪將之戰當可應付自如，但就在不久前，他以「三皇咒」加諸負終身上，並以無情咒語催動三皇咒的發作，這一舉措，極耗心力，內力的損耗使哀邪應付兩大禪將的夾擊顯得十分吃力。

唯有斷紅顏大占上風，雄飛揚可謂是時刻處於生與死的邊緣，稍有不慎，就會亡於斷紅顏劍下。如果不是雄飛揚極為冷靜，換作其他人，在這種局勢下，只怕早已失神而命殞當場。

天司危正視著小野西樓，沉聲道：「你們太不知天高地厚了，禪都又豈是你們千島盟人能隨意涉足的？」

小野西樓乾脆俐落地道：「多說何益？只要你能勝過我，我項上人頭，就自然歸你了！」

天司危一笑，「妳如此年輕，就能與負終、暮己平起平坐，也難怪妳這樣自負。由此看來，年少得志是一件好事，同時也是一件壞事，它容易讓人不知天有多高，地有多厚。」

小野西樓目光一寒，「還輪不到你來教訓我，除非你能夠在天照刀下保全性命！」

天司危哈哈一笑，「以命相搏——正合本司危之意！」

小野西樓再不多言，天照刀徐徐揚起，無形殺機如水銀泄地般向四面八方瀰漫開來，周遭每一個人都清晰地感覺到了無孔不入的殺機的存在。

殺機與氣勢在同時飛速攀升，直至強大得似乎觸手可摸。

天照刀泛射出越來越炫亮的光芒，讓人難以正視。

刀的光芒甚至掩隱了刀的本身，彷彿眾人所看到的，已不再是一柄實質的刀，而只是刀的魂魄。

小野西樓那美得驚心動魄的絕世容顏泛出一片清冷之色。

強大刀勢與小野西樓凌然萬物的氣勢完美無缺地揉合在一起，頓時予人以極大的震撼，在其驚世駭俗的氣機的牽引下，武功不濟者幾乎魂飛魄散。

天司危一寸一寸地將劍拔出。

他拔劍的速度、動作是那麼的緩慢、凝重，以至於讓人感到他的劍與劍鞘已鏽作一處了。

天照刀終於揚至最高點！

「鏘……」一聲輕微得幾不可聞的脫鞘聲響過，天司危的劍於同一時間劃過一道弧線，穩穩地指向小野西樓。

穩如千年磐石，讓人感到即使天地再如何變幻，天司危的劍亦將永遠直指小野西樓，無時無刻不給予她以強大的壓力。

比他的劍更穩的是他的眼神！

這雙眼神沉穩得足可拒絕一切情感，一切喜怒哀樂、悚怕癡怨，拒絕一切可能影響他專情

於劍的東西！

擁有這樣沉穩的目光的人，無論他是什麼人什麼身分，都決不可小覷。何況，他是天司危，守護禪都安寧的天司危！

一聲沉哼，天司危毫無徵兆地搶先攻出一劍。

搶在小野西樓出刀之前先主動出手，這看似並沒有什麼特別之處，其實卻正是天司危的高明之處。

天司危瞭解千島盟人好戰的性格，但凡與千島盟人對陣，幾乎全是千島盟人主動攻擊，對千島盟人來說，再也沒有什麼比摧枯拉朽地一番狂攻更能令他們興奮了。

天司危正是覷準了這一點，才搶在小野西樓之前出擊，頓時讓小野西樓有不暢之感，極不適應。

天司危僅憑看似毫不起眼的做法便在心理上佔據了優勢，不愧是列於雙相八司之列的人物。

天司危一劍甫出，劍勢化一爲二，化二爲四，化四爲八，如此循環往復，剎那間，只見劍影漫天，鋪天蓋地般向小野西樓當頭罩下，仿若天下之間，已然爲天司危的劍所完全佔據，其劍勢之盛，駭人聽聞。

樂土禪戰士、無妄戰士齊齊高聲喝彩！先前小野西樓那一刀讓他們大感沮喪，這時方揚眉吐氣。

小野西樓毫不退讓，憑空掠起，連人帶刀迎向鋪天蓋地壓至的漫天劍影。天照刀在虛空中劃出一道驚人的軌跡，刀過之處，竟有刀影在虛空中作短暫的停留凝形，如同一道橫貫空際的絢麗彩虹。

天照刀以讓人心旌搖曳的方式閃電般切入了無窮無盡的劍影之中。

沒有人能夠看清刀與劍在那極短的時間內有著怎樣的無盡變化，有過多少進攻防守，起承轉合。甚至，連小野西樓、天司危自身都無法一一道訴其中的萬千變化與無盡玄奧。

此時，刀已不僅僅是刀，劍也不再僅僅是劍，而是兩個絕世強者精神、戰意、意志的承載體。

無數次撞擊攻守之後，密不可分的刀劍交擊之聲突然一下子靜了下來，漫天刀光劍影也頓時消失無蹤。

小野西樓與天司危同時下墜。

「憑這點能耐，就想在禪都有所收穫，你們千島盟未免也太無知了！」天司危充滿了不屑地道。

「這只是剛剛開始！」小野西樓一聲清嘯，未等身形落地，已憑空再度掠起，仿若對於她來說，已不存在虛空，虛空也一樣可以借力。她的身法之妙，似可以完全擺脫重力的束縛而隨心

所欲。

憑著這驚世駭俗、不可思議的身法，小野西樓當即佔據了地勢之利，居高臨下地向天司危凌空劈斬出第二刀。

天照刀在夜空閃射著讓人目眩神迷的光芒，並隨著刀的運行軌跡發生著不可捉摸的變化。隱隱之間，眾人忽覺這一刀帶著某種神秘而不可知的力量，全速迫近天司危。

「不過如此！」天司危冷笑一聲，臉上浮現出無比自信的笑意，手中之劍飄然迎出，以輕若飄絮之勢迎向勢若驚電奔雷的天照刀。

這豈不是等於自取滅亡?!

就算天司危全力以赴，也難說就一定能勝過小野西樓，而如今他卻以近乎兒戲般的劍勢來應對儼然可開天闢地的一刀，與蚍蜉撼樹有何不同?

唯有少數幾人深信天司危此舉必有深義，因爲天司危並未顯露敗相，不可能自願示弱的。

輕飄飄的像是毫無力量的劍，在小野西樓狂飆突進的刀氣中，就如同狂濤怒浪中的一葉孤舟，隨時都有可能立即被吞沒。

但事實上卻並非如此。天司危的飄然一劍，竟出人意料地破入了重重刀氣之中，在奪目光芒中尋得天照刀的真身，並義無反顧地向天照刀撞去。

這等境界的人，對劍的點點滴滴都已熟悉至極，能夠洞悉到一絲一毫的嬗變。甚至，不能說劍是天司危軀體的延伸，而應說是他精神的延伸！

那一幕，實是既詭異又讓人捉摸不透。

美豔動人的小野西樓身爲一介女流，其刀勢卻剛烈無匹，力逾千鈞；反而一介粗豪的天司危，卻使出了如此輕盈的劍法。果然是泱泱樂土，高手如雲，深不可測。

能夠身置小野西樓無堅不摧的刀氣中而未受傷，僅憑這一點，也足以讓小野西樓不能輕視天司危。

刀與劍以出人意外的方式相觸，輕得不像是一場生死搏殺。

驚鴻一瞥間，天照刀再度催發更強刀氣，刹那間，天照刀本身已完全隱於一片奪目光芒之中，而那片炫目得讓人難以正視的光芒，如萬道陽光般傾灑而下，目標直指天司危！

天照神之所以被稱之爲天照神，就是因他的恩威如陽光一般無處不在，只能接受，不可抗拒，儼然成爲武林神祇的一輪至高無上的驕陽烈日。

而天照刀的特徵正是天照神實現了這一抱負的最直接、最明顯的體現。

一股幽暗劍氣由天司危劍身透出，劍身若龍舞蛇行般曲繞盤旋，以看似信手揮就、實際上妙至毫巔的方式，在有如陽光一般不可抗拒的天照刀刀勢面前飛舞。

「渦渦渦……」漩渦狀劍氣透劍而發，並迅速增強。

天司危人隨劍走，劍隨心走，人與劍一同融入了漩渦狀的劍氣之中，並在其中起著推波助瀾的作用。將劍氣氣旋不斷推上更可怕的一層境界，直至形成一場劍氣組成的狂烈風暴，如龍捲風般席捲驚人的空間，直沖九天雲霄。

初時柔若輕絮的劍勢竟不斷攀升直至如此驚人境界，實是匪夷所思。

空前強大的漩渦狀劍氣不但籠罩了小野西樓，更延伸至在場的其他人，讓人如置身怒海漩渦中，搖擺不定，呼吸維艱。陣亡者的兵器、破碎的軟轎、落葉塵埃……無一例外地被劍氣捲裹而起。

處於劍氣漩渦最強處的小野西樓更是感到在漩渦狀劍氣的捲裹下，天照刀的殺機、鋒芒被迅速吞噬消蝕，且有欲罷不能的感覺，似乎唯有不斷地催發強橫刀氣，才能在這劍氣的漩渦中保持平衡。

由此可見，天司危劍勢之強，可想而知！

小野西樓自從在隱鳳谷一役中受挫於爻意的玄級異能之後，還從來沒有在樂土遭遇比她更強的對手。而小野西樓自踏足樂土那一刻起，就有要像千異那樣挑戰所有樂土高手的決心。此刻，天司危的強大全面激起小野西樓的戰意，全力將自身修爲催發至巔峰境界。

只見天司危有若風暴洶湧翻捲的暗黑色劍氣中，天照刀的光芒在閃掣穿掠！兩大絕強的高手之上，儼然憑空造就一場力量的狂風暴雨。若說天司危的劍勢有若欲席捲天下，吞噬一切的烏雲與颶風，那麼天照刀的刀氣就是誓要穿透一切的凌厲霹靂天雷。

兩股驚世駭俗的力量全力相持，頓時產生了極大的破壞力，刀劍凌厲之氣四向橫溢，所過之處，長街兩側的房舍摧枯拉朽般倒下了，但迅即又因被天司危漩渦狀劍氣氣勁吸扯。斷磚碎瓦又如塵埃落葉般被輕易地吸扯而起，直入虛空，爲劍氣氣旋所左右，遮天蔽日，好不駭人。

一聲清嘯，伴隨著讓人心神俱震的可怕金鐵交鳴聲，小野西樓衝破漩渦狀的劍氣氣旋，斜斜飄飛而出。

漫天斷磚碎瓦塵埃紛紛墜落如雨，長街已然面目全非。

天司危穩穩落足時，放眼望去，只見小野西樓亦已飄然落在一堆殘礫之上，衣袂飛揚，容顏美豔絕倫，凝然肅穆的神情更襯得她別具一番魅力。

顯然，方才一番攻守，雙方誰也沒有占到便宜，鬥了個旗鼓相當。

雖然天司危與小野西樓一戰最後孰勝孰負難以預料，但只要小野西樓不能速戰速決取得勝利，從某種意義上說，就已經是一種失敗，或者說是千島盟的失敗。他們深入樂土腹地，根本不容拖延時間，拖得越久，對他們就越是不利。

可小野西樓已別無選擇。況且，她也不允許自己連天司危都勝不了。若是無法在天司危面前取勝，那麼她又如何有機會勝過比天司危更強的天惑大相、法應大相？

那豈非等於說小野西樓的雄心壯志全然是憑空臆想？

此刻，哀邪與端木蕭蕭、離天闕；斷紅顏與雄飛揚，扶青衣與無妄戰士的兩大統領之間猶自酣戰不休。

也就在這時，天司危與小野西樓幾乎同時瞥見一道人影向這邊接近，身法極快，一望可知絕非泛泛之輩，此人正是戰傳說！

戰傳說之所以在對付了負終之後，又趕到這邊，是因爲擔心哀邪的「三皇咒」太過邪門霸道的緣故。若是其他人對這一點不知情，被哀邪以三皇咒攻了個措手不及，恐怕後果將十分慘烈了。哀邪身爲樂土人，卻甘爲千島盟賣命，戰傳說自是不願這樣的人逞兇。

天司危不知戰傳說來歷，自然就無法確知他是不是千島盟的人。而小野西樓卻一眼便識出了戰傳說，心頭不由爲之一震。

小野西樓之所以心頭劇震，是因爲她自千島盟那兒知道戰傳說一身修爲已達擁有炁兵的境界，而且擁有的是炁化「長相思」！

小野西樓早已察覺「長相思」與鳳凰有著某種淵源，而她初次進入樂土的目的，就是爲了與鳳凰有關的傳說而來的，但結果卻是空手而歸。

要救盟皇之子，就必須借助鳳凰的力量。小野西樓在隱鳳谷一無所獲之後，隱隱感到若是隱鳳谷真的有鳳凰的力量，那麼這股力量很可能已被戰傳說獲得，因爲戰傳說從遺恨湖中得到涅槃神珠的過程，小野西樓是唯一一個親眼目睹者。

如果隱鳳谷中鳳凰的力量真的已被戰傳說擁有，那麼救盟皇之子的唯一希望，就是在戰傳說的身上了，所以當她見到戰傳說的那一刻，才會為之一震。

千島盟醫道第一人——齊一斷言：若要救得皇子性命，唯一的可能就是得到四大瑞獸中的鳳凰的血液。但關於鳳凰將在隱鳳谷涅槃重現的傳說卻並沒有得到印證，戰傳說成了最後的希望，但即使戰傳說真的是救千島盟盟皇之子的希望所在，他又豈會相助？先前他與大盟司的一戰就足以說明此人決不會為千島盟出力。

但有一點是肯定的，那就是只要有一線機會，她都會全力以赴，設法延救皇子的性命。盟皇對她有救命之恩，更助她報了家門深仇大恨，唯有為盟皇誓死效忠，方能報答此恩。

此次小野西樓之所以潛入禪都，也是為了能延救皇子的性命。

沒能如願以償地屠鳳從而得到鳳凰血，小野西樓唯有回千島盟向盟皇覆命。雖然盟皇沒有責怪她，但她仍是感到愧對盟皇之恩，恰好千島盟神醫齊一再度向盟皇進言，說雖然未能得到鳳凰血，但要救皇子還有它途，只不過這一途徑比等候鳳凰涅槃時屠鳳更為艱難，那就是尋到龍靈！

在千島盟，一直相傳著一件當年武林神祇時代的往事：

兩千年前的神祇時代，光紀秘密屠龍為木帝威仰所知，稟報天照神，但光紀辯稱蒼龍只是

受傷未亡，天照神竟未再加以追究。

而事實上，蒼龍已爲光紀屠殺，並且還以蒼龍筋骨鑄成了「龍之劍」，以龍鱗製成天瑞甲。

蒼龍爲四天瑞之一，蒼龍被屠，終引來了武林神祇的一場大劫。最終光紀篡位得逞，天照神被迫遠離樂土，逃至荒僻的千島盟。

天照神遠避千島盟之後，再也沒有能夠東山再起，重現昔日武林神祇的輝煌。光紀則雄霸了原先屬於木帝威仰、火帝栗怒、金帝招拒的所有領地，合稱爲樂土。

當光紀還是臣服於天照神的時候，他的領地本就稱爲樂土，而如今的樂土範圍則是比最初的領地成倍地增加了。

光紀雄霸樂土之後，排除異己，並讓追隨他的人尊其爲玄天武帝，意爲開天闢地以來武道的第一帝皇。

光紀還讓人在樂土境內廣塑他的雕像，命當時臣服於他的能歌善舞的阿耳諸國的人爲他譜寫了九首歌功頌德的曲子，強令樂土中的子民人人習練，無論男女老幼皆不得例外。

若是在規定的時限內不能學成者，就會受到嚴厲懲罰。同時也有善於歌舞、能將這九首曲子運用自如的人因此而備受重用。

對光紀的崛起有著重大影響的龍之劍、天瑞甲，在光紀雄霸神祇之後就銷聲匿跡，不知所蹤了。

而光紀屠龍之後，只是得到了龍的軀體，而由靈瑞之氣化成的一顆「龍靈」卻下落不明。由於沒有龍靈相輔，光紀的龍之劍、天瑞甲才沒有發揮出最高的威力，否則也許天照神連遠避千島盟的機會都沒有。

四大天瑞皆是應劫而生，雖然蒼龍爲光紀屠殺，但只要龍靈存在，就有應劫重生的一天。只是龍靈乃由蒼龍的靈瑞之氣所凝成，它的存在與歸宿，冥冥之中與天數遙遙呼應，絕非凡人所能捉摸。

無論是盟皇還是大盟司都堅信一直以來，光紀以及他的後人都在尋找著龍靈，以期用龍靈激發龍之劍、天瑞甲的最強威力。當龍之劍、天瑞甲的最強威力被激發時，就是千島盟覆滅之期。

四年前，「龍之劍」終於在戰曲與千異的那一戰中出現了！

這是盟皇所希望的結局，這樣一來，千島盟至少有奪取龍之劍的機會。一旦千島盟真的能得到龍之劍，那麼即使光紀的傳人得到了龍靈，卻沒有了龍之劍，對千島盟的威脅就不大了。

無論是大冥冥皇，還是千島盟盟皇，都一直在尋找龍靈的下落，卻一直沒有收穫，由此可見尋找龍靈難度之大。

小野西樓也是在等待鳳凰涅槃重生未果的情況下，才不得不選擇尋找龍靈這一條路的。爲了救皇子，她必須孤注一擲。

湊巧的是，有人探知劍帛人要在香兮公主下嫁盛九月的時候，向大冥冥皇獻上一份厚禮，而這份厚禮與龍靈有著密切的關係。得知這一消息，小野西樓立即稟告盟皇，並請求盟皇多派人手，深入禪都。

盟皇先是不允，但在小野西樓的再三懇求下，方答應讓三大聖武士一同進入禪都。而早在三大聖武士進入禪都之前，驚怖流的人已經先入禪都，這也是戰傳說為什麼會在天司祿府遇到斷紅顏的原因。

小野西樓自忖這些行動十分隱秘，可以說已充分地利用了千島盟在禪都暗中培植的一切力量作為掩護，沒料到最終還是在大事未成的情況下暴露了行蹤，並且遭受了如此重大的挫折。非但沒有達到預期的目的，反而斷送了負終、暮己兩大聖武士的性命，而對於一力促成這次行動的小野西樓來說，壓力之大可想而知。

當小野西樓見到戰傳說時，就不由自主地聯想到隱鳳谷，聯想到皇子，聯想這一次挫敗將會給千島盟極大的不利影響，心頭之焦慮，不言而喻。

只是小野家族的那一場慘變使小野西樓已變得無比堅毅與冷靜，縱然心頭有萬千思緒，卻並不會讓她亂了分寸，她的目光很快收回，重新落在了天司危身上。

從天司危部署人手與包圍銅雀館時起到現在，已有相當長的時間，恐怕整個禪都都已被驚動，大冥冥皇完全有足夠的時間在禪都佈下天羅地網。除非盟皇孤注一擲，把千島盟所有的實力全都押上，方有救出他們的希望，但小野西樓並不希望盟皇這麼做。

這次救人之舉是得不償失，但小野西樓並沒有感到後悔。既然突圍的可能性很小，她所能做的只能是與天司危決一死戰了。

她正視著天司危道：「你也算是一方強者了，是否覺得周旋纏戰很不痛快？就讓我們以自己最強的一擊，在一招之間定勝負生死如何？」

第八章　決戰冥土

小野西樓這麼決定自有用意，她知道時間拖得越久，對自己這一方就越是不利，因爲對方有源源不絕的後援，而自己這一方的情形，她是再清楚不過了，一個時辰之內，是不可能有千島盟的人能夠趕到禪都相助的。

大盟司目前雖然也在樂土，但與禪都卻相去甚遠，甚至大盟司此時也許根本不知道潛入禪都的千島盟的人已遭受了毀滅性打擊。

所以，小野西樓更願意速戰速決，如果能夠擊敗天司危，或許還有一線脫身的希望，否則久戰之後，即使取勝了，恐怕也是於事無補。

天司危哈哈一笑，「本司危明白妳心裏打什麼盤算，不過，即使如此，我也沒有理由不答應妳，我會讓妳輸得心服口服！」

小野西樓雖是主動挑戰，但天司危在氣勢上卻絲毫不輸於小野西樓。

而這時戰傳說已立足於一個制高點，居高臨下俯瞰整個戰場。

他也看出了千島盟人的不利局勢，知道自己無須出手，千島盟的人也是難以逃過失敗的命運。因爲佔據了制高點，戰傳說的目光可以投向更遠的地方，看到遠處的街巷路口有刀槍的寒芒在閃動，顯然在周邊也已形成了針對千島盟人的包圍圈。

而此刻，小野西樓與天司危已蓄勢待發。

這一次對付千島盟的人，天司危之所以這麼賣力，其中不乏地司危的緣故。

天司危、地司危的職責都是爲保衛樂土數千里疆域的安危，所不同的是，天司危重在守護禪都不爲外敵入侵，地司危則是守護禪都以外的範圍。而禪都作爲樂土的京師重地，一般情況下是不會爲外敵所入侵的，所以天司危幾乎不用操勞什麼事。

相形之下，地司危則必須面對千島盟、劫域以及阿耳國等強敵環伺的局面，明眼人都能感覺到樂土能安定這麼多年，地司危功不可沒。

若是天司危可以不計較太多，那麼他的日子自是十分的輕鬆愜意，不必如地司危那麼殫思竭慮，但天司危卻感到因爲職權的不同，自己雖然無須操勞什麼事，但同時卻也無法得到地司危的無限風光了，長久下去，他這天司危豈非可有可無了？

天司危很難接受這一點，但他也不能越權代地司危禦樂土之敵。

尤其是前幾日，他聽說了地司危又奉冥皇之命追查進入樂土的劫域人馬這件事，心中更不是滋味，好像冥皇真的已忘記了除地司危之外，還有一個天司危的存在。

所以，當他得知千島盟有一批人馬進入了禪都時，他的第一感覺不是擔憂，而是興奮：他終於等到了一個可以大展身手的機會了！

依職權來分，禪都的安危本就應由他天司危來肩負重責，就算冥皇倚重地司危，不依常規，一時也無法將在外追查劫域的地司危調回禪都。

既然如此，那就該是天司危大顯身手的時候了。

千島盟時時滋擾樂土，地司危雖然保住了樂土疆域，但卻從來不曾能夠給千島盟以毀滅性的打擊，天司危心頭發誓要將地司危一直沒有能夠做到的事一舉辦成，讓自己的聲望蓋過地司危。

因爲有這樣的心態，所以即使他已看出小野西樓迫切希望速戰速決的心態，即使他知道只要拖延時間，形勢對他就越來越有利，但他仍是毫不猶豫地答應了小野西樓的挑戰。

天司危要借這一機會向冥皇、向所有人證明他的實力！這樣的機會並不多，他不願錯過。

他已忍受了太久，這是一種痛苦，一種雖然存在，但卻又不足以爲外人道知的痛苦。而此刻，他要借與小野西樓的一戰，將積蓄數年、數十年的痛苦一舉宣洩，他要讓世人知道論智論勇，他天司危都決不在地司危之下！

殺機，如浪潮一般，以天司危爲中心，向四周蔓延過去。

而凌厲劍氣亦隨之而發，再度形成了漩渦狀劍氣氣旋，將天司危自身捲裹其中。

有如黑霧般的劍氣氣芒越來越濃厚，直至最後完全掩蔽了天司危的身形，仿若天司危自身已然消失，只剩下他不斷向更高境界攀升的劍勢、劍氣。

一時間，天地一片肅殺，強大無比的劍氣、殺機以匪夷所思的速度攀升至讓人心膽俱裂的境界。

左近的無妄戰士、禪戰士本能地向兩邊迅速退去，但功力稍淺者動作略一遲緩，已是衣衫盡裂。

燃起的火把紛紛熄滅於所向披靡的劍氣中，四周陷入一片黑暗之中。

雖然陷入了黑暗中，但每一個人都能無比清晰地感受到天司危所在的方位，因爲沒有人可以忽視那雖尚未爆發，卻已驚心動魄的力量的存在。

無形的劍氣氣旋讓虛空的氣息變得無比囂亂、沉悶，讓人有透不過氣的感覺。

哀邪、斷紅顏、扶青衣、端木蕭蕭、離天闕、雄飛揚等人的廝殺聲，似乎也爲這空前強大的劍氣氣旋所牽扯、吸引、吞噬，變得模糊不清，時隱時現。

與此同時，場內每一個人都清晰無比地感受到足以與劍氣氣旋相抗衡的力量也已出現，並以不遜色於對方的速度在不斷加強。

顯然，那是來自於小野西樓與她的天照刀的力量！

黑暗，可以掩蓋一切，卻唯獨掩蓋不了天照刀這一承載了武道千年滄桑的神明的光芒！

天照刀的光芒在不斷加強，奪目光芒讓人無法正視。它的光芒與那團如黑霧般的劍氣形成了鮮明的對比，「嗷……嗷……」劍氣氣旋在不斷壯大的同時，更盤旋上升，直沖雲霄，與虛空劇烈摩擦，發出驚人的聲音，聲傳數里。

充斥於每一寸空間的凌厲殺機讓人感到整個世間已經蛻變成了充滿死亡氣息的人間地獄，生命從來沒有如此地與死亡接近。

一聲長嘯清越高亢如鳳鳴，小野西樓沖天躍至極高點，天照刀的刀氣亦於同一時間攀升至最高境地，以流星破空之速，自逾十丈高空長劈而下。

瘋狂刀氣化成一道讓人根本無法正視的閃電，無情地切割著虛空！天照刀極度的炫亮讓人感到天地間所有的光明都已被天照刀所吸附，以至於眾無妄戰士、禪戰士感到自己的靈魂都一併墜入了黑暗之中，驚悸莫名。

莫名的驚悸使圍攻斷紅顏的無妄戰士、禪戰士招式大緩，斷紅顏自不會錯過這樣的機會，出奇長的劍瞬息間已一連洞穿了三名無妄戰士的胸膛。

與此同時，天照刀以一往無回的氣勢射向那團有如黑霧般的劍氣氣旋！

天照刀滑過虛空，破入了天司危畢生最高修爲催發的劍氣氣旋之中！

刹那間——天昏、地暗！但同時又有無數的光點在每個人的視野中閃滅，在洶湧殺機與強大刀氣、劍氣共同作用下，一股可怕的風暴誕生了，並迅速席捲整條長街。

刀與劍的交擊聲，無可描述的駭人撞擊聲無情地摧殘著人的聽覺與耳膜，其囂亂、其瘋狂。

殺氣與刀劍之氣風捲殘雲般向四周席捲過去，所及之處，功力稍有不濟者，立時如被萬刃加身，衣衫盡碎，身上更添道道傷痕，或淺或深。而他們的痛呼聲也一併被無形的殺氣與刀劍之氣切裂、粉碎，根本無法聽清。

視覺與聽覺全都已紊亂不堪，眾人只能在身不由己倒跌而出的時候，以直覺去感知這個世界。

一個忽然變得無比肅殺的可怕世界，死亡有如人的影子一般不即不離，揮之不去。

連哀邪、斷紅顏、端木蕭蕭、離天闕這樣的人物，面對如此可怕的聲勢，也不得不暫避鋒芒，抽身急退，作對廝殺的局面爲此而中斷了。

無論是天司危還是小野西樓，都真正地祭起了各自的最高修爲，因爲他們雖然立場不同，目的不同，但卻有一個共同的感覺，那就是這一搏只能勝不能敗！

不知過了多久——也許是極漫長的時間，也許只是一瞬，無論如何，在眾人的感覺中，都有靈魂與意識已經歷一次煉獄輪迴的感覺。

刀劍交擊以及切割虛空的聲音終於消失！

長街忽然陷入一種不真實的死寂中。

他們看到的也只是相隔數丈而立的小野西樓與天司危，兩人佇立有如雕像，讓人產生出方才的風雲變幻與他們全無關係的錯覺。

倏地，「噗……」的一聲，天司危狂噴一口熱血，「噔噔噔」一連退出三步才站穩腳跟，鮮血立時化爲血霧。顯然這是因爲有對方內力侵入他體內的緣故，所以在鮮血狂噴的同時，那股氣勁也隨之排出，從某種意義上說，這倒反是好事。

眾無妄戰士、禪戰士心頭皆是一沉！

未等哀邪等人感到多少欣喜，便聽得小野西樓悶哼一聲，身子向前一傾，似欲倒下。但她總算及時地以天照刀插入地面，支撐著身體，卻仍是不由自主地半跪於地。鮮血自她的腹部不斷溢出，早已染紅了一片。

哀邪對小野西樓已甚爲瞭解，他知道如果不是實在無法支撐，高傲的小野西樓是絕對不願以這樣的形象示於他人面前的，所以哀邪心頭比誰都更爲擔憂。

「天司殺奉大冥聖皇之令，擒殺千島盟賊子！」

「皇影武士荒缺奉聖皇之令，助天司危大人一臂之力！」

東向、西向同時遙遙傳來呼喝聲，打破了這邊的死寂，顯得無比的清晰入耳。

緊接著南向又有聲音傳來：「地司命願爲天司危大人、天司殺大人助興！」其聲如雷，滾滾而來，話語已止，仍讓人耳際嗡嗡作響。

小野西樓與天司危的戰局毫無遺漏地落入戰傳說的眼中，此刻又有天司殺、地司命一干人前來增援，接下來的局勢，已是沒有任何懸念可言了。

天司危此刻心頭卻極不是滋味，甚至有要大罵出口的衝動，心忖這一次對付千島盟，可以說從頭到尾都是他在運籌帷幄，功高至偉，沒想到在最後的關頭，天司殺、地司命這些傢伙卻冒了出來，分明是想借機分得一份功勞。

儘管心有忿意，但天司危對此卻也無可奈何，他沒有理由阻止他人對付千島盟。

因爲心頭不快，他忍不住又噴了一口鮮血，卻已暗自拿定主意，一定要搶在天司殺、地司命及皇影武士荒缺到達之前，將小野西樓擊殺！

端木蕭蕭不失時機地高喝：「千島盟賊子還不降伏？負隅頑抗，唯有死路一條！」

哀邪心中絕望至極，看來自己投靠千島盟是一個絕對的錯誤，如果不曾投靠千島盟，那麼驚怖流或許還可以在世人沒有察覺的情況下悄然發展壯大。而一旦依附了千島盟，千島盟就會爲了自身的利益，而早早地把驚怖流推向前臺，讓驚怖流爲千島盟衝鋒陷陣。

若成功了，最大的受益者不是驚怖流本身，而是千島盟；若失敗了，損失驚怖流的人馬比損失千島盟本部的人馬，顯然要無關痛癢。

不過事到如今，後悔已毫無意義，哀邪更清楚地知道，如果投降的話，就算大冥冥皇有可能爲了某種原因饒千島盟的人不死，也決不可能放過驚怖流的人！

當年的驚怖流肆虐天下的情景，足以讓任何人談之色變，冥皇怎可能會給驚怖流東山再起的機會？相比之下，千島盟雖然一直對大冥樂土滋擾不斷，但還從來沒有真正地讓大冥王朝有惶惶不可終日的感覺。

所以，哀邪毫不猶豫地斷然道：「千島盟向來只戰不降！想讓我等屈服，實是癡人說夢！」

小野西樓聽得清清楚楚，不由有些感慨，她對哀邪的一些舉措本是頗有微詞，包括在隱鳳谷，哀邪讓手下的人大肆殺戮已沒有反抗能力的隱鳳谷弟子那件事。但現在看來，至少哀邪對千島盟的確是忠心耿耿的。

哀邪話音剛落，忽聞有詭異怪笑響起，「很好，人在世間，就是要永不屈服！」

說話者不僅聲音獨特，而且話中每一個字的音量都是一般高低，毫無輕重緩急的區別，讓人感到他所說的並不是一句完整的話，而是一個一個單獨的字。

但這獨特的聲音給人的感覺卻不是滑稽可笑，而是莫名的不安。那聲音似遠似近，方向莫辨，像是來自冥冥天際，又像自每個人自己內心深處發出，極具震撼力。

而身處居高點的戰傳說則比其他人更爲震撼，因爲此刻他正親眼目睹絕對不可思議的一幕！

他看到遠處長街上正有一輛馬車向這邊疾馳而來，速度之快，已超乎人的想像。

但這還不是最讓人感到不可思議的地方，最不可思議的是，馬車根本不是沿著大道奔馳，而是直接向這邊而來。

那馬車出現的地方與小野西樓決戰天司危的地點之間，有高牆屋舍，還有房舍之間成排的樹木，根本不存在一條可以直接通達的道路，但駕車的人卻像是連這再明顯不過的事實也沒有發現——或者發現了也根本不在意。

那輛馬車自出現之後，疾衝而來，沒有順著街向的改變而改變路線，而是徑直橫穿了大道，並直接撞向大道旁的高牆。

就在戰傳說以爲這輛瘋狂的馬車將遭遇車仰馬翻的結局時，高牆卻在馬首即將撞上之前的那一剎那突然倒坍，不是向下倒坍，而是在瞬間破碎之後，碎石殘磚如同毫無分量的塵埃般高高拋起，向四面八方疾射開去。

高牆豁然洞開一個足足有三四丈寬的大口子，馬車如箭一般怒射而過。

戰傳說目瞪口呆！

直覺告訴他，那獨特的聲音就是來自於這輛馬車內。

高牆之內，先是幾排樹，隨後是假山、廂房、大堂……因爲接近廝殺的地方，所以屋頂上還有不少無妄戰士、禪戰士嚴陣以待，這些人直到那輛馬車以摧枯拉朽之勢衝過高牆，才被巨響

聲驚動。

目光齊集處，駭然只見那輛馬車衝過高牆之後，去勢不減反增，車未至，前面丈許外的樹木的樹幹已先行突然爆碎，接近地面的半截樹幹在一剎那間化爲木屑，在夜色中看來，就像是憑空消失了一般。

馬車呼嘯而過，高大的樹木在這驚世駭俗的馬車面前弱如草芥，絲毫不能阻擋它的前進，緊接著是石砌的假山轟然爆碎。

這輛馬車儼然已可所向披靡，其氣勢之盛，讓人感到這世間已沒有任何力量可以阻擋它的前進。

屋舍之頂的無妄戰士、禪戰士總算回過神來，但他們不知道這輛馬車的來歷，此刻也沒有人向他們發出任何指令，所以除了驚駭欲絕地望著馬車長驅直入外，竟不能作出其他更多的反應。

從外觀上看，那馬車與尋常的馬車沒有什麼不同，那匹駕車的馬也沒有獨特之處，但它此時所擁有的流星閃電般的速度，卻讓人不能不懷疑這決不是一匹凡馬，而是一匹神馬！

馬車如一艘在江海中乘風破浪的戰艦，披斬怒濤，一切擋在它前面的障礙都因爲它的前進而分崩離析，高大的房屋應聲而倒，但殘梁斷柱還沒有來得及墜落地上，甫一挨近馬車，就已重新被一股空前強大的力量撞擊得飛起。

所以，從遠處看，一幢幢房舍的毀壞，竟不是自上而下的倒塌，而是不可思議地從內部向外膨脹、分裂，情景駭人至極。

戰傳說自從隨父親戰曲離開桃源之後，可以說也算是奇遇不斷，見過了不少詭異的場面，但眼前這一幕卻仍是讓他吃驚非小。

而圍在千島盟人四周的無妄戰士、禪戰士以及其他一干在長街上的人，因為視線的原因，並沒有能夠如戰傳說那樣親眼目睹這不可思議的一幕。

但他們卻聽到了飛速迫近的接連不斷的巨響聲，這聲音本身就已蘊藏著某種讓人不安的力量。

就當所有人都在猜測究竟發生了什麼事，而發生的事與方才那獨特奇異的說話聲之間是否又有關係的同時，忽聞「轟……」的一聲巨響，臨街一側屋子的石牆突然一下子爆開，碎石四飛，猝不及防之下，當場有十數人為之所傷。

碎石四射處，一輛馬車匪夷所思地電射而出。

所有的人在那一剎那都呆住了——包括天司危與小野西樓這樣的人物也不能例外。

「希聿聿……」一聲長嘶，那匹馬倏然人立而起，竟生生止住了勢如奔雷的去勢，馬車驀然而止，由極動至極靜，竟在一瞬間完成！

這時，眾人才看清這輛馬車赫然無人駕馭。

就在眾人極度驚愕之後，只聽得那獨特的詭異聲音再度響起：「千島盟人上車吧，只有老夫可以救你們！」

這一次，眾人都已聽出聲音是自馬車後面的車廂內傳出的。

來者的身分這時才初現端倪，至少，已可以知道來者是千島盟之友，大冥之敵。

不過同時也可以聽出此人並不是千島盟的人，不知是什麼原因促使此人甘願冒險救千島盟人。車內人一開口，等若提醒了還在猶豫不決的禪戰士、無妄戰士。

他的話音剛落，便聽得「嗖嗖……」破空聲響成一片，箭矢、投矛如飛蝗般自四面八方齊齊射向馬車，箭矢與投矛在空中劃出一道道軌跡，縱橫交錯成網。

眼看箭矢、投矛飛速接近馬車，就要命中目標時，忽然不可思議地慢了下來，不是那種因力道減弱而造成的速度減慢，而是突然一下子變得比原先的速度慢了許多，慢得就像是有數十隻手舉著箭矢、投矛在慢慢地揮動。

這絕對完全違背了常理，兩種在虛空中如此緩慢飛掠的東西，除非是薄紙或者輕羽，否則定會墜落地上，但箭矢、投矛除了速度變得極爲緩慢外，前進的方向都沒有任何改變，更沒有絲毫要墜落的跡象。

一道火紅色的光芒由馬車內飄出，有如匹練，準確靈巧地穿掣閃掠，迅速將箭矢、投矛纏了個正著，還沒等眾人明白是怎麼回事時，箭矢、投矛已突然反射而回，其速與方才的緩慢滑行大相徑庭，快如閃電。

剎那之間，已有十數名無妄戰士、禪戰士倒地身亡。

車中人殺人手法之怪之快，讓人心驚。

此舉即等若給千島盟的人吃了顆定心丸！因爲車內的人既然對大冥王朝的人出手毫不留情，大加殺戮，就可以證明這不是一個圈套。

哀邪向小野西樓道：「聖座，撤吧！」

離天闕怒吼道：「想逃？沒那麼容易。」

話音未落，馬車內一道黑影倏然掠出，未等眾人看清之際，已不可思議地迫近離天闕咫尺之間。

離天闕大驚失色，雙矛齊出。招式只攻出一半，已慘呼一聲，噴血狂跌而出。

那道黑影未作任何逗留，一擊之後，已如鬼魅般倏然而退，重新隱入馬車之中，其速之快，讓目擊者無法相信這是事實。

唯有頹然倒地，大口大口吐著鮮血的離天闕，可以明確無誤地證實這一切是真真切切地發生了。

離天闕身爲禪都四大禪將之一，決不容小覷，就是天惑大相、法應大相也未必有一個照面就擊敗他的能力。

第一輪箭矢、投矛攻擊未果，正準備發射第二輪攻擊的無妄戰士、禪戰士忽覺遍體生寒，不可抵禦、無法抗拒的畏怯之意迅速佔據了他們的心靈，恍惚間，他們的血液似已冷卻，鬥志戰意全然煙消雲散，連握投矛、箭矢的手都已開始輕輕顫抖。

一股莫名的力量震懾了場中每一個人！

而這時，天司危正好趕到。

他第一眼所看到的就是不可思議的死寂。

在他的想像中，這兒應是一片血光滔天，廝殺不休，因爲就在片刻之前，他還見到這邊房舍傾塌，一片混亂，怎可能在如此短的時間內變爲一片死寂？

就在天司危驚愕之際，他聽到了一個獨特的聲音自街心一輛馬車中傳出，「老夫乃九極神教教主勾禍！勾禍在此，誰人敢擋?!」

勾禍?!九極神教?!

此時此刻，「勾禍」二字卻如同揮之不去的幽靈般，再度在眾人的耳際中響起！

許多年前，勾禍是樂土武道的一場可怕的噩夢，世人本以爲那場噩夢會成爲永遠的過去時，竟然再一次聽到了勾禍的名字。

無論是天司殺、天司危、戰傳說，還是無妄戰士、禪戰士，心中無不是驚駭至極。

每個人都在思忖著：「車內的人是否真是勾禍？如果是真的，那麼爲何當年世人皆斷定勾禍已死？勾禍重現又預示著什麼？」

天機峰。

觀天臺是在天機峰最高處的一處有十數丈方圓的平臺，平臺三側面臨絕崖，只有東向有三百六十級石階直通觀天臺。

玄流精於各種術數，在天機峰設有觀天臺也就不足為奇了。

石敢當拾階而上，直抵觀天臺。

嫵月、藍傾城，以及嫵月身邊那一直蒙著面紗的年輕女子跟隨於石敢當的身後。嫵月已在石敢當身上下了毒，當然不會擔心石敢當會有什麼異動。

對石敢當來說，登上觀天臺並非是第一次，當他還是道宗宗主的時候，就常常登上觀天臺。不過，這一次登上觀天臺的感覺與以往任何一次都不同：他已不是道宗宗主，更重要的是，道宗已不再是昔日的道宗。

高處不勝寒，峰頂上涼風習習，沁心入骨。放眼四望，夜色蒼茫，映月山脈自西向東綿延不絕，起伏無定，連八狼江也可以收入眼底，站在此處看八狼江，就有如一條銀帶，在夜色中輕盈舞動。

天地何其廣袤，而在目力所能及的天與地之外，更有無限蒼穹。與無限蒼穹相比，一個人

的存在實在太渺小了。

石敢當緩步走至觀天臺北側的倚欄前，向遠方望去，禁不住心中感慨，輕輕地嘆了一口氣。

當他走向倚欄的時候，藍傾城似有擔心，沒等他有所舉措，嫵月已以眼神暗示他不必多慮。她知道藍傾城是擔心石敢當會突然跳崖，對藍傾城來說，若是石敢當突然縱身跳崖，那結果無論是生是死，都是他所不願意看到的。

事實證明嫵月不愧爲最瞭解石敢當的人，石敢當只是在倚欄前默默地站了一會兒，就緩緩地轉過身來。

「石敢當，你不要再拖延了，若能察知天瑞重現的方位，對你、對我、對道宗都沒有壞處。」藍傾城有些急不可耐地道。

石敢當微微頷首，「既然如此，你們先暫且避開吧，待我求問天象已畢，自會將結果告之於你們。」

藍傾城如何肯輕易相信石敢當？當下冷笑道：「你莫忘了你是我們的階下之囚，我等是不是該離去，還輪不到由你說了算。」

石敢當毫無表情地道：「你好歹也算是道宗的人，難道不知求問天象應當心境清明？偏偏我石敢當並無博大胸襟，尚不能對有仇隙之人在身側可以不聞不問。」

藍傾城脫口怒道：「你……」

讓石敢當單獨一人留在觀天臺，藍傾城絕對不放心，就算知道石敢當已服下嫵月的毒物也是如此。但他畢竟是今日道宗宗主，更知道石敢當所說的是事實。

他與石敢當之間的矛盾自不待言，而嫵月與石敢當之間則是愛恨交織，他們兩人若留在觀天臺，的確會讓石敢當分神，無法進入物我兩忘、一心求問天象的狀態。所以藍傾城話至一半，又戛然而止了，一時左右為難，不知如何是好。

這時，嫵月道：「石敢當，我這弟子與你是第一次謀面，而且她入我內丹宗不久，可以說與你是無怨無仇，讓她留在觀天臺，你應該無話可說吧？」

石敢當看了那蒙著面紗的女子一眼，沉吟片刻，終於點了點頭，道：「既然你們並不能真正地相信我會盡力求問天象，那就依妳之意吧。」

藍傾城對只留一名內丹宗的女弟子在這兒仍是有些不放心，但他也想不出更好的辦法可以解決矛盾。再說嫵月既然只帶這年輕女子一人在身邊，說明她對這年輕女子還是頗為看重的，想必這年輕女子也不是泛泛之輩。

這麼一想，藍傾城也不再堅持了。

藍傾城下了觀天臺之後，立即著手部署親信人馬嚴加防範，以防石敢當借機逃遁，而他自己則親自坐鎮那條唯一可以通達觀天臺的石梯。

與藍傾城的嚴陣以待相比，嫵月則要鬆懈得多，也不知這是不是與她對石敢當甚爲瞭解有關。

當藍傾城、嫵月離開觀天臺之後，石敢當果真開始觀察天象。

時間一點點地流逝，石敢當的神情專注無比。

良久，他輕輕一嘆，像是自言自語般道：「藍傾城說得不假，果然有天瑞在世間重現了。」

觀天臺只有他與那內丹宗的年輕女弟子，如果他不是自言自語，自然就是說與這年輕女弟子聽的。

奇怪的是，那內丹宗女弟子對石敢當方才所說的一番話竟無動於衷，沒有什麼反應。

難道，她對天瑞重現一事竟然毫不在意？就算她本人並不在意，也應知道其宗主嫵月對這件事十分關心，她既爲內丹宗弟子，本不該對這事不聞不問。

更奇怪的是，世事練達的石敢當這一次似乎也很大意，竟也沒有留意這異常的地方。他自言自語地說完那番話之後，就自顧繼續低首冥想，在觀天臺來回緩緩踱步。

不知不覺地，他在那內丹宗女弟子身邊停下了腳步，忽然低聲道：「我沒有想到妳會進入內丹宗——就像我沒有料到嫵月會進入內丹宗，並成了內丹宗宗主一樣。一切都是那麼出人意料，真是世事難料啊！」

那內丹宗女弟子身子微微一震，卻沒有開口。

石敢當很慈祥地一笑，「石爺爺是看著妳長大的，怎能會認不出妳？」

那內丹宗女弟子的身軀又是微微一震。她的面紗只是蒙住了雙眸以下的部位，這一刻，她的雙眼竟有晶瑩的淚水滾出！

「妳父親、妳二哥都……還活著，只是暫時不知他們的下落罷了。隱鳳谷一役之後，石爺爺最掛念的就是妳了。」石敢當繼續道。

那內丹宗女弟子終於緩緩摘下面紗，出現在石敢當面前的是他再熟悉不過的尹恬兒！

尹恬兒顫聲道：「石爺爺！」話剛出口，淚水已流得更厲害了。

驚怖流攻襲隱鳳谷，隨後是劫域哀邪爲「寒母晶石」進入隱鳳谷，隱鳳谷在遭遇了前所未有的劫難之後，已變得面目全非。當時的情形混亂而凶險，連石敢當、尹歡都差一點死於驚怖流人手中。

石敢當等人雖有尋尹恬兒之心，但卻沒能及時找到尹恬兒，而若是在隱鳳谷再多加逗留，照當時的情形，極可能會帶來致命的後果。在這種情況下，眾人不得不先離開隱鳳谷，準備從長計議。

沒想到離開隱鳳谷之後，驚變迭起，戰傳說、石敢當、尹歡一干人一直被種種事情糾纏，根本身不由己，所以一直未能全力查探尹恬兒的下落。

今夜，當石敢當第一眼見到尹恬兒時，就已感到有些異樣了。正如他所言，畢竟他是看著尹恬兒長大的，對她的一言一行以及其眼神都是再熟悉不過了。

之後，當尹恬兒奉嫵月之命將毒物交給石敢當時，石敢當見到了她右手手腕處的一道不太顯眼的疤痕，就已完全確定尹恬兒的身分了。因爲他清楚地記得尹恬兒右腕那道傷疤的來歷，那還是尹恬兒六歲時留下的。

一直牽掛的尹恬兒忽然出現在眼前，石敢當自是驚喜交加！而尹恬兒忽然成了內丹宗的人，並且還隨嫵月一起出現，則更是讓石敢當吃驚不已。

石敢當畢竟是歷經了無數風雨的人，雖然在確知嫵月身邊的年輕女子是尹恬兒時極度吃驚，但表面上卻絕對不露聲色。他擔心一旦讓藍傾城或者嫵月知道尹恬兒是隱鳳谷谷主尹歡的胞妹，會給尹恬兒帶來危險。

石敢當不能確定嫵月是不是已經知道尹恬兒以前的身分，也不知道尹恬兒爲什麼會加入內丹宗。

石敢當以爲自己很難有與尹恬兒單獨相處的機會，沒想到事情竟如此順利，這麼快就有機會了，石敢當心頭多少是有些欣慰的。

尹恬兒極爲內疚地道：「石爺爺……我……我不該把那毒給你……我本以爲我家宗主是不會對石爺爺下毒手的。」

她的確是這麼想的，當嫵月與石敢當交談時，在一旁的尹恬兒已聽明白了一個大概，知道石敢當與嫵月曾經有過一段情緣。雖然現在從容貌上看，嫵月依舊那麼美麗，而石敢當卻已是垂垂老朽，兩者不再匹配，但尹恬兒以年輕人對情愛的敏銳感觸，感覺到嫵月曾經很愛石敢當。

以尹恬兒的想法，雖然嫵月曾經因愛生恨，大肆對付道宗，困鎖石敢當，但在內心深處，她對石敢當依然是愛多於恨的。無論如何，尹恬兒都決不相信一個女人會將一個自己曾經深愛的男人毒殺，哪怕他們之間曾經有過怎樣的波折與怨恨。

所以，尹恬兒奉嫵月之命後，沒有太多的猶豫，就依言將毒物給了石敢當。隨後石敢當所說的那番話對尹恬兒不啻是一記晴天霹靂！沒想到她給石敢當的竟真的是劇毒之物！

尹恬兒一向將石敢當視爲最親近的親人，甚至比二哥尹歡、父親歌舒長空都更爲親切，她無論如何也不會想到有一天自己會親手將毒物交與石敢當，並讓其服下。

雖然她只是奉命行事，卻也絕對無法原諒自己。如果是從前的尹恬兒，在聽石敢當說那的確是劇毒之物後，定立時沉不住氣了，驚愕、悲傷、悔恨足以讓她當場失控。

但如今的尹恬兒已不是從前的尹恬兒了，在石殿的地下室中，她由大哥尹縞留下的書簡中，知道了關於父親、關於隱鳳谷的真相，這使她一下子由從前的單純轉變了性情，方才明白世間的事情竟是那麼複雜，人心竟是那般難測，連自己的父親她都沒能看透！

父親的所作所爲，讓她心寒，且感到愧對尹歡；但對尹歡這個二哥，她又確實無法真正地

敬愛他，如同小時候敬愛大哥尹縞那樣。

一日之間，尹恬兒的情感經歷了無數錯綜複雜的洗禮與磨礪，已變得堅強了許多，也成熟了許多。

成熟，有時就意味著要學會克制自己的喜怒哀樂。這一次，尹恬兒做到了，但心中的痛苦卻是難以言喻。

「石爺爺，如果你不能察知天瑞所在，也要先騙上他們一陣子。他們要知道真假如何，還需要一段時間，我一定想辦法拿到解藥。」這是尹恬兒知道石敢當的確服下了劇毒之後，心中一直在思忖的事情。

石敢當道：「其實要察知天瑞在何方重現並不太難。」

尹恬兒大喜，忙道：「如此說來，石爺爺定是已看出來了？」

她知道如果石敢當能說出天瑞在什麼方向重現，嫵月就可以把解藥給他了，因此難免有些激動。

石敢當點了點頭，卻接著道：「就算我將天瑞重現的方位告訴他們，他們也未必能得到天瑞，因爲天瑞乃神靈之物，它的歸宿，冥冥之中已由天定。」

尹恬兒見石敢當已承認知曉天瑞所在方位，大有如釋重負之感，她道：「能不能得到天瑞，那是他們的事，石爺爺只要將天瑞重現的方位說出，就不必去理會其他事宜了。」

石敢當笑了笑，「相信除我之外，能看出天瑞重現方位的，至少還有不二法門元尊、千島盟大盟司，他們兩人中任何一人的力量，都是即使傾道宗、內丹宗的力量也無法對付的。可以說，擁有天瑞對道宗、內丹宗來說，其實根本是禍而不是福，不知藍傾城他們是沒有看破這一點，還是有其他原因促使他們一心要得到天瑞。」

尹恬兒卻不明白在這種時候，石敢當還去關心這些事是爲了什麼，在她看來，當務之急是先解毒保全性命才是。

石敢當似乎看出了尹恬兒的心思，他道：「其實，我能不能得到解藥，與能不能窺破天象，找到天瑞重現的方向所在根本毫無關係。」

尹恬兒一怔，慢慢地有些明白過來了。也許，殺不殺石敢當，只在於嫵月對石敢當是愛多一些，還是恨多一些。

現在看來，似乎是恨多一些了。換而言之，嫵月完全可能因爲恨而食言，不給石敢當解藥。她對石敢當的恨是因爲石敢當的兩次食言，那麼她這一次食言正好是最合適不過的報復。

尹恬兒也許還不能完全明白其中的因果，但石敢當卻是明明白白的。

石敢當道：「妳怎會成爲內丹宗的弟子？」

尹恬兒便將自己如何成爲內丹宗弟子的經歷大致述說了一遍。

原來隱鳳谷一役中，當石敢當、尹歡等人與驚怖流的人殺得天昏地暗、日月無光時，尹恬兒則因爲發現了尹縞留下的信箋而深深地沉浸於傷感之中，全然忘記了外面的血腥廝殺。

隱鳳谷中，尹恬兒已記不清自己在石殿地下室中逗留了多久才離開，出了地下室之後，尹恬兒又失魂落魄地在石殿裏徘徊了許久。

對她來說，石殿本是十分熟悉的，即使把她的雙眼蒙上，她也能分辨得清路徑，但極度的哀傷以及種種難以言喻的心緒使她的精神幾乎要崩潰了，就如同一具沒有靈魂、沒有思想的行屍走肉般，毫無目的地在石殿中遊走。

這期間，驚怖流弟子曾奉哀邪之命進入石殿搜尋隱鳳谷殘存弟子，誓要將隱鳳谷一網打盡，但鬼使神差地，這些驚怖流的人進入石殿後，在錯綜複雜的通道中穿插搜尋，竟沒有人與尹恬兒相遇，尹恬兒就此逃過一劫。

而後情況突然逆轉，驚怖流優勢盡失，自顧不暇，自然再也無人進入石殿了。

當尹恬兒從渾噩中清醒過來，出了石殿時，隱鳳谷已經歷了一場浩劫，物是人非！

偌大一個隱鳳谷，竟只剩屍體，而無一個活人，隱鳳谷呈現著從未有過的蕭條。

雖然尹恬兒與二哥尹歡一向不和，但這並不代表她對隱鳳谷毫無感情，畢竟這是她生於此長於此的地方，一草一木都是她再熟悉不過的，而如今隱鳳谷卻毀於一旦，她如何能不傷感？

尹恬兒在隱鳳谷仔細尋找了一遍，沒有見到尹歡、石敢當、歌舒長空的屍體，這才稍稍心定，心中猜測他們會去了什麼地方？又爲什麼要離開隱鳳谷？是爲了追殺對手，還是被迫逃亡？

尹恬兒隨後也離開了隱鳳谷。

隱鳳谷已毀滅了，留下除了徒增傷悲之外，還能有什麼作爲？而且尹恬兒仍是希望能知道父親、二哥的下落，儘管她對他們的感情是那麼的矛盾、複雜。

尹恬兒離開隱鳳谷的時間，其實與戰傳說、石敢當、爻意一行人離開隱鳳谷的時間相距不遠，可以說是戰傳說等人前腳剛出隱鳳谷，尹恬兒就出了石殿。

所以，當尹恬兒離開隱鳳谷時，竟被驚怖流弟子候了個正著。事實上，這些驚怖流的人本是守候戰傳說一干人的，但卻被戰傳說以詐兵之計嚇得不敢露面，只能眼睜睜地看著戰傳說、爻意他們揚長而去，儘管心有不甘，卻也徒呼奈何。

還沒等他們由隱身處撤走，尹恬兒就出現了。

因爲受戰傳說的詐兵之計的影響，這幾名驚怖流弟子已分不清對方的虛實了，雖然見尹恬兒是獨自一人離開隱鳳谷，但他們一時也不敢有貿然之舉，只恐這又是戰傳說等人施出的誘敵之計。

這也難怪，在他們看來，如果不是別有蹊蹺，尹恬兒又爲何不與戰傳說等人一起離開，而非要一人獨行？

心中這麼自作聰明地想著，但又不甘就此放棄，眼見尹恬兒這樣年輕美麗的女子孤身獨

行，哪怕就是明知可能會有危險，他們也忍不住既可以立功請賞，又能飽餐美色的雙重誘惑。

所以，這一次，他們「冒險」跟蹤尹恬兒，當跟出相當遠的一段距離時，結果他們驚喜地發現尹恬兒的確是落單一人，並不是戰傳說等人有意安排。

驚怖流弟子欣喜若狂，這才毫無顧忌地現身攔截尹恬兒。

尹恬兒的修爲並不高，因爲她一出生，歌舒長空就進入了地下冰殿，沒能向她傳授武學，她的武學還是大哥尹縞所授，但尹縞英年早逝，之後尹恬兒與尹歡不睦，自然不可能願意自尹歡那兒習練武學。如此一來，尹恬兒的修爲與她隱鳳谷谷主胞妹的身分就頗有些不相稱。

以她一人之力，根本無法對付六名如虎似狼的驚怖流弟子，眼看就要遭受凌辱之時，嫵月正好路過，見此情形，便出手相救。

嫵月既然已是內丹宗宗主，六名普通的驚怖流弟子如何是其對手？很快就抱頭鼠竄而逃。

嫵月救下尹恬兒後，提出護送她回家，但尹恬兒卻說已無家可歸，並如實告訴了嫵月自己的身分——嫵月也是女子，又對她有恩，她當然不會有什麼顧忌。

嫵月聽罷，便提出如果尹恬兒願意，可以隨她入內丹宗，甚至還可以收其爲徒。

尹恬兒一直不知道石敢當的真實身分，當然更不知道嫵月與石敢當之間的恩恩怨怨。她只知道內丹宗本屬於玄流，玄流乃正道，由玄流分離出來的內丹宗自然也是正道。

至於尹恬兒也曾聽說的玄流三宗之間的爭鬥，在她看來，這只是內部的紛爭，並不影響內丹宗正道名門的性質，既然如此，那麼暫時棲身於內丹宗也無不可。

不過嫵月提出可拜師的事，尹恬兒倒是婉拒了，而嫵月也沒有刻意勉強，只是讓她再考慮考慮。

就這樣，尹恬兒成了一名內丹宗的弟子，而且嫵月對她似乎很偏愛，雖然入門不久，卻常被嫵月帶在身邊。這一次，尹恬兒隨嫵月到道宗，她沒有料到會見到石敢當——進入內丹宗之後，她已聽說過道宗昔日宗主是石敢當，但卻沒有將石敢當與她的「石爺爺」聯繫在一起。

這一次天機峰之行，對尹恬兒來說，可謂是事事出乎她的意料。

聽完尹恬兒的述說，石敢當略作沉吟之後，「妳對以後有何打算？是否還留在內丹宗？」

尹恬兒道：「我……也不知該如何是好。」

入內丹宗對尹恬兒來說，的確只是權宜之策，否則她孤身一人流落在外，將會朝不保夕，至少驚怖流就是一個很大的威脅。

但難道從此就這般在內丹宗一直生活下去嗎？

這似乎也不是尹恬兒所願意的。她已習慣了隱鳳谷的生活，忽然成了內丹宗弟子，還真的很不適應。

石敢當道：「妳想不想設法找到妳的父親及二哥？」

尹恬兒沉默了片刻，出乎石敢當意料地搖了搖頭。

「為什麼？」石敢當吃了一驚！

尹恬兒不欲尋找尹歡尚屬正常，因為他們兄妹本就不睦，但尹恬兒對她的父親歌舒長空的感情卻一直不錯的，這次為何卻一反常態，竟連父親的下落也不欲知道？

照理，尹恬兒並不會知道歌舒長空與尹歡之間的種種恩怨，更不知道歌舒長空曾不擇手段地對付尹歡，那就沒有理由突然對歌舒長空態度有很大變化啊?!

尹恬兒又一次緩緩搖頭，神色有些黯淡。

石敢當心頭隱隱一痛，心道：「這孩子一定是發現了什麼，她現在的性情與以前頗為不同，變得沉默了許多，也成熟了許多，但我倒寧可她依舊是從前那個直率中帶點刁蠻的丫頭。」

口中道：「也是，要找他們父子二人，也不是一件容易的事。不過，若是哪天妳突然想去尋找他們，石爺爺希望妳去見陳籍，他一定可以幫妳。對了，陳籍的真正名字叫戰傳說。」

其實石敢當自己都不知道尹歡、歌舒長空如今是否還活著。在坐忘城中，他們父子二人拚死一戰雙雙受傷後，尹歡突然被人帶走，而後已傷得難以下床走動的歌舒長空又突然離奇失蹤，之後，就再也沒有了他們的消息，生死如何，實難定言。

當然，歌舒長空神志盡復以及尹歡投奔靈族一事，石敢當也不知情，所以在石敢當看來，尹歡因為仇恨歌舒長空，應該不會如何善待尹恬兒，而歌舒長空雙臂盡廢，又神志全失，自保尚且困難，尹恬兒就是找到他，父女二人也只會是相互拖累。

所以，石敢當其實也並不希望尹恬兒去找尹歡、歌舒長空，他之所以提出這件事，其實就是爲了讓尹恬兒有朝一日去見戰傳說。

他相信只有戰傳說才會真心地幫助尹恬兒，甚至比尹歡、歌舒長空都更可靠。這僅是因爲石敢當信任戰傳說的人品，也是因爲石敢當對戰傳說的修爲很有信心。

尹恬兒卻不知石敢當的更深用意，她對是否要尋找父親與兄長的下落真的不十分在意，所以石敢當這麼說時，她也只是出於禮節地應承道：「恬兒記下了。」

石敢當自是能看出尹恬兒的心灰意冷，心頭暗嘆一聲。

尹恬兒道：「無論如何，石爺爺一定要對他們說出天瑞重現所在的方位、位置，真的也罷，假的也罷，否則，若是石爺爺有什麼不測，恬兒將會內疚一生。」

尹恬兒不知道石敢當早已抱有必死之心。他已明白，嫵月之所以以種種手段對付道宗，歸根結柢，還是因爲對他的怨恨。

正如她所言，只要他一日不死，她就一日不肯停止對道宗的破壞，換而言之，那豈非等於說只要他一死，嫵月自然也就甘休了？

正因爲有這樣的念頭，石敢當才明知嫵月所給的的確是劇毒之物，也將之服下了。死亡，本就是他所願意達到的目的，又還會懼怕什麼？

石敢當正思忖著該如何回答時，忽聞下方傳來道宗示警的響聲，不由吃了一驚，不知發生

了什麼變故。

他絕對不會想到，這示警聲，會是因爲術宗宗主弘咒而起。

道宗在天機峰設下了三道防線以拒敵，但第一、第二道防線被術宗宗主輕易逾越，守在第三道防線上的皆是道宗的精銳，當然不會讓弘咒輕易逾越，及時封擋。

而示警之聲直到弘咒已抵達第三防線時才響起，足見弘咒來勢之快疾絕倫。

第一、第二道防線的道宗弟子地位相對較低，而弘咒又來速奇快，竟沒有一人能阻擋其腳步！但第三道防線則是不同，守在這兒的都是地位輩分相對較高的人，他們不但止住了弘咒前進的步伐，更識出了他的身分，一時皆震動莫名。

在這些人當中，有一部分如白中貽一樣，是被藍傾城完全控制的心腹，自然就知道藍傾城與弘咒的關係，並不是如表面上那樣水火不容，而是暗中勾結；但也有一部分道宗弟子對此根本不知情。所以，那些知道內幕的人此刻猶豫不決，不知是否該對弘咒出手。

道宗、內丹宗、術宗三宗宗主之間有著某種不爲外人所知的聯繫，但對外甚至對自己的手下，他們仍是刻意掩蓋這件事，正因爲如此，嫵月在天機峰出現時，才一直以面紗掩藏真面目，加上有藍傾城親自出面掩飾，並無幾人知道嫵月在天機峰出現。

嫵月的面紗，也只是在密室中與石敢當相對時才摘下，離開清晏壇之前又重新蒙上了。

但弘咒卻與嫵月不同，他竟根本未作任何僞飾，就那麼顯山露水地獨自一人直闖天機峰，一望可知他是有恃無恐。這也等於給那些藍傾城的心腹出了一道難題，戰也不是，不戰也不是。反倒是弘咒從容不迫，彷彿這兒不是天機峰，而是他的青虹谷。

弘咒目光掃過劍拔弩張的道宗弟子，從容若定地道：「本宗主此來是爲見藍宗主有要事商議，你們不必緊張。」

「我們宗主豈是你說見就見的？一月前，術宗的人伏擊我們道宗的兄弟，將九名道宗弟子的武功全廢了，今日你既然自己送上門來，我們就殺了你爲他們報仇！」一臉色黝黑的道宗弟子極爲不平地喝罵道。

「他們是試圖打探我術宗的消息，本宗主才讓人伏擊他們，給他們一點教訓的。」

「胡說！術宗背棄玄流宗旨，步入邪道，休得將我道宗也一併污蔑了，我們道宗所屬決不會做那種偷雞摸狗之事！」

若是照此爭執下去，道宗與術宗只怕爭執個三天三夜也爭執不清，兩宗交惡多年，你爭我鬥，用盡了手段，其中的枝枝節節、是是非非，誰也不可能分得明明白白，但這種爭執卻又是不可避免的。

這麼多年來，三宗之間雖然常有爭戰，但誰也不願擺出一副好戰的姿態，而是一心要讓人感到自己這一宗是爲了玄流大業而不得不戰，所以相互的指責與辯解是不可避免的。

每一宗都希望通過指責對方使對方在道義上陷於孤立，而自己這一宗則由此抬高地位。

所以，三宗之間的爭奪交戰，與一般的門派之爭又有些不同。譬如說，就算三宗之中有一宗的力量達到了足以消滅其他任何一宗的地步，這一宗也絕對不會將另一宗斬草除根，這不是實力不濟，而是因爲一旦這麼做了，那就會背負心狠手辣的惡名，恐怕自己內部馬上就會開始分裂了。

一切的一切，都要在一統三宗、光大玄流的旗幟下進行。既然是要光大玄流，又怎能一味殺戮？

正基於這樣的原因，道宗的人截下弘咒之後，並沒有立即出手，而是先義正詞嚴地指責對方，追究其責。

可是，這對於對此早已司空見慣的弘咒其實是毫無作用的。他冷笑一聲，「本宗主今日隻身前來，你們也不敢讓本宗主見藍宗主？」

「欺人太甚！竟敢在天機峰這般目中無人！」立即有人暴怒大喝，「無須再與他多說了，他既然敢上天機峰，我們就敢取他性命！」

「全都給我退下！你們如此吵吵嚷嚷，倒真讓人感到我們道宗是在虛張聲勢了。」眾人的身後忽然傳來道宗宗主藍傾城的聲音。

回頭望去，只見藍傾城正陰沉著臉，顯得很是不悅，像是在掩飾著什麼，但卻很難看出他的不悅是針對弘咒的強闖天機峰，還是因爲眾道宗弟子的反應。

無論是哪一種，不少道宗弟子看在眼裏，心頭都很不是滋味，忖道：「弘咒這老賊獨闖天機峰尚且神情自若，宗主你在天機峰，怎麼反而不如他氣定神閒？若是讓外人看到了，豈不是笑話我道宗？」

藍傾城目光落在了弘咒身上，「你我之間，有什麼事可以商議？」

弘咒不答反問：「你害怕了？」

藍傾城一動不動地望著弘咒，倏然哈哈笑道：「本宗主不想讓人說我倚仗人多勢眾，你若有事商議，本宗主可以與你單獨相對，如何？」

不知爲何，眾人忽覺得藍傾城笑得很是牽強。對於其中原因，藍傾城的心腹能知大概。

弘咒面無表情地道：「本宗主沒有理由不願意。」

他那目空一切的神態，讓不少道宗弟子恨得牙癢癢，一心只盼宗主藍傾城與之談破裂了，就可將他殺於天機峰。

藍傾城果真讓道宗弟子——包括他的親信都止於清晏壇外，只讓弘咒一人隨他進了元辰堂，元辰堂與清晏壇不同，清晏壇是決不允許外人輕易涉足的，嫵月雖然破例了，但那是在不爲外人所知的情況下。

元辰堂的大門轟然關閉後，堂內就只剩下了藍傾城與弘咒。

輕緩的腳步聲中，嫵月自元辰堂側門的一條通道內走了出來。

本決不應在同一時間、同一地點出現的三宗宗主，竟在同一時間出現在天機峰元辰堂！

無論如何，這都有些不同尋常，這也讓三宗之間延綿不斷的衝突爭奪顯得有些可笑。

弘咒背負雙手，以倨傲的神情望著藍傾城道：「石敢當現在在什麼地方？」

這分明是對自己的下屬才會有的口吻，若是不知情者見術宗宗主這麼對道宗宗主說話，定然會驚得目瞪口呆。

弘咒的年紀比藍傾城大不了幾歲，但藍傾城顯得格外年輕，而他頗顯老態，看起來比實際歲數還大，加上這倨傲的神情，看起來就如同長輩在向晚輩問話。

而藍傾城此刻連那份陰鬱都沒有了，有的只是一臉的恭遜與卑微，他道：「弘宗主放心，石敢當當然還在我掌握之中。」

弘咒掃了嫵月一眼，繼續對藍傾城道：「他有沒有說出天殘在什麼地方？」

藍傾城道：「石敢當的確不知道天殘在什麼地方。」

弘咒冷冷一笑，「是嗎?你憑什麼這麼肯定?」

「因爲我已用盡了一切手段，石敢當對道宗弟子十分愛護，如果以道宗弟子的性命相要脅，他都沒有說出天殘所在，那他一定真的不知天殘的下落了——會不會是此人其實根本不存在？」

弘咒斷然道：「這絕無可能！」頓了頓，又道：「你無計可施，我卻還有手段讓他開口，帶我去見他！」

「這……石敢當此刻正在觀天臺。」藍傾城道。

「觀天臺？據我所知，觀天臺只有一平臺，空無一物，他在那裏做什麼？」弘咒已有不悅之色。

「是本宗主讓他到觀天臺的。」嫵月終於開口了。

弘咒雙眼漸漸瞇起，似笑非笑地道：「法門元尊稱妳我二人之間，誰能先尋到天殘，就支持誰一統三宗，重建玄流，而尋找天殘的最有用的線索就在石敢當的身上。但本宗主卻想不明白，妳讓石敢當去觀天臺有何用意，難道要查出天殘所在？」

嫵月道：「這就不是你所需要操心的了！」

弘咒寒聲道：「本宗主只怕有人要暗中借機放走石敢當。」

嫵月大笑道：「可笑！若不是我說出一個與石敢當有關的不爲人知的秘密，有誰能斷定自己定有對付石敢當的把握？更沒有機會追查什麼線索！弘宗主，該如何對付石敢當，其實與你毫無關係，你若能比我早一步找到天殘，我自會依照前約去做，但若是因爲你而破壞了我的計畫，無法找到天殘，看你如何面對元尊！」

弘咒哈哈一笑道：「本宗主早料到妳會這麼說！但妳恐怕沒有料到本宗主已知道石敢當是妳昔日的情人吧？妳與石敢當既然有這一層關係，我豈能不防？」

無論是嫵月，還是藍傾城，都大吃一驚。

嫵月在與石敢當交往時，在武界根本默默無聞，而且石敢當當時也不是道宗宗主，又是從來不喜張揚的性格，加上他們共處的時間其實極少，否則也不會有兩個有情人不得不分道揚鑣的事發生。

嫵月自進入內丹宗之後，更是決不可能對他人提起這件往事，照理，是不會有人知道這件事的，所以當弘咒說破這一點時，嫵月吃驚非小。

而嫵月雖然曾把石敢當武學修爲的一個致命弱點告訴了藍傾城，但卻並沒有告訴藍傾城是如何得知的，加上如今從容貌上看，石敢當與嫵月也確實毫不匹配了，所以藍傾城根本就沒有往這方面想。事實上，又有幾人會想到今日內丹宗宗主與昔日道宗宗主之間，竟會有這一層聯繫？

藍傾城本還是將信將疑，但看嫵月的神情變化，卻又可推知弘咒所言非假。

弘咒一下子佔據了心理上的優勢，他進一步攤開底牌：「爲防萬一，元尊讓本宗前來將石敢當帶去青虹谷，有元尊『天下令』在此，諒你們也不敢不遵！」

他的手中果真赫然有代表法門元尊旨意的「天下令」！

嫵月一下子呆住了。

「好不奇怪，為何有了示警之聲，卻又遲遲不見動靜？」石敢當大惑不解地道。

「石爺爺還是放不下道宗？」尹恬兒道。

「道宗是成百上千的道宗弟子的道宗，而不是藍傾城一人的道宗。」石敢當道，其言下之意，再明白不過。

「但石爺爺應該能夠看出，道宗因為藍傾城的緣故，已經暗中屈服於內丹宗了。」

石敢當搖了搖頭，「不！就算屈服了，屈服的也只是藍傾城，而不是道宗！」

也許在感情上，他是永遠不會承認這個事實的，儘管他已經由白中貽口中得知道宗已有不少人被藍傾城牢牢操縱，不得不與藍傾城上了同一條賊船。

尹恬兒催促道：「石爺爺，你還是儘早把天瑞可能出現的方位告訴他們吧。休說他們未必能得到天瑞，就算能夠得到，也應該不會造成什麼禍害啊。」

她在清晏壇親耳聽嫵月說毒物在一個時辰後會發作，現在已經過去了不少時間，所以心中萬分焦急。

石敢當一時沒有回答，她忍不住又道：「石爺爺不是說，天瑞的歸宿自有天意，那石爺爺說出來之後，天瑞就算真的落入他們手中，也許這本就是天意啊。」

石敢當笑了笑，接道：「妳這種說法，倒真的有趣得很。」

他異乎尋常的輕描淡寫、談笑風生，反倒讓尹恬兒惴惴不安，總有不祥之感。

正在這時，下面忽然傳來兵刃相擊聲以及呼喊聲，打斷了尹恬兒的思緒。

石敢當皺了皺眉，有了擔憂之色。

正如尹恬兒所言，他終是放不下道宗的事。起初他還克制著自己不去理會那嘈雜的聲音，但金鐵交鳴聲越來越密集，看樣子衝突是愈演愈烈。

石敢當再也忍不住了，對尹恬兒道：「妳留在這兒，我去看看究竟發生了什麼事！」

聯繫方才的示警聲，石敢當自是猜測有外敵攻入了天機峰。由聲音分辨，地點與觀天臺很近，也許就在三百六十級石梯之下，那豈非等於說對手很強勁很有實力？否則決不可能這麼快就長驅直達峰頂。

尹恬兒乃內丹宗之人，石敢當當然要讓她留在這兒，即使有面紗掩飾，他仍是擔心萬一被道宗的人識出她是內丹宗的人，就危險了。藍傾城屈服於內丹宗，也只是在暗地裏，大部分普通道宗弟子對此並不知情。

但尹恬兒又怎會放心石敢當？他的體內可是還有用不了多久就將發作的劇毒。

最終石敢當拗不過尹恬兒，答應了尹恬兒，同時叮囑她一定要注意掩飾自己的身分，尹恬兒一一答應了。

石敢當與尹恬兒沿石梯而下，剛行至石梯最下方，便聽得有人大聲喝道：「宗主有令，未得他允許，不得擅自離開觀天臺！」

斜刺裏有火光亮出，只見兩名道宗弟子挑著燈籠出現在前方。

兩人都很年輕，一高一胖，神情之間既有年輕人的朝氣，又有難免的蠻撞強橫，他們當然知道石敢當昔日的身分，也正因爲如此，他們才更有意要做出一副冷峻的模樣。

這幾乎是每個年輕人的通病，對於前輩有身分地位的人，他們或是推崇至極，或是刻意不屑一顧，卻很少有人能平和地對待前輩。石敢當淪爲階下囚是道宗上下皆知的事，所以這兩名道宗年輕弟子當然不能對石敢當推崇有加了，剩下的唯一可能自然是刻意不屑一顧了。

石敢當看著兩張陌生的年輕面孔，心頭隱隱一痛。他當然知道藍傾城爲什麼會安排兩個年輕人而不是歲數大些的道宗弟子守在這兒，藍傾城知道真正能有效困住石敢當的，絕對不是武學，而是別的。

定了定神，石敢當道：「廝殺聲爲何而起？」

他的言語神情很平和，讓人不能不起肅然之心。

硬撐起來的不屑一切一下子就瓦解了，兩名道宗年輕弟子相視了一眼，其中那高個子道：「有……有幾位……幾位想見你，被欒師叔幾人擋住了。」

那人說到「欒師叔」時，石敢當腦海中便浮現出了一個五短身材、闊口闊臉的人的形象，此人名爲欒大。欒大應該比已經自殺的白中貽大上幾歲，不難猜知這欒大如今應與白中貽一樣，

是藍傾城的心腹。

「看來，自從自己被藍傾城在宴席中猝然發難困於清晏壇之後，道宗的確有人一直想將我救出。」石敢當心頭不無感慨。

石敢當想了想，對那兩人道：「是藍傾城讓你們守在這兒的？」

「是宗主吩咐的。」宗主兩字，咬得很重。

請續看《玄武天下》之八　傀影魅跡

蒼穹變 ⑦ 傲世傾城 (原名:玄武天下)

作者：龍人
發行人：陳曉林
出版所：風雲時代出版股份有限公司
地址：105台北市民生東路五段178號7樓之3
風雲書網：http://www.eastbooks.com.tw
官方部落格：http://eastbooks.pixnet.net/blog
Facebook：http://www.facebook.com/h7560949
信箱：h7560949@ms15.hinet.net
郵撥帳號：12043291
服務專線：(02)27560949
傳真專線：(02)27653799
執行主編：朱墨菲
美術編輯：許惠芳

法律顧問：永然法律事務所 李永然律師
北辰著作權事務所 蕭雄淋律師
版權授權：蔡雷平
初版換封：2016年8月

ISBN：978-986-352-318-5

總 經 銷：成信文化事業股份有限公司
地　　址：新北市新店區中正路四維巷二弄2號4樓
電　　話：(02)2219-2080

行政院新聞局局版台業字第3595號 營利事業統一編號22759935

定價：280元　特價：199元

國家圖書館出版品預行編目資料

蒼穹變／龍人著. -- 初版-- 臺北市：風雲時代，
2016.03 -- 冊；公分

ISBN 978-986-352-318-5（第7冊；平裝）

857.7　　105002427